U0090876

古典文學研究輯刊

二　編

曾永義 主編

第21冊

呂天成《曲品》戲曲觀研究

王淑芬 著

國家圖書館出版品預行編目資料

呂天成《曲品》戲曲觀研究／王淑芬 著 — 初版 — 新北市：
花木蘭文化出版社，2011〔民 100〕
目 2+198 面；19×26 公分
(古典文學研究輯刊　二編；第 21 冊)
ISBN：978-986-254-508-9（精裝）
1.（明）呂天成 2. 傳記 3. 明代傳奇 4. 戲曲評論
820.8　　　　100001158

古典文學研究輯刊
二 編 第二一冊　　　　ISBN：978-986-254-508-9

呂天成《曲品》戲曲觀研究

作　者　王淑芬
主　編　曾永義
總編輯　杜潔祥
出　版　花木蘭文化出版社
發行所　花木蘭文化出版社
發行人　高小娟
聯絡地址　新北市永和區中正路五九五號七樓之三
電話：02-2923-1455／傳眞：02-2923-1452
網　址　http://www.huamulan.tw 信箱 sut81518@ms59.hinet.net
印　刷　普羅文化出版廣告事業
初　版　2011 年 3 月
定　價　二編 30 冊（精裝）新台幣 48,000 元　

呂天成《曲品》戲曲觀研究

王淑芬　著

作者簡介

王淑芬，河北省新河縣人。國立政治大學中國文學研究所碩士，世新大學中國文學研究所博士班肄業。現任亞太創意技術學院通識教育中心藝文組講師。主要從事傳統戲曲、史傳文學的教學和研究工作。近年來在《親民學報》、《世新中文研究集刊》、《國立台灣科技大學人文社會學報》及《兩岸韻文學學術研討會》等發表學術論文多篇。

提　　要

我國傳統戲曲，在經過宋、元時期的初步發展，與明代中期有識者的改革創新，至萬曆年間蘊釀而成研究氣勢宏大的景象。此期的戲曲活動臻於極盛，各地聲腔劇種眾聲競奏，受到廣大觀眾的喜好;不僅民間百姓熱中觀劇、演劇活動，文人亦樂於撰著劇本、組織家樂、登場作戲。由於文人創作戲曲蔚為風氣，逐漸形成各家派別的紛歧，也激發了曲家從劇作本身和戲曲理論來探討、研析戲曲的本質問題；其精闢的見解或窒礙的觀點，都予以後輩不同的啟示與影響。

本文以呂天成《曲品》及其個人著作為研究的主要素材，並參考明、清曲論，及近代相關的戲曲理論著作；由這些論著當中，排比分析、歸納綜合，建立具客觀效力的詮釋系統，力求以審慎、客觀的態度來解讀文獻，並配合外緣資料的了解，進而明辨、歸納出呂天成撰著《曲品》的緣由、及其戲曲理論體系與承傳。

呂天成品評劇作的情節、結構和語言藝術，關注於劇作是否為「可演」、「可傳」的當行、本色之作，並處處從舞臺的實際演出性來考量。他評騭劇作結構時，特別強調重點突出以求主次分明；刪繁就簡以求脈絡清晰。就戲曲音律而言，呂天成評論重心在於劇作是否守韻、正調，並特別推崇沈璟對於製定戲曲音律的功勞。對於沈璟、湯顯祖這兩位大師的戲曲理論和傳奇創作上的成就和局限，呂天成作出了實事求是的評論，調合了嚴守於音韻格律的吳江派和尚趣於詞采藻麗的臨川派，主張「守詞隱先生之矩矱，而運以清遠道人之才情」的「雙美說」。

《曲品》除了在劇目方面，對明代萬曆以前的劇作著錄有其貢獻，並為後來曲家採用外，由其對各劇作的評騭而反映出呂天成自身的戲曲觀，不僅可與明嘉靖、萬曆年間諸曲家的曲論相互輝映，亦予清代曲學大師李漁開啟之功。

目次

第一章 緒 論

第一節 研究動機

我國古代戲曲學，在經過宋、元時期的初步發展，與明代中期有識者的改革創新〔註1〕，至萬曆年間蘊釀而成研究氣勢宏大的景象。此期的戲曲活動臻於極盛，各地聲腔劇種眾聲競奏，受到廣大觀眾的喜好〔註2〕；不僅民間百姓熱中觀劇、演劇活動，文人亦樂於撰著劇本、組織家樂、登場作戲。由於文人創作戲曲蔚爲風氣，逐漸形成各家派別的紛歧〔註3〕，也激發了曲家從劇作本身和戲曲理論來探討、研析戲曲的本質問題；其精闢的見解或窒礙的觀點，都予以後輩不同的啓示與影響。葉長海《中國戲劇學史稿》說：「萬曆時期的戲劇學，其特點是研究家多、著作多、理論性強、氣派大。」〔註4〕陳芳

〔註1〕明朝嘉靖、隆慶時期，徐渭《四聲猿》可爲雜劇創作的代表；而李開先《寶劍記》、無名氏《鳴鳳記》、梁辰魚《浣紗記》等傳奇劇作則以現實主義的精神，一改明前期文人劇作的面目，爲晚明戲曲創作高潮開啓先聲。李開先、王世貞、何良俊等文學家對戲曲本質熱絡的探討，和思想家李贄、徐渭獨樹一幟的戲曲批評著作的問世，使戲曲理論研究在我國文藝理論史上眞正獲得了應有的地位。

〔註2〕海鹽腔、弋陽腔、餘姚腔和崑山腔等四大聲腔在明萬曆時期持續發展，並演變出許多新的聲腔劇種。王驥德《曲律》卷二〈論腔調第十〉說：「數十年來，又有『弋陽』、『義烏』、『青陽』、『徽州』、『樂平』諸腔之出；今則『石臺』、『太平』梨園，幾遍天下，蘇州不能與角什之二三。」收於《歷代詩史長編二輯》第四冊，臺北：鼎文書局，民國63年2月初版，頁117。

〔註3〕各家派別如崑山腔追求劇作文詞的雅麗；吳江派強調劇作文詞本色，以突顯舞臺演唱效果；越中派則追求劇作文學性和演唱性的結合。

〔註4〕語見葉長海《中國戲劇學史稿》，第五章〈萬曆時期戲劇學的崛起〉，臺北：駱駝出版社，民國76年初版，頁171。（葉長海《中國戲劇學史稿》已增訂、

英《明代劇學研究》也說：「萬曆、天啓、崇禎（1573～1644）這七十餘年，是古典戲劇批評的中期，也是評論最繁盛的時期。」〔註5〕曲論、曲韻、曲譜、曲選、曲目等著作於此時期陸續湧現，蔚爲大觀；而呂天成《曲品》就是這段歷史時期的戲曲批評論著之一，與王驥德《曲律》被後人譽爲明代論曲的雙璧。〔註6〕

誠如大陸學者張健所言：「沒有史的堅實依據，所謂純理論是很難獨立支撐得久的。」〔註7〕呂天成撰著《曲品》以評論劇作，有其「史」的背景。明朝景泰、成化年間，邵燦《香囊記》承繼高明《琵琶記》「不關風化體，縱好也徒然」的戲曲宣揚風化的主張，並於戲曲語言風格上，從宋、元戲曲的古樸本色走向典雅藻麗，「遂濫觴而有文詞家一體」〔註8〕，一時蔚爲風尚。自明嘉靖時起，曲家們重新標舉「本色」、「當行」的口號，企圖扭轉文人創作戲曲浸染「道學風」和「時文風」的危機，引發了《拜月亭》和《琵琶記》的高下之辨。萬曆時期，崑山腔經魏良輔精心改革，一時聲勢大盛；沈璟並撰作曲譜爲崑腔提供曲律依據，而湯顯祖則爲宜黃腔寫作劇本並組織演出。沈、湯二人各自有其擁護者，因其對戲曲理論和批評理念的分歧，曲家們乃就「聲」與「辭」展開了激烈的論爭。呂天成經由此對戲曲理論作更深一層的思索，不僅說明戲曲「當行」、「本色」的義涵與分界，同時亦提出「儻能守詞隱先生之矩矱，而運以清遠道人之才情，豈非合之雙美者乎」的主張，獲得當時曲家的普遍贊同與附和。呂天成將戲曲「本色」、「當行」說與「曲白雙美」的觀點，運用於《曲品》評騭劇作的分析和評價，全面衡量作品的成就和缺點，取得了相當可觀的成績。

改版爲《中國戲劇學史》，臺北：駱駝出版社，民國82年11月初版）

〔註5〕語見陳芳英《明代劇學研究》，國立台灣大學中國文學研究所博士論文，民國72年，頁5。

〔註6〕日籍學者青木正兒《中國近世戲曲史》論述呂天成《曲品》時，曾讚譽它和王驥德《曲律》爲明代論曲的雙璧：「但令彼（呂天成）得傳不朽者，在於其《曲品》二卷。《曲品》爲品評元末至當時古今戲文者，其所著錄甚博，可得通覽明曲大概之書，舍此外，無可求之道。……《曲律》與《曲品》實爲論曲之雙璧。」語見日・青木正兒著，民國・王吉廬譯，《中國近世戲曲史》上冊，臺北：臺灣商務印書館，民國71年四版，頁227。

〔註7〕語見董健、張健等人，〈論中國戲劇理論的基本建設〉，《戲劇藝術》，1991年第三期，頁7。

〔註8〕語見王驥德《曲律・論家數第十四》，收於《歷代詩史長編二輯》第四冊，頁121～122。

《曲律》與《曲品》為同時期的戲曲論著，乃王驥德和呂天成各致力於曲的一面，相互鼓勵、慫恿而成。王驥德《曲律》已為多人所研究、論析〔註 9〕，頗為可觀；而對呂天成《曲品》進行探索的，除了吳書蔭《曲品校註》一書廣徵博引地參校各種曲品傳本、詳為箋註之外，葉德均〈曲品考〉和趙景深〈增補本曲品的發現〉則傾力於考證《曲品》各版本間的異同；而譚帆〈「行家之品」和「文人之品」——呂天成、祁彪佳戲曲審美思想的比較〉與吳書蔭〈從《曲品》看呂天成的戲曲理論〉等單篇論文雖是探求呂天成品評劇作所呈現出的戲曲觀，但是在內容上則稍嫌單薄，因論述未深、舉證不多而顯得理論性不足；此或因其為概論性之作所致。筆者欲就前賢所未到之處，嘗試深入論析，期能在前賢研究成果的基礎上，透過呂天成《曲品》對諸劇作的評騭，歸結出其戲曲觀點，突顯明嘉靖、萬曆年間的戲曲批評指向，及其對後代曲論的承傳與影響。

第二節　研究範圍、方法與內容述要

呂天成《曲品》著錄明代傳奇劇作二百一十二種，其中僅有二十一種為《永樂大典戲文目》、高儒《百川書志》、徐文長《南詞敘錄》和晁瑮《寶文堂書目》所著錄，其餘的一百九十一種都是第一次見於著錄。根據吳書蔭的考察，《曲品》著錄的這些劇作，今有傳本者九十九種，存有散齣或零支曲文者五十二種，全佚者六十四種〔註 10〕。正因為《曲品》保存了這許多傳奇作家和劇目的材料，且其成書年代除了晚於《南詞敘錄》之外（《南詞敘錄》作於嘉靖三十八年），其餘各種著錄明代傳奇劇作家和作品者，實以《曲品》為最早。呂天成家學淵源、曲藏豐富，引證材料詳實可靠；因此，稍晚的祁彪佳《遠山堂曲品、劇品》即是以《曲品》作為藍本〔註 11〕，清代黃文暘的《曲

〔註 9〕研究王驥德《曲律》者，如曾永義〈王驥德曲學述評〉；夏寫時〈論王驥德的戲劇批評〉、〈論湯、沈之爭與王驥德的評價問題〉；俞為民〈王驥德戲曲理論簡評〉；齊森華〈王驥德曲律漫議〉；陳長義〈論王驥德的曲律〉；葉長海《王驥德曲律研究》；李惠綿《王驥德曲論研究》等。

〔註 10〕參見吳書蔭《曲品校注》一書對於各劇作所作之箋注，以及吳書蔭〈呂天成和他的作品考〉一文（收為《曲品校注》書後附錄三）。

〔註 11〕祁彪佳《遠山堂曲品・敘》說：「予素有顧愉之僻，見呂鬱藍《曲品》而會心焉。」其《遠山堂曲品、劇品》的品評形式雖分為六品，不同於呂天成《曲品》；但同為著錄、品評當時劇作的作品，其承襲、改作的痕跡是十分明顯的。

海目》、王國維的《曲錄》、以及傅惜華的《明代傳奇全目》皆是在若干程度上取材並引用於它。《曲品》不僅具有重要的明代傳奇史料價值，其對劇作家和作品的評論至今仍有可借鑒之處，應予以重視。

「品」字古義與「庶」、「類」相同，因庶類眾多而加以區別，則「品」有「區分」之義〔註 12〕，又因「區別」而有「差等」、「階格」的現象〔註 13〕，而有「品秩」的義涵〔註 14〕。藝術分品源至古代畫論，濫觴於南齊．謝赫《古畫品錄》（簡稱《畫品》）。《古畫品錄》將三國吳至南齊畫家陸探微等二十七人，分為第一品至第六品等不同的品次，並加以評論其優劣。《古畫品錄．序》說：

> 夫畫品者，蓋眾畫之優劣也圖繪者，莫不明勸戒著升沈千載寂寥。披圖可鑒，雖畫有六法，罕能盡該，而自古及今各善一節。六法者何？一氣韻生動是也；二骨法用筆是也；三應物象形是也；四隨類賦彩是也；五經營位置是也；六傳移模寫是也。唯陸探微、衛協備該之矣。然跡有巧拙，藝無古今，僅依遠近隨其品第裁成。（見《叢書集成新編》冊五十三，頁 96）

謝赫以陸探微居第一品，讚譽他「窮理盡性，事絕言象，包前孕後，古今獨立。非復激揚所能稱賞，但價重之極乎上上品之外，無他寄言，故屈標第一等」（見《叢書集成新編》冊五十三，頁 96），意謂陸探微六法具備，其境界非言語能形諸筆墨，標其第一，只為定品之故，實則超於上上品之外。元．夏文彥《圖畫寶鑑》擴充謝赫之說為「六法三品」，首次提出「神品」、「妙品」、「能品」等名稱，可為《曲品》中「神品」、「妙品」和「能品」等三品名稱尋致源頭：

> 六品精論，萬古不移。自古法用筆以下五法，可學而能，如其氣韻，必在生知，固不可以巧密得，復不可以歲月到，默契神會，不知然

〔註 12〕《說文》解釋「品」為「眾庶也」；《繫傳》引《國語》說：「天子千品萬官」；《廣韻》釋「品」為「類也」；《書．禹貢》說：「厥貢惟金三品」；《國語．鄭語》說：「以品處庶類者也。」

〔註 13〕如《禮記．檀弓》說：「品節斯、斯之謂禮。」〈疏〉：「品、階格也。」孫希旦《禮記集解》說：「先王因人情而立制，為之品而使之有等級，為之節而使之有裁限。」

〔註 14〕如《書．舜典》釋「品」為：「五品不遜。」〈疏〉云：「品為品秩一家之內尊卑之差，即父母兄弟子是也。」「品」的意義，可參見蕭水順《司空圖詩品研究》，頁 122～125。

而然也。故氣韻生動，出於天成，人莫窺其巧者，謂之神品；筆意超絕，傳染得宜，意趣有餘者，謂之妙品；得其形似而不失規矩者，謂之能品。〔註15〕

夏文彥論畫之高下，是以「傳神」與「傳形」之別而界定的。楊維禎〈圖畫寶鑑序〉爲其闡釋說：「傳神者，氣韻生動是也……。寫人眞者，即能得其精神，若此者豈非氣韻生動機奪造化者乎！」明・何良俊《四友齋叢說》卷二十八〈畫一〉則在夏文彥的「神品」、「妙品」、「能品」之外，增添了「自然」與「謹細」二說：

世之評畫者，立三品之目：一曰「神品」，二曰「妙品」，三曰「能品」。又有立「逸品」之目於「神品」之上者。余初謂「逸品」不當在「神品」之上，後閱古論畫，又有「自然」之目，則眞若有出於「神品」之上者。其論以爲失於自然而後神，失於神而後妙，失於妙而後精，精之爲病也而爲謹細。自然爲上品之上，神爲上品之中，精爲中品之上，謹細爲中品之中。立此五等，以包六法，以貫眾妙。

又說：

論畫者又云：「夫畫特形貌采章，歷歷具足，甚謹甚細，而外露巧密。」

何良俊將「氣韻作動，出於天成」、「不知然而然」達到化境的作品，稱爲「自然」與「神品」；凝鍊典雅，意趣橫生，達到醇境的作品則歸爲「妙品」；平正工穩，合於規模法度，求傳形似，達到穩境的作品則歸爲「能品」；最後才是僅以規矩爲法，置囿於法度之中，具有謹細之功的作品。筆者以爲呂天成《曲品》中的「具品」或可以何良俊所說的「歷歷具足，甚謹甚細」釋之。

本論文將以呂天成《曲品》及其個人著作爲研究的主要素材，並參考明、清曲論，及近代相關的戲曲理論著作；由這些論著當中，排比分析、歸納綜合，建立具客觀效力的詮釋系統，力求以審愼、客觀的態度，作一整體省察，以客觀的態度解讀、分析文獻，並配合外緣資料的了解，進而明辨、歸納出呂天成撰著《曲品》的緣由、及其戲曲理論體系與承傳。

〔註15〕語見元・夏文彥，《圖繪寶鑑》，收於中國書畫研究資料社編，《畫史叢書》冊二，臺北：文史哲出版社，民國63年初版。

本論文共八章。第一章〈緒論〉，概述本論文的研究動機、研究範圍、方法及預期成果。

第二章〈呂天成及其著作考述〉，乃就零星片斷的文獻資料建立呂天成傳記，探索其家世背景與交遊情形，對其個人的創作心態、風格，以及評騭劇作的觀點有何影響。

第三章〈《曲品》的撰作背景〉，就前人對明代戲曲興盛之因的考察爲基礎，探討呂天成鄉居——江浙地區自元末至晚明這一段時期經濟發展和士商關係的轉折，以及文士的戲曲生活與創作心態，以資明瞭文士享受戲曲生活、創作戲曲時的微妙心態。並且針對明初至萬曆年間，戲曲理論及批評的發展內涵作一闡述，藉以突顯呂天成撰作《曲品》的重要性。

第四章〈《曲品》撰著的動機、體例及其流傳版本〉，論述呂天成撰作《曲品》的動機和目的，探索《曲品》體例的緣由，並在前人研究基礎上，詳加辨證《曲品》因傳鈔、脫簡而導致今日所見各種版本面目殊異。

第五章〈《曲品》的情節、結構論〉，針對呂天成首重劇作「事佳」、其次「關目好」的評論觀，探討其強調劇作情節宜「脫套」、「尚奇」與「尚眞」的時代意義；並提出「有意架虛，不必與實事合」之傳奇創作法的內在意蘊。再就《曲品》中對劇作結構的評論與要求，歸結出此與呂天成重視戲曲舞台實踐的原則乃相互聯繫。

第六章〈《曲品》的文詞、音律論〉，本於呂天成「當行兼論作法，本色只指填詞」的主張，分析其文詞本色說和音樂格律說的特色，及其對劇作的實際評論。從重文詞到重法的「格律論」，進而至辭法合一的「雙美說」，依序闡釋呂天成論曲的語言藝術層次。

第七章〈《曲品》的風教觀〉，從《拜月亭》和《琵琶記》的高下之辨所衍生出戲曲應表現「風情」，還是宣揚「風教」的問題，探討呂天成對劇作思想的精闢見解。

第八章〈結論〉，歸結各章所述，闡釋呂天成評曲、論曲的義涵，申明《曲品》在我國戲曲批評史上的地位與影響。

附錄爲《曲品》品評劇作家和劇作的十個分類表格。筆者將《曲品》卷上品評劇作家和卷下品評劇作的論述結合起來，分「神、妙、能、具」和上、中、下等九品，各以一品爲單位，將作者和作品相互配合，繪此十張綜觀之表格；可同時查索出呂天成對曲家和劇作的各方面評論。依《曲品》的評述，筆者在劇作家評論方面分為「才情」、「情節、結構」、「文詞」、「音律」、「家世背景、戲曲生活」、「流派、承襲」及「綜論」等項；作品方面則分為「情節、結構」、「文詞」、「音律」、「地位、流派」等；由這些表格可以看出呂天成品評劇作的原則乃多層面照顧，亦可作為歸納出呂氏論曲特色的依據，對曲家流派〔註16〕、和本事相同的劇作其間之相互比較，可一目了然。至於《曲品》所著錄劇目的存佚、流傳現況，則請參詳吳書蔭《曲品校註》對各劇作所作之箋注。

〔註16〕例如《曲品》卷下論《拜月亭》說：「天然本色之句，往往見寶，遂開臨川玉茗之派。」（《曲品校註》，頁165）論《香囊記》說：「此派從《琵琶》來，是前輩中最佳傳奇也。」（《曲品校註》，頁170）論《玉玦記》說：「典雅工麗，可詠可歌，開後人駢綺之派。」（《曲品校註》，頁237）論《玉合記》說：「詞調組詩而成，從《玉玦》派來，大有色澤。」（《曲品校註》，頁239）論《玉合記》說：「此為擅場，派從《玉玦》來。」論《四喜記》說：「上虞有曲派，此公（謝海門）最高。」（《曲品校註》，頁301）

第二章　呂天成生平及著作考述

呂天成的傳記資料極少，遍查史傳、方志、傳記資料索引，所得亦不多〔註1〕。近人對於呂天成生平事跡作較詳細考探者，以吳書蔭〈呂天成和他的作品考〉較具代表性。吳書蔭這篇文章收於《曲品校註》一書中〔註2〕，其以杭州楊文瑩豐華堂所藏、乾隆辛亥年（1917）迦蟬楊志鴻鈔本《曲品》（今藏北京清華大學圖書館）爲底本，參校比勘各種傳本〔註3〕；並廣徵博引，爲之箋註。但〈呂天成和他的作品考〉一文，內容稍嫌單薄；因吳氏所傾力者，乃在於從大量的明人詩文集、筆記、碑傳及地方志中，徵引較豐富的資料，對呂天成《曲品》作一校注。本論文既爲專家研究，就必須對呂天成生平盡

〔註1〕筆者曾檢閱《明人傳記資料索引》（國立中央圖書館編印，臺北：文史哲出版社，民國54年初版，民國67年再版）、《明史人名索引》（北京：中華書局，1985年出版）、《八十九種明代傳記資料索引》（哈佛燕京社編，民國55年出版）、《中國歷代名人年譜總目》（王德毅編，臺北：華世出版社，民國68年初版）等索引；及《明代傳記叢刊（附索引）——吳郡人物志》、《明代傳記叢刊（附索引）——明越人三不朽圖贊》、《明代傳記叢刊（附索引）——明分省人物考》（周駿富輯，臺北：明文書局，民國80年出版）等傳記；和《嘉靖浙江通志》（明嘉靖四十年刊本）、《康熙浙江通志》（康熙二十三年刊本）、《乾隆浙江通志》（乾隆元年刊本）、《中國方志叢書——浙江省餘姚縣志》（光緒二十五年刊本，臺北：成文出版社，民國72年3月臺一版）等方志。

〔註2〕吳書蔭《曲品校註》，北京中華書局出版，1990年8月第一版第一次印刷。

〔註3〕吳書蔭《曲品校註》一書，除了以清・乾隆時期楊志鴻鈔本爲底本外，並參校中華書局圖書館所藏清初鈔本、北京大學圖書館度藏清鈔本（因書口有「清河郡」三字，故稱「清河本」）、暖紅室刻本、吳梅校本、曲苑本，以及《中國古典戲曲論著集成》等六集所收本，並參校祁彪佳《遠山堂曲品、劇品》等。

力作一番考探；故而筆者嘗試就所見的文獻資料，詳盡考述呂氏生平及著作，以茲作爲呂天成《曲品》的外緣研究。今以家世、生平、交游、著作等爲序，作一闡述。

第一節　家世考述

呂天成，字勤之，號棘津，別署鬱藍生、竹癡居士；浙江餘姚人。其曾祖父呂本，字汝立，生於明弘治十七年（1504），卒於明萬曆十五年（1587）。根據王世貞〈太傅呂文安公傳〉的記載，呂氏家族的祖先可上溯至姜太公。〈太傅呂文安公傳〉說：

> 呂之先，至四岳而至太公望，爲周師尚父，其氏或呂或姜；而氏呂者，至唐浙東節度使延之而始顯。至宋，丞相贈太師端、諫議大夫、御史中丞誨，以宏業直氣重天下，乃益顯。……億從南渡居紹興之新昌，又八傳而爲貴義，始徙餘姚，當其子德玉時，高皇帝下紹興，悉更定其版籍，而籍呂者，訛爲李，遂仍之不復。〔註4〕

從姜太公分支而下的呂氏，直至唐朝呂延之擔任浙東節度使才顯赫起來；而宋朝時，呂氏一族官高位顯者多，但卻在宋高宗偏安江南時，因重新更定版籍，將呂氏訛誤爲李氏。

李德玉六傳而至本〔註5〕，本天資聰穎，深受鄰里鄉人喜愛。〈太傅呂文安公傳〉說：

> 公（呂本）生而端穎異凡兒，稍長，頎而白皙，眉目秀朗，醉夢公嘗攜以謁故太傅謝文正公遷，謝公一見奇之，撫而歎曰：「異日名位差勝我，屬其子。學士丕善誨之，毋失此兒。」〔註6〕

呂本丰姿玉恃，早爲鄉人所寄予厚望。嘉靖十一年（1532）呂本考取進士；嘉靖二十五年（1546）主順天試，呂本試目以「禮樂征伐自天子出」，強調「一統爲盛勢」、「不語爲尊」；精剴的論述，大稱明世宗心意。世宗於是破格擢取，特簡以少詹入閣辦事，歷十三年，官至少保兼太子太傅、禮部尚書、

〔註4〕見王世貞《弇州續稿》，卷七十一〈太傅呂文安公傳〉，臺北：臺灣商務印書館影印發行，《文淵閣四庫全書》總一二八三冊，頁49。

〔註5〕德玉——原實——友直——瓊——（無子）。
＼瓊弟珍——懋——醉夢公——本

〔註6〕同註4，頁50。

武英殿大學士〔註7〕。嘉靖四十年辛酉（1561）五月，呂本「丁太夫人艱，歸夷倫林下者二十六年。備極人間之樂，終身無疾。言遽色所容接，靡不醉其盛德焉」。〔註8〕

退休之後，呂本雖暢享園林生活的樂趣，但他仍憂心傜役、賦稅擾民，故而致力於斯，務使其不困民；此舉深受鄰里感念〔註9〕。至於祖先訛姓「李」，是如何回復本姓「呂」呢？〈太傅呂文安公傳〉說：

> 公居相位，仍李姓，而即其所居水，自號曰「南渠」，天下熟其爲李南渠先生者。而至是始疏復姓呂，而更其號曰「期齋」，謂：「吾雖耄，敢忘以聖賢自期？」天下乃亦更稱曰呂期齋先生。〔註10〕

不忘以聖賢自期的口氣，可以想見呂本老而彌堅之志。萬曆十五年（1587），呂本年八十四而卒，追贈太傅，謚文安。「相國傳家風教」果然不凡〔註11〕，呂本二子人稱象賢，諸孫文采翩翩，眾人皆以爲此乃呂本以厚德養身待人，故而得天獨侈，咸贊譽其盛德。〔註12〕

祖父呂兌，字通逋，號伯陽，生於明嘉靖十九年（1540），卒年不詳。他因受父蔭而授中書舍人，歷禮部精膳司主事；生平傳記資料頗少，可參見《餘

〔註7〕《明史・表第十一・宰輔年表二》記載李本（即呂本）授職官位如下：明世宗嘉靖二十八年己酉，二月，李本少詹事兼學士入。嘉靖二十九年庚戌，八月，李本晉吏部右侍郎兼東閣大學士。嘉靖三十年辛亥，十一月，李本晉禮部尚書。嘉靖三十三年甲寅，八月，李本晉太子太保文淵閣大學士。嘉靖三十五年丙辰，二月，李本命暫管吏部事。三月，李本晉少保兼武英殿大學士。嘉靖三十八年己未，五月，李本晉吏部尚書。嘉靖三十九年庚申，八月，李本晉少傅。明世宗嘉靖四十年辛酉，五月，李本丁憂。參見《明史》，北京：中華書局，1991年12月第四次印刷，頁3358～3361。

〔註8〕參見明・過庭訓纂集《明分省人物考》，卷五十一，收於民國・周駿富輯，《明代傳記叢刊・綜錄類三十六》，臺北：明文書局印行，民國80年初版，頁177～178。

〔註9〕呂本推行賦、傜不困民的政策，詳見〈太傅呂文安公傳〉，同註4，頁53～54。

〔註10〕同註4，頁54。

〔註11〕沈璟〈寄鬱藍生雙調詞一套・〔姐姐插海棠〕・〔月上海棠〕〉有言：「笑翩翩袅馬，彼自虛囂。接尊君啓事聲華，守相國傳家風教。三都草，不待三冬，已占宏抱。」讚譽呂天成能守相國傳家風教。

〔註12〕關於呂本事蹟，請參閱王世貞《弇州續稿》，卷七十一〈太傅呂文安公傳〉、焦竑《國朝獻徵錄》，卷十六汪道昆〈太傅呂文安公傳〉、《明史・宰輔年表二》、《明代分省人物考》卷五十一；至於《明史・列傳第一百八十八・外戚》中所記載的呂本，乃壽州人，懿文太子次妃之父。與呂天成的曾祖呂本，不是同一人。

姚新河呂氏家乘》。值得一提的是，呂天成的祖母孫鐶，是南京禮部尚書孫昇的女兒。孫鐶弟孫鑛，正是當時有名的古文家，以評點經史著稱。孫鑛〈壽伯姊呂太恭人七十序〉說：

> 姊自髫年習書，常憶昔先夫人教姊爲詩，鑛從旁聽，雖不解音律，而稍知其意，姊啓鑛良多。又姊好觀史籍，從諸嫂侍先夫人商討古今豪傑事，甚有丈夫之慨。

孫鐶雖爲閨閫女子，但她不僅能寫詩，而且喜讀史書，具有豐富的歷史知識；暢論古今，甚有丈夫氣慨。王驥德《曲律》卷四〈雜論第三十九下〉說：

> 孫太夫人好儲書，於古今戲劇，靡不購存，故勤之汎瀾極博。

在祖母「於古今戲劇，靡不購存」的影響下，呂天成從小就受到薰陶，對戲曲產生濃厚的興趣，一生辛勤購求收藏戲曲作品而不輟。

父親呂胤昌，字玉繩，又字麟趾，號姜山。生於明嘉靖三十九年（1560），卒年不詳。他和湯顯祖、孫如法等人都是萬曆十一年的同科進士。官任宣城司理、吏部主事和河南參議。受到母親孫氏的影響，胤昌也是嗜書成癖，尤其喜歡小說，曾向舅父孫鑛請教過這方面的問題〔註 13〕。他對戲曲也頗有研究，曾將沈璟改寫湯顯祖《還魂記》的改刪本送給湯顯祖，引起湯顯祖的不滿。王驥德《曲律》卷四〈雜論第三十九下〉說：

> （吳江）曾爲臨川改易《還魂》字句之不協者，呂吏部玉繩（鬱藍生尊人）以致臨川，臨川不懌，復書吏部曰：「彼惡知曲意哉！余意所至，不妨拗折天下人嗓子。」其志趣不同如此。

湯顯祖〈答凌初成〉則說：

> 不佞《牡丹亭記》大受呂玉繩竄改，云便吳歌。不佞啞然笑曰：「昔有人嫌摩詰之冬景芭蕉，割蕉加梅，冬則冬矣，然非王摩詰冬景也。其中駘蕩寅夷，轉在筆墨之外耳。」

湯顯祖起初以爲是呂胤昌改竄，後來沈璟聽聞湯顯祖譏斥的言語，乃作了〔二郎神〕套曲反脣相譏（〔二郎神〕套曲中有言：「說不得才長，越有才，越當著意斟量。」），遂引發日後的一場論戰。

呂胤昌與當時的劇作家張鳳翼、汪道昆、屠隆、梅鼎祚以及龍膺等均有來往；這些人都是萬曆年間劇壇上重要的作家，他們的戲曲創作必然對呂天成產生影響。呂天成的傳奇「始工綺麗，才華燁然」，可能與屠隆、梅鼎祚等

〔註 13〕參見《月峰先生全集》卷九〈與玉繩論小說家書〉。

雕金縷彩的駢麗文風有關。

對呂天成而言，「相國傳家風教」、「嗜書成癖」等家庭生活賦予他「風貌玉立，才名籍甚，青雲在襟袖間」濃厚的文人氣息；然而直接幫助呂天成成就其戲曲觀的外舅祖孫鑛和表伯父孫如法，他們的事蹟則更不容忽視。

外舅祖孫鑛，字文融，號月峰，生於明嘉靖二十二年（1543），卒於明萬曆四十一年（1613）。他曾於萬曆甲戌年考中會試第一，本當入翰林，被張居正所阻，改授兵部主事，歷吏部功文選郎中，輔佐尚書嚴清、楊巍，澄清銓法，聲名遠播。孫鑛宦途經歷頗豐，《明分省人物考》曾說他「授兵部主事、調禮部、尋調吏部……區別精詳，輿情貼服」〔註 14〕。萬曆十二年，孫鑛陞太常少卿，丁憂，復除常少右通政，擢都御史巡撫山東，陞刑部左侍郎，累進兵部侍郎，代顧養謙經略朝鮮；加陞右都御史、又陞南京兵部尚書，故人稱司馬。萬曆三十四年丙午，加封太子少保。冬，河南劉天緒以白蓮教惑眾，聚至千餘人，自號龍華帝主。孫鑛以留都昇平日久，民不知兵、眾思乘隙，於是請用重典。「明年（萬曆三十五年丁未）正月，其黨聚，復謀作亂，鑛令職方郎中劉宇捕之，邏卒四出，民大驚擾，南京吏部尚書曾同亨歎曰：『孫公之禍始於此矣』。於是南京給事中金士衡、曹於汴、宋一韓、御史孫居相等先後論鑛亂殺無辜、貪功生事。」〔註 15〕孫鑛乃三疏求去，於萬曆三十七年致仕；其歸隱後，白蓮教教徒轉相都署，十餘年間煽動人心，紀法蕩然無存，「人始服鑛先識」。

孫鑛既歸隱，布衣蔬食，恬然自得；且其識力過人，精於舉業，博學多聞，文章事業，卓然一時。他所評騭經史子集，首尾詳評，工書媚點，倣效司馬光《資治通鑑》，無一字潦草。清・黃宗羲稱他「喜讀書，六經子史，字櫛句比，丹鉛數遍，莫不出新意」（見《姚江逸詩》卷十二）；而其禦倭靖亂，功績爛然，爲藝林所少。〔註 16〕

〔註 14〕見明・過庭訓纂集《明分省人物考》，卷五十一，收於民國・周駿富輯，《明代傳記叢刊・綜錄類三十六》，頁 177～178。

〔註 15〕參見清・邵友濂修，孫德祖等纂《餘姚縣志》，光緒二十五年刊本，收於《中國方志叢書》，臺北：成文出版社出版。

〔註 16〕孫鑛事誼，呂胤昌有〈大司馬月峰孫公行狀〉，收於呂兆熙輯《姚江孫氏世乘》，其他尚可參見明・張岱纂《明越人三不朽圖贊・立言・博學類》，頁 727；明・過庭訓纂集《明分省人物考》，卷五十一，收於民國・周駿富輯，《明代傳記叢刊・綜錄類三十六》，頁 177～178；清・邵友濂修，孫德祖等纂《餘姚縣志》，卷二十三，光緒二十五年刊本，收於《中國方志叢書》，臺北：成文

孫鑛對呂天成教導頗嚴，期望亦高。從其往來的書信中，可以看出孫鑛苦心指導呂天成讀書、爲文之法；而此又多以「舉業」爲期勉目標。他說：

> 甥孫才甚高，爲文閎暢有餘，然徵末未切實，亦不甚工鍊，若以《左傳》濟之，亦正是對證藥也。
>
> 《文選》太穠厚，於舉業亦不甚切，若切者，還莫過《莊子》、《國策》、《史記》類耳。
>
> 舉業無他術，但在多作，作之多，諸妙自出。又不可太著意，又不可太率易，要持其中乃可耳。〔註 17〕

以孫鑛乃一評點經史名家，之於古文，自有他獨到的見解；從中我們也略可領會到孫鑛的文章作法。當然孫鑛也有讚賞呂天成的時候，他說：

> 甥孫才素高，今若沉潛於經術，取青紫如拾芥耳！
>
> 甥孫所撰〈越園紀略〉，明核不讓李才仲，愚復何如下手耶？前談時覺多，今記來亦殊嫌其少，後有見聞，更望續寄。〔註 18〕

更以〈贈呂甥孫天成秋試〉盛譽呂天成，期勉他「崢嶸軒冕冑，卓犖瑚璉器」，爲秋試一舉成名。雖然呂天成後來並未能奪取功名，但從他念念不忘外舅祖諄諄教誨之言，充份流露出他對孫鑛崇仰之情。

孫鑛亦喜詞曲，尤工戲曲音韻之學。沈璟的曲學側重於釐訂聲之平仄，而孫鑛則注重於「析字之陰陽」。他認爲天地原有六聲，即「平有陰陽，側有去上，入有仰揚」，北曲無入聲字，南曲卻有，不可一概論之。因此揭起調，皆宜陰、宜去、宜揚；納下調，皆宜陽、宜上、宜抑。」〔註 19〕南曲演唱的

出版社出版，頁 623～624；而《明史》孫鑛無傳，《明史・孫鑨傳》說「鑛自有傳」，未免疏陋。王鴻緒《明史稿》將孫鑛附於〈石星傳〉，而《明史》不爲石星立傳，可能因此將孫鑛遺漏了。

〔註 17〕以上諸條，俱見《孫月峰先生全集》卷九〈與呂甥孫天成書牘〉。

〔註 18〕同註 17。

〔註 19〕孫鑛在給沈璟的書信中闡述說：「竊謂天地間元有六聲，不知君家休文何以遽定爲四？其云「天子聖哲」是矣。但平有陰陽，入有抑陽。……故總論則止三聲，平、側、入是也；析論則平有陰陽，側有去上，入有抑揚。今獨於側分去上，而於平入則混而爲一，且至於反切，俱不分陰陽而混之，何其忽略也。此爲詞曲中最易辨。北調以協弦管，弦管元無入音，故詞亦因之。若南曲則原有入音，自不可從北，故凡揭起調，皆宜陰、宜去、宜揚；納下調，皆宜陽、宜上、宜抑。凡但取舊南曲，分別六聲，令善歌者歌之，儻宜陽而用陰，宜去而用上，宜抑而用揚，歌來即非本字矣。宜陰、上、揚，而反之

咬字發聲，在很大程度上是以這種理論作爲指導的。孫鑛對於傳奇的創作，也發表過精闢的意見。《曲品》卷下〈傳奇品小序〉有言：

> 我舅祖孫司馬公謂予曰：「凡南戲，第一要事佳，第二要關目好，第三要搬出來好，第四要按宮調、協音律，第五要使人易曉，第六要詞采，第七要善敷衍、淡處作得濃、閑處作得熱鬧，第八要各腳色分得匀妥，第九要脫套，第十要合世情、關風化。持此十要以衡傳奇，靡不當矣。」

呂天成在《曲品》卷下品評傳奇作品前，即開宗明義地加以稱引孫鑛的這段話，以資作爲自己評論作品的依據。

表伯父孫如法，字世行，號俟居，生於明嘉靖三十八年（1559），卒於明萬曆四十三年（1615）。孫如法於萬曆四年考中鄉試（1576），萬曆十一年（1583）與湯顯祖、呂胤昌爲同科進士。官授刑部主事時，「鄭貴妃專寵，生子，即欲封皇貴妃。閣臣請立太子，封皇長子母王恭妃，皆不許」。給事中姜應麟、沈璟都因上疏請立太子事而被貶官；孫如法仍仗持著「理之固然、序之一定」的倫常觀，與從弟如游抗顏上疏，「願陛下亟立元子爲皇太子，以慰臣民之望；並封貴妃，以昭朝廷之公；召復姜應麟、沈璟之官，以彰納諫之度；則群疑釋而德意明」。此疏引起神宗大怒，貶謫孫如法爲潮陽典史。

宦途的不順，促使孫如法隱居於柳城別墅，閉門不出，別號柳城。當時亦有廷臣屢屢保薦，但孫如法卻於萬曆四十三年鬱鬱而終，後贈光祿少卿。其「忠貞大節，不愧於曾祖忠烈公、父親冢宰鑨（即孫鑨，孫鑛的長兄）。」〔註20〕

孫如法好以圖史自娛，且善長書法，又喜古書校讎。由於叔父孫鑛的影響，他少年時就「頗解詞曲，興至則曼聲長歌，繞梁振木」。貶官之後，遂更寄情於詞曲。他與沈璟的遭遇近似，兩人相交甚厚，亦曾幫助沈璟改正過傳奇的韻句。《姚江孫氏世乘》卷六錢檟〈光祿卿俟居公傳〉說：

> 吳江沈光祿，即公（世行）所疏救者，林居講詞曲之學，東南風雅士咸推爲詞隱先生。公覯其所著論詞、曲譜等書，悅之，遂取其新舊傳奇數十帙，皆改正韻句。

亦然。此豈非天地間自然之音乎？」見《孫月峰先生全集》卷十二〈與沈伯英論韻學書〉，轉引自葉長海《中國戲劇學史稿》上冊，頁201。

〔註20〕見明・過庭訓纂集《明分省人物考》，收於民國・周駿富輯，《明代傳記叢刊・綜錄類三十六》，頁311。

王驥德《曲律・雜論第三十九下》也說：

> 詞曲一道，詞隱專釐平仄；而陰陽之辨，則先生（孫如法）諸父大司馬月峰公始抉其竅，已授先生（孫如法），益加精覈。嘗悉取新舊傳奇，爲更正其韻之訛者、平仄之舛者，與陰陽之乖錯者，可數十種，藏於家塾。

孫如法時招呂天成與王驥德共同商榷詞學，「先生自謫歸，人士罕見其面，獨時招余（王驥德）及鬱藍生，把酒商榷詞學，娓娓不倦。」（見《曲律・雜論第三十九下》）如法尚與呂天成慫恿王驥德作《曲律》，訓勉他：「此絕學，非君其誰任之！」令王驥德滿懷感恩地說：「于陰陽二字之旨，實大司馬（孫月峰）暨先生（孫如法）指授爲多」。〔註21〕

在這文人氣息與酷愛戲曲濃厚的家族氛圍中，給予呂天成極良好的學習環境，不僅遠襲曾祖相國傳家風教，承續舅祖、父親和伯父的志趣，更浸染祖母嗜藏古今劇戲的愛好，詳細地記載當時的傳奇曲目，並廣爲刻播他人劇作；此與呂天成的家世背景是息息相關的。

第二節　生平考述

呂天成，原名文，字勤之，號棘津，別署鬱藍生，竹癡居士，浙江餘姚人；明・萬曆年間諸生，而且是當時有名的戲曲家。有關呂天成的生平資料流傳下來的並不多，而他的創作又大部份散佚，再加上呂天成戲曲批評專著——《曲品》的版本甚雜；因此，即使是呂天成最基本的生卒年考證，眾家說法亦莫衷一是。

《曲品》的版本，除了今存諸本外，也曾有明刊本，王驥德《曲律》卷四〈雜論第三十九下〉曾說：「頃南戲鬱藍生已作《曲品》行之金陵」，可惜這本明刊本《曲品》早已散佚；現今看到的本子大都是承襲自清人曾習經所鈔錄、收藏的。清・劉世衍〈曲品新傳奇品跋〉說：

> 揭陽曾蟄庵參議（習經）昔見於場肆，手錄藏之，不知其爲誰氏本也。（見暖紅室《彙刻傳奇》附刻《曲品》）

曾習經鈔本《曲品》後經劉世衍、王國維、吳梅等人各據所見資料加以增訂、

〔註21〕孫如法生平事蹟參見《明史》，卷二二四；明・過庭訓纂集《明分省人物考》；清・邵友濂修，孫德祖等纂《餘姚縣志》，卷二十三，光緒二十五年刊本，收於《中國方志叢書》，臺北：成文出版社出版，頁626。

校補，輾轉翻印，以致今日所見的各版本《曲品》有不同的面目；後來在北京清華大學圖書館發現了乾隆五十六年楊志鴻鈔本《曲品》，尚鈔錄許多寶貴的資料，是曾習經鈔本《曲品》所未得見的，堪稱可喜。其中之一就是對呂天成生卒年的考訂有很大的幫助。

關於呂天成的生卒年，眾說紛紜〔註 22〕；今將其稍作整理，可知諸家對於呂天成的生年多採不肯定的說法——約西元 1577 年左右，即明神宗萬曆五年。而呂天成的卒年則有約西元 1613 年、約 1614 年二說，同樣也是不確定。而楊志鴻鈔本《曲品》附有沈璟所寫的〈寄鬱藍生雙調詞一套〉，其中沈璟自注「癸卯春作」，按「癸卯」此年即爲萬曆三十一年（1603）。這組套曲由〔江頭金桂〕、〔姐姐插海棠〕、〔玉山供〕、〔玉枝帶六么〕、〔撥棹入江水〕、〔園林帶僥僥〕和〔尾聲〕所組成，其中〔園林帶僥僥〕寫道：

〔園林帶僥僥〕

〔園林好〕主人情難伸半毫，遠緘書煩投幾遭。

〔僥僥令〕想著高密封侯年方妙，與公瑾論交如飲醪。（鄧禹二十四歲封高密侯，周瑜二十四歲破曹，呂君之年如之）

從沈璟的注解可知，在他寫這組套曲時（萬曆三十一年），呂天成正是二十四歲，由此往上推，呂天成當生於萬曆八年（1580）。

〔註 22〕傅惜華《明代雜劇全目》、及葉德均〈曲品考〉均推測呂天成生年當在明・萬曆五年（1577）頃，卒年則一說在萬曆四十二年（1614），一說在萬曆四十一年以後（1613）。分別見《明代雜劇全目》頁 121，及《戲曲小說叢考上冊》，頁 150～151。羅錦堂《明代劇作家考略》採用傅惜華的說法（見頁 27），陳芳英《明代劇學研究》則採用葉德均的說法（見頁 300）；曾永義《明雜劇概論》言呂氏約生於萬曆五年（1577），約卒於萬曆四十二年（見頁 387、389）；葉長海《中國戲劇學史稿》主張呂氏生於萬曆八年（1580），且「年未四十而卒」。見《中國戲劇學史稿》上冊，頁 244。李惠綿《王驥德曲論研究》爲王驥德與師承友朋所作的圖表中，認爲呂天成生卒年是西元 1517～1616 年，但均以「？」示疑（見頁 66）；而附錄一的〈王驥德年表初編〉則採取較寬泛的說法，言「天成〈紅青絕句題詞〉爲今所見最後之作，推其卒年約爲 1616～1623 年之間，既云『不得四十』，則其生年約在 1577～1584 年之間。」（見頁 229）；趙景深〈增補本《曲品的發現》〉主張呂氏當生於萬曆八年（1580），至遲於萬曆四十六年去世（1618）（見頁 93～94），吳書蔭〈呂天成和他的作品考〉和譚帆〈“行家之品”和“文人之品”——呂天成、祁彪佳戲曲審美思想的比較〉皆從趙氏之說。（分別見《曲品校注》附錄三，頁 422～423；《藝術百家》，1987 年第一期，頁 87）

然而呂天成究竟卒於何時呢？王驥德《曲律》卷四〈雜論第三十九下〉說：

人咸謂勤之風貌玉立，才名籍甚，青雲在襟袖間，而如此人，曾不得四十；一夕溘先，風流頓盡，悲夫！

顧曲散人馮夢龍《太霞新奏》卷五收有王驥德〈哭呂勤之〉套曲，其後馮夢龍注解道：

勤之工於詞曲，予唯見其〈神劍記〉，譜陽明先生事。其散曲絕未見也，當爲購而傳之。伯良《曲律》中，盛推勤之，至並其所著《繡榻野史》、《閒情別傳》，皆推爲絕技。余謂勤之未四十而夭，正坐此等口業，不足述也。

王驥德和馮夢龍都說勤之死時不到四十歲，但都沒有說明究竟是哪一年。考諸《曲律・自序》末尾王驥德自署「萬曆庚戌冬長至後四日，瑯琊方諸生書於朱鷺齋」，而《曲律》卷四〈雜論第三十九下〉又曾經提到呂天成「如此人，曾不得四十；一夕溘先，風流頓盡」；由此看來似乎呂天成於萬曆庚戌年（萬曆三十八年，1610）冬至前已死；而《曲品》的各種刻本，除了楊志鴻鈔本《曲品・自序》自署爲「萬曆癸丑（萬曆四十一年，1613）清明日，東海鬱藍生書於山陰樛木園之煙鬟閣」外，其他的刻本如暖紅室刻本、曲苑本、吳梅校本、清河本、清初鈔本等均作「萬曆庚戌（萬曆三十八年，1610）嘉平望日，東海鬱藍生書於山陰樛木園之煙鬟閣」；這裡先產生了《曲品・自序》究竟作於何時的問題。

根據《歷代詩史長編二輯》第六冊所收暖紅室刻本《曲品》及其提要所言，呂天成作《曲品・自序》於萬曆庚戌年（萬曆三十八年，1610）嘉平望日；但是，仔細閱讀《曲品・自序》的內容，它應該不是作於這一年。《曲品・自序》曾說：

壬寅歲，曾著《曲品》。然唯於各傳奇下著評語，意不盡、亦多未當，尋棄去。十餘年來，予頗爲此道所誤，深悔之，謝絕詞曲，技不復癢。今年春，與吾友方諸生劇談詞學，窮工極變，予興復不淺，遂趣生撰《曲律》。既成，功令條教，臚列具備，眞可謂起八代之衰，厥功偉矣。

「壬寅歲」爲萬曆三十年（1602），倘若這篇序文作於萬曆庚戌年（萬曆三十八年），僅與「壬寅歲」相隔八年，和呂天成所謂「十餘年來，予頗爲此道所誤」一語並不相合；然而，如果《曲品・自序》一文如楊志鴻鈔本所說的，作於「萬曆癸丑（萬曆四十一年）清明日」，則和「壬寅歲」相差十一年，與呂天成的話正是相當。

因此，筆者推測，暖紅室刻本、曲苑本、吳梅校本、清河本和清初鈔本等《曲品・自序》自署爲「萬曆庚戌嘉平望日」，乃呂天成曾爲《曲品》增補及初次作序；但《曲品》書成、定稿時所作的序則是在「萬曆癸丑清明日」，這還可由《曲品》中有湯顯祖於萬曆癸丑年（萬曆四十一年）所寫的《邯鄲夢》作爲旁證；可以想見《曲品》在成書之後，亦陸續有所增補。〔註 23〕

再回到呂天成卒年的問題。前面曾論及王驥德《曲律・自序》作於「萬曆庚戌冬長至後四日」，而《曲律・雜論第三十九下》又說呂天成「曾不得四十；一夕溘先，風流頓盡」，這很容易混淆後人的認知，以爲呂天成卒於萬曆三十八年以前；但我們已考探得知呂天成《曲品・自序》作於萬曆癸丑年（萬曆四十一年）；《曲律・雜論第三十九下》實乃後來續作者，故而其中有呂天成已死的記載。再者，呂天成〈紅青絕句題詞〉也說：

> 吾友方諸生自燕邸寄兩折來，爲《紅閨麗事》、《青樓豔語》，凡兩百題。（明刊本〈紅青絕句〉卷首）〔註 24〕

在這題詞末尾，呂天成自署「丙辰春日東海鬱藍生題於距佛仙處」，「丙辰」乃萬曆四十四年（1616）。由此更可以肯定，呂天成是卒於萬曆四十一年之後。

再考諸王驥德〈哭呂勤之〉套曲，我們可以獲知進一步確切的訊息。〈哭呂勤之〉套曲序文曾說：

> 曩子（疑爲「予」字）入都時，時治牘寒暄；昨予以數行南訊，未至一日，而勤之卒矣。傷玉樓之中萎，悵朱絃之絕和，泫然雪涕，不能已已。

以王驥德和呂天成「密邇旦夕」、「千秋交勗」（見《曲律》卷四〈雜論第三十

〔註 23〕青木正兒《中國近世戲曲史》以爲《曲品》中有「成於四十一年之湯顯祖所著《邯鄲記》，則當係出稿成後，猶加以增補者。」見王古魯譯本，頁 227。

〔註 24〕據李惠綿的考探，王驥德曾於萬曆三十三年乙巳（1605）以前入燕都，又於萬曆三十三年至萬曆三十六年（1608）再度入燕。見李惠綿《王驥德曲論研究・附錄一：王驥德年表初編》，臺大中文所碩士論文，民國 77 年，頁 229。而從呂天成自署〈紅青絕句題詞〉乃「丙辰春日東海鬱藍生題於距佛仙處」看來，則王驥德自燕邸所寄，應是在戊申年（萬曆三十六年，1608）從都門南返後，再入都門所寫的作品。

九下〉）的交情，當他獲悉呂天成過世的消息，自是哀痛難當。在〈哭呂勤之〉這套悼亡曲裡，王驥德悲痛地回憶他和呂天成在暮春之際分別的心情：

〔玉芙蓉〕離歌掠繡鞍，別色淒金盞。陡西城分手，正值春殘。詩題粉扇桃花綻，詞染紅箋柳葉繁。風蒲岸，蕭蕭掛帆，做得個斷腸聲裡唱陽關。

王驥德入京三年來，與呂天成仍不斷有書信往還：

〔古輪臺〕到長安，三年雲樹隔稽山。相思幾負看花限，烏絲片簡。北雪南飆，不斷黃河飛雁。

《紅閨麗事》和《青樓豔語》即是王驥德入京以後仍寄與呂天成相互觀摩、討論的作品。呂天成〈紅青絕句題詞〉作於萬曆四十四年春日，爲應和王驥德之作，可知王驥德於此年已身在北京；王澹〈西山詩〉序也說：

〈西山詩〉，紀遊而作也。萬曆丙辰仲夏之望，同烏程關仲通、余鄉王伯良肩輿往焉。（《牆東集》卷五）

而王驥德又曾於萬曆四十三年（1615）乙卯遊江蘇省通州〔註 25〕，應是經由此處入京，時爲萬曆四十三年；既然說「到長安，三年雲樹隔稽山」（〈哭呂勤之套曲·〔古輪臺〕〉），那麼寫〈哭呂勤之〉套曲的這一年，則是萬曆戊午年（萬曆四十六年，1618），呂天成當卒於此年。由他的生年萬曆八年至卒年萬曆四十六年，正是享年三十九歲，與王驥德、馮夢龍所說的「不滿四十」合。

呂天成自幼喜歡戲曲，二十歲時即能塡詞。《曲品·自序》說：「予舞象時即嗜曲，弱冠好塡詞。」〔註 26〕祖母孫太夫人好藏書，「於古今劇戲，靡不購存」，呂天成乃得以博覽之。此外，他又得到外舅祖孫月峰、父親呂姜山和表伯父孫如法的指導，於曲學故有淵源，尤精於四聲陰陽之別。後來呂天成與沈璟、王驥德、卜大荒、葉憲祖相交爲師友，暢論曲學，於此道遂更加精進。

呂天成的創作風格，隨著年紀的增長而不同。少年時曾作麗情小說《繡榻野史》、《閒情別傳》，雖爲「游戲之筆」，卻盛傳於時。傳奇作品本多傾向藻麗，後最服膺沈璟，以本色爲宗，但於宮調、字句、平仄，守法謹嚴

〔註 25〕據《狼五山志》，卷二，引自張慧劍《明清江蘇文人年表》。

〔註 26〕舞象是古代成童所學的一種樂舞。《禮記·內則》說：「成童舞象。」成童，十五歲以上。舞象是武舞，用竿，以象干戈，與舞勺之爲文舞不同。

〔註27〕。沈璟《致鬱藍生書》曾對呂天成所著傳奇有一番評論，他說：

> 《神女記》，東鄰客舍，曲有情境，而音律尚墮時趨。《戒珠記》，王謝風流，足以揮灑，而詞白工整，局勢未圓。《金合記》，載張無頗事，兼及盧杞富貴神仙，醒世之顛倒，而猶覺未卷。此皆世丈弱冠時筆也。

沈璟認爲呂天成早期的劇作，《神女記》失之於音律不嚴、《戒珠記》結構不整、《金合記》發揮未盡；而後來所作的傳奇，沈璟顯然較爲滿意：

> 《三星記》，自寫壯懷，極工極麗。《神鏡記》，劍俠聶隱娘事，奇秘可喜。《四相記》，揚厲世德，日月爭光。《雙棲記》，即《神女記》改本，然與前絕不同；高唐之夢，玉夢也，何不改正之？《四元記》，倫氏科名之盛，而警戒貪淫，大裨風教。《二婬記》，縱述穢褻，足壓王關，似一幅白描春意圖，眞堪不朽。《神劍記》，爲新建發蘊，可令道學解嘲。（見沈璟《致鬱藍生書》）

由若二十歲時的「局勢未圓」至《二婬記》的「足壓王關」，沈璟指出呂天成的傳奇作品進步頗多，並給予肯定的評價；而祁彪佳《遠山堂曲品》也分別在「逸品」「豔品」和「雅品」中著錄呂天成十種傳奇劇作，且以「才情富麗」、「曲白流暢」、「藻采飆發」、「詞場大觀」等予以讚譽。

關於呂天成的這些傳奇作品，沈璟曾經很巧妙地嘆詠在〈寄鬱藍生雙調詞一套〉中，並臆想呂天成的生活情調與其傳奇作品相結合。如〈寄鬱藍生雙調詞一套·〔玉山供〕·〔五供養〕〉說：

> 心花腹稿，儘游戲填詞索笑。四相勳名重在揮毫，隱娘仙俠更逍遙。

再看〈寄鬱藍生雙調詞一套〉中另外一支曲〔玉枝帶六么〕說：

> 〔玉交枝〕安石逸少，戒珠兒脩然解弢。
>
> 〔六么令〕巫陽神女下山樹，金花合，玉龍膏。狀元心字三星照，狀元心字三星照。

顯然這支曲說的是呂天成另外四部傳奇：《神女記》、《戒珠記》、《金合記》及《三星記》。沈璟自注〈寄鬱藍生雙調詞一套〉是「（萬曆）癸卯春作」，即萬

〔註27〕王驥德《曲律·雜論第三十九下》說：「（呂天成）所著傳奇，始工綺麗，才藻燁然；後最服膺詞隱，改轍從之，稍流質易；然宮調、字句、平仄，兢兢恐慎，不稍假借。」

曆三十一年（1603）時寫的，呂天成正是二十四歲，因此我們可以知道《三星記》、《神鏡記》、《四相記》應是呂天成二十一歲至二十四歲（1600～1603）的作品。而據《吳江沈氏家譜》，沈璟卒於萬曆三十八年（1610）正月十六日，因此〈致鬱藍生書〉至遲應寫於此時之前；信上所說的《雙棲記》、《四元記》、《二婬記》、《神劍記》等四部傳奇既是呂天成作於二十四歲以後，也當在萬曆三十七年（1609）沈璟在世時以前，所以應該是西元 1603～1609 年之間這七年的作品。而王驥德《曲律》尚著錄呂天成《雙閣畫扇記》一種，其已見於萬曆三十八年（1610）的通行本《曲品》〔註 28〕，所以它應是萬曆三十八年以前的作品；僅見《遠山堂曲品・雅品》殘稿著錄的《李丹記》、《藍橋記》則應是呂天成於萬曆三十八年以後至萬曆四十六年之間的作品。

除了傳奇作品外，沈璟也對呂天成的雜劇劇作青眼有加。他說：「諸小劇各具景趣，數語含姿，片言生態，是稱簇錦綴珠，令人徬徨追賞」。並且以「音律精嚴，才情秀爽」總評呂天成後期的作品，言下頗以此門生爲榮。

除了風格上的轉變，在呂天成的創作心態上也有明顯的不同。從早期創作頗豐到晚期僅有《李丹記》、《藍橋記》和〈紅青絕句題詞〉等，實有其原因。一者可能是功名未遂，悔此道之誤。在傳統社會裏，士人立身處世的心願，多是十年寒窗，奪取功名。呂天成的外舅祖孫月峰，曾中會試第一，後官封至司馬；他殷殷教誨呂天成讀書、爲文之法，授予舉業之方，鼓勵呂天成攻古文詞，留心時藝，期望呂天成能一舉得中。他說：

> 舉業無他術，但在多作，作之多，諸妙自出。又不可太著意，又不可太率易，要持其中乃可耳。
>
> 來書謂「玩古繙今」，此甚得讀書要領。諷詠浸灌，所入自深，願無怠焉。秋闈獎賞是來科大捷之兆，愚聞亦稍喜慰。甥孫才素高，今若沉潛於經術，取青紫如拾芥耳！（俱見《孫月峰先生全集》卷九〈與呂甥孫天成書牘〉）

呂天成於萬曆三十一年應鄉試，成績尚可，孫月峰鼓勵他「秋闈獎賞是來科大捷之兆，愚聞亦稍喜慰」；但從此以後，始終不見祝捷、錄取的喜訊。由於求取功名屢屢遭挫，呂天成對詞曲的愛好也曾動搖。《曲品・自序》說：

> 壬寅歲，曾著《曲品》。然唯於各傳奇下著評語，意不盡、亦多未

〔註 28〕《曲品》，卷下〈新傳奇品・上下品〉評汪廷訥「二閣」條說：「予曾爲《雙閣畫扇記》，即此朱生事也，不意汪亦爲之。」（《曲品校注》，頁 265）

當，尋棄去。十餘年來，予頗爲此道所誤，深悔之，謝絕詞曲，技不復癢。

二者是心情逐漸「澹然入道」。萬曆三十五年呂天成爲沈璟寫〈義俠記序〉時，尚意氣風發，對表彰俠義之士的戲曲作品，備加推崇：

今度曲登場，使奸夫淫婦、強徒暴吏，種種之情形意態，宛然畢陳。而熱心烈膽之夫，必且號呼流涕，搔首瞋目，思得一當以自逞，即肝腦塗地而弗顧者。以之風世，豈不溥哉？彼世之簪珮章縫，柔腸弱骨，見義而不能展其俠，慕俠而未必出乎義，愧武松多矣。然讀此不亦興起而有立志乎？昔李老子序《水滸》，謂嘯聚諸人皆大力大賢、有忠有義之儔，足爲國家干城腹心之選，其特論亦何快也！嗟乎！草莽江海之間，不乏武松，第致武松之爲武松者，伊誰責也？若有武松而終收武松之用者，則柄國者宜圖之矣。

表達出呂天成積極用世的滿腔熱情。自萬曆三十八年沈璟逝世後，孫月峰和孫如法分別於萬曆四十一年、萬曆四十三年相繼謝世，而呂天成又始終於科舉失利，種種打擊，使他逐漸頹唐，轉入老莊。晚期的〈紅青絕句題詞〉，本因呂天成接獲王驥德《紅閨麗事》和《青樓艷語》，「讀而悅之」，與友人史頡庵、宋膽庵相約各賦七言絕句。然「春雪浹旬，小齋愁臥，夢徊泚筆，忽忽不知作何語。因憶二十年前，兒女情多，差能解人意，今澹然入道，若元亮之賦〈閑情〉，非其質矣。」乃呂天成入道心境的告白（見〈紅青絕句題詞〉）。最後，呂天成享年不滿四十，以白衣士夫齎志而歿；然而呂天成殷殷著錄當時曲目，其評論觀點和審美思想，卻予後人留下豐富寶藏。

第三節　師承友朋

明萬曆年間戲曲活動極盛，曲友們相互酬唱應和、品評戲曲，成就當時曲壇的佳話。呂天成在戲曲創作和曲學研究上的成就，與沈璟、王驥德、卜世臣和葉憲祖等戲曲家的切磋是分不開的。本節將就呂天成曲學生涯中，與其交往甚密的師友予以論述，以了解呂天成和曲友間切磋琢磨、相互影響的實質意義。

沈璟，字伯英，號寧庵，別署詞隱生。生於明世宗嘉靖三十二年（1553），卒於明萬曆三十八年（1610），江蘇吳江人。曾祖父沈漢曾任刑部給事中，以直言敢諫聞名於時。沈璟生而「韶秀玉立，穎悟絕人」，數歲時屬對，「應聲

如雷」；讀書「日誦千餘言」，有神童之稱。長大後，更是「頎皙靚俊，眉目如畫」。〔註29〕

萬曆二年（1574），沈璟年二十二歲考中進士，任兵部職方司主事。次年告病還鄉。萬曆七年（1579），沈璟任禮部儀制司主事，升員外郎。萬曆十年（1582），丁憂。萬曆十四年（1586）沈璟上疏請立儲，及爲王恭妃請封號，忤旨，降爲行人司正。萬曆十六年（1588）任命爲順天（北京）鄉試同考官，遷光祿寺丞。次年（沈璟時年三十七歲）告病歸里。

從此，沈璟便「屏跡郊居，放情詞曲」，和同里的顧大典並蓄聲伎，選優伶，演戲曲，爲香山、洛社之遊，生活過得很寫意〔註30〕。他又精於文字學，喜好誦讀，一個字的音讀也不馬虎。他也常作詩、寫文章，尤善行草書。王驥德《曲律・雜論第三十九下》就對其才藝有如此的描述：

> 其（沈璟）於曲學、法律甚精，汎瀾極博。斤斤返古，力障狂瀾，中興之功，良不可沒。先生能詩，功行、草書。弱冠魁南宮，風標白皙如畫。仕由吏部郎轉丞光祿，值有忌者，遂屏跡郊居，放情詞曲，精心考索垂三十年。雅善歌，與同里顧學憲道行先生，並蓄聲伎，爲香山、洛社之遊。

沈璟著述很多，詩文有《屬玉堂詩文集》，其他都是有關戲曲及曲學的著作；傳奇有《屬玉堂傳奇》十七種（一說十九種）〔註31〕；改訂《還魂記》、考訂《琵琶記》；散曲有《情癡寱語》、《詞隱新詞》各一卷、《曲海青冰》二卷、編有《南詞韻選》；詞譜及曲論則有《南九宮十三調曲譜》、《遵致正吳編》、《論詞六則》、《唱曲當知》、《評點時齋樂府指迷》〔註32〕等，皆爲審音者所宗。沈璟性情謙謹，平生不善飲酒，亦少交游；晚年更習爲和光忍辱、杜門

〔註29〕參見凌景埏〈詞隱先生年譜及其著述〉所引潘檉章《松陵文獻集・家傳》。

〔註30〕吳江《沈氏家傳・寧庵公傳》說：「壯年猶不廢山川花月之遊，晚則屏居深念，與世緣漸疏。」沈璟於明神宗萬曆十六年八月遷光祿寺丞，次年即告病歸里；卒於萬曆三十八年，享年五十八歲，屏跡郊居凡二十一年餘。

〔註31〕王驥德《曲律・雜論第三十九下》說沈璟有傳奇《紅蕖》、《分錢》、《埋劍》、《十孝》、《雙魚》、《合衫》、《義俠》、《分柑》、《鴛衾》、《桃符》、《珠串》、《奇節》、《鑿井》、《四異》、《結髮》、《墜釵》、《博笑》等十七記；曾永義《明雜劇概論》則又補充了《同夢》、《新釵》二記（見頁280），並說十九種中，今僅存《紅蕖》、《埋劍》、《雙魚》、《義俠》、《桃符》、《墜釵》、《博笑》等七種，殘存《分錢》、《十孝》二種；其他《合衫》、《分柑》、《鴛衾》、《珠串》、《奇節》、《鑿井》、《四異》、《結髮》、《同夢》、《新釵》等均散佚不存。

〔註32〕宋代吳江沈伯時著有《樂府指迷》。

謝客，寄情於樂府，並改字聃和以自況。熹宗天啓初年，追錄國本建言諸臣，贈沈璟爲光祿寺少卿。〔註 33〕

沈氏一門曲風極盛，曲幾乎可說是沈氏的家學。尤西堂曾說：「吳江沈氏，詞人之淵藪也。」除了沈璟之外，尚有弟沈瓚（子勺）、從子自晉（伯明）、自繼（君善）、自徵（君庸）、女靜尊（倩君）、孫繡裳（長文）、從弟珂（祥止）、珂女惠端（幽馨）、自晉子水隆（治佐）、自繼子永啓（方思）、從弟瑾孫永令（聞人）、侄孫保昌（子言）、瓚孫永馨（建芳）、從弟莞孫永瑞（雲襄）、從弟琦曾孫世楙（旃美）、永令子辛楙（龍媒）等；在《南詞新譜》中，都收有他們的作品。

沈璟和呂天成可說是亦師亦友的交誼，二人經常魚雁往還，就劇作相互討論、品評〔註 34〕。呂天成對沈璟極爲推崇，屢屢表彰沈璟曲學之功，「直剖千古之迷」。《義俠記・序》有言：

松陵詞隱先生表章詞學，直剖千古之迷，一時吳越詞流，如大荒逋客、方諸外史、桐柏中人，遵奉功令唯謹。

呂天成並將沈璟劇作列之於《曲品・上上品》。從呂天成謙恭的語氣、不時地尊稱沈璟爲「先生」看來，此中流露出學生對老師的崇仰之情。

呂天成稱譽沈璟爲「千秋之詞匠」（《曲品》卷上〈上上品〉），對沈璟的劇作是褒遠服於貶。他稱讚《紅蕖》「曲白工美」；《埋劍》「悲歌慷慨」；《十孝》「關風化」、「大快人意」；《分錢》「苦境可玩」；《雙魚》「令人慘動」；《合衫》「曲極簡質」，爲沈璟最得意之作；《義俠》「激烈悲壯、具英雄色」；《鴛衾》「局境頗新」；《桃符》「宛有情致」；《分柑》「謔態疊出」；《四異》乃「快然」之作；《鑿井》「事奇，湊泊更好」；《珠串》「寫出有境」；《奇節》乃「忠孝事，宜傳」；《結髮》「情景曲折」；《墜釵》「甚奇」；《博笑》「令人絕倒」，且「先生游戲，至此神化極矣」。可以想見他對沈璟劇作的佩服，冀望能得到沈璟的教導。王驥德《曲律》卷四〈雜論第三十九下〉也說：

〔註 33〕沈璟生平參見《明史》卷二〇六、《明史稿》卷一九〇、《明詩綜》卷五十二、《江南通志》卷一四〇、潘檉章《松陵文獻集》，卷九〈文學傳〉、〈家傳〉；乾隆刻本《吳江縣志》，卷二十八〈名臣傳〉、凌景埏〈詞隱先生年譜及其著述〉（《燕京大學學報》第五期）。

〔註 34〕沈璟〈致鬱藍生書〉說呂天成曾「以妙製傳奇十帙與小劇見示」，希冀沈璟給予指教；而沈璟同樣也「謹以未行稿本馳上，幸教之，評之，勿阿好也」，都極重視對方的意見。

> 自詞隱作詞譜，而海內斐然向風。衣缽相承，尺尺寸寸守其矩矱者二人。曰：吾越鬱藍生，曰檇李大荒逋客。……（勤之）所著傳奇，始工綺麗，才藻燁然，後最服膺詞隱，改轍從之，稍流質易。

沈璟也不負呂天成所托，〈致鬱藍生書〉將呂天成年少之作與新近之筆做一比較後，予以「音律精嚴，才情秀爽」等充分肯定的勉勵語；並且費了一番心血，比附史事，巧妙地將呂天成劇作吟詠於〈寄鬱藍生雙調詞一套〉中。沈璟視呂天成如知己〔註 35〕，生平著述，悉授呂天成，並爲刻播〔註 36〕，二人可說是「尊信之極，不負相知」（見王驥德《曲律》卷四〈雜論第三十九下〉）。

王驥德，字伯良，號方諸生〔註 37〕，約生於明嘉靖三十六年至嘉靖四十年之間（1577～1561），卒於明熹宗天啓三年（1623）〔註 38〕，會稽人（浙江紹興府）；此外他尚有「方諸僊史」、「玉陽生」、「玉陽僊史」、「秦樓外史」、「伯驥」等字號。

任訥〈王驥德傳略〉讚譽王驥德「是明代曲家中最不可少者」〔註 39〕，其曲學造詣與家學背景有密切的關係。祖父王爐峰，著述甚豐，與王方湖、王眞翁齊名，被鄉人士譽爲「於越三王」。王爐峰少時曾作《紅葉記》，「都雅婉逸，翩翩有風人之致」，可惜「遺命祕不令傳」。後來王驥德秉父命改其作，是爲《題紅記》〔註 40〕。再者，王家家藏有百種元人雜劇〔註 41〕，王驥

〔註 35〕〈致鬱藍生書〉說：「不佞老筆俗腸，硜硜守律，謬辱嘉獎，愧與感並。虞生不云乎，有一知己，死而無恨。良然！良然！」

〔註 36〕王驥德《曲律》，卷四〈雜論第三十九下〉說：「（詞隱著述）半已盛行於世，未刻者，存吾友鬱藍生處。」又說：「《曲海青冰》二卷，易北爲南，用工良苦；呂天成既逝，不知流落何處，惜哉！」

〔註 37〕馮夢龍〈敘曲律〉、屠隆〈題紅記敘〉、毛以燧〈新校注古本西廂記序〉、錢熙祚〈曲律跋〉等皆稱其字「王伯良」；王驥德〈曲律自序〉、呂天成〈曲品自序〉及〈紅青絕句題詞〉、松蘿道人〈曲品跋〉皆稱其號方諸生。而明天啓五年《曲律》原刊本署「會稽方諸生王伯良撰」、朱朝鼎〈新校注古本西廂記跋〉稱「方諸生王伯良氏」則是以字號並稱。

〔註 38〕羅錦堂《中國散曲史》第三章說王驥德「生年不詳，卒於熹宗天啓三年，年六十歲左右。」姚柯夫〈王驥德傳略考辨〉從之（姚氏之文載於《文獻》第三輯，1980 年出版）。夏寫時言王氏「約生於嘉靖三十六年（1557）至四十年（1561）年之間」（見《中國大百科全書・戲曲曲藝》「王驥德條」）。

〔註 39〕〈王驥德傳略〉，收於《曲諧》，卷三，任訥《散曲叢刊》中收有《曲諧》，臺北：中華書局出版，民國 73 年三版。

〔註 40〕見《曲律》，卷四〈雜論第三十九下〉，《歷代詩史長編二輯》第四冊，頁 168。

德日日沉浸其中，遂積學有成。

王驥德家學淵源，耳濡目染，在「齠齔之年，輒有絲肉之嗜」，並且「蕭齋讀罷，或辨吹緹；芸館文閒，時供擊節」（《曲律・自序》）。王驥德少年時代即富盛譽，弱歲時改作《題紅記》，傳播久遠，進御宮廷，聲名才情由此可見。他研讀考索甚勤，又善於驅遣詞鋒，調協宮商。但是，王氏雖然才學兼備，仕途卻並未得意。毛以燧說：「君（王驥德）才十倍失封侯，我亦青衫滯白頭」（〈哭王伯良先生詩〉之五），歎息兩人的不遇。王氏〈別友〉散套中也深深流露出經年書劍飄零心裡的感慨。

王驥德交遊甚廣，他曾設席山陰署中，與毛以燧等人研討詞曲；又曾於少年時「掛青帆向維揚浪遊」（〈寄顧姬〉）；也曾遊覽江蘇吳江、河南汴梁等地。此外，燕都之遊，開展王氏生活的閱歷，對其治曲更有助益。王驥德師事徐文長，二人因同里而有地利之便，且居處近鄰，《曲律》卷四〈雜論第三十九下〉說：

> 先生居，與余僅隔一垣，作時每了一劇，輒呼過齋頭，朗歌一過，津津意得。余拈所警覺以復，則舉大白以釂，賞爲知音。

王驥德對徐文長的劇作推崇備至，認爲《四聲猿》「故是天地間一種奇絕文字」，而「高華爽俊，穠麗奇偉，無所不有，稱詞人極則，追躅元人」（《曲律》卷四〈雜論第三十九下〉），故而列徐文長爲南詞「詞人之冠」（另一位是湯顯祖，見《曲律》卷四〈雜論第三十九下〉）。除了師事徐文長之外，王驥德亦與沈璟、孫鑛、孫如法、呂天成等人交好，恃爲「詞學麗澤者四人」。他認爲沈璟功勞之大在於「詞曲之學至先生（詞隱）而大明於世」，稱譽沈氏乃「詞林之哲匠、後學之師模」。沈璟專論曲之平仄，而孫鑛和孫如法則有功於釐字陰陽。王驥德論曲極重陰陽之說，他認爲南曲陰陽之法久廢不講，湮沒不傳，至孫如法始發其義。王驥德說：「詞曲一道，詞隱專釐平仄，而陰陽之辨，則先生諸父大司馬月峰始抉其竅，已授先生（孫如法），益加精覈。」（《曲律》卷四〈雜論第三十九下〉）孫如法謫歸後，士人罕見其面，獨招呂天成與王驥德「把酒商榷詞學，娓娓不倦」；王氏也感恩地說：「余於陰陽二字之旨，實大司馬暨先生（孫如法）指授爲多，不敢忘其所得。」呂天成也

〔註41〕《王注西廂記・自序》說：「余家藏元人雜劇可數百種許」；《曲律》卷四〈雜論第三十九下〉也說：「金元雜劇甚多。……余家藏及見沈光祿、毛孝廉所，可二三百種。」

說：「又進而有八聲陰陽之學……。此韻學之鉅典，曲部之秘傳，柳城啓其端，方諸闡其教。」（《曲品》卷上〈新傳奇品小序〉）可知王驥德發揚孫如法陰陽之學。

王驥德恃爲詞學麗澤者四人中，與呂天成尤其密邇旦夕，「方以千秋交勗」（《曲律》卷四〈雜論第三十九下〉）。他與呂天成常就作品相互討論，認爲呂天成「所著傳奇，始工綺麗，才藻燁然，後最服膺詞隱，改轍從之」，譽之爲「松陵衣缽高足」〔註 42〕。二人惺惺相惜，常相互督促作品的完成，並且評論之；因此而造就了明代曲學雙璧——《曲律》和《曲品》的完成（語見青木正兒《中國近世戲曲史》上冊，頁 227）。《曲品・自序》曾說：

> 今年春，與吾友方諸生劇談詞學，窮工極變，予興復不淺，遂趣生撰《曲律》。

《曲律》是王驥德平生所學聚積而成的精華，他窮其畢生鑽研詞曲之力，視此書爲「曲家三尺具是」之作，可想見他對《曲律》期望甚高。爲了傳南曲之法，王氏不辭「左碗持藥，右驅管城」之苦，終於「日疏數行，積盈卷帙」而成《曲律》（見《曲律・自序》）。《曲律》完成後，呂天成曾爲之作序〔註 43〕，並讚譽《曲律》「功令條教，臚列具備，眞可謂起八代之衰，厥功偉矣」（見《曲品・自序》）。王驥德和呂天成「文字交垂二十年，每抵掌塡詞，日昃不休」（見《曲律》卷四〈雜論第三十九下〉），交誼如同伯牙與鍾子期。王驥德稱美呂天成是「翩翩佳公子」、「賦資穎妙，兼解曲理」，而如此之人享年竟「不得四十」，因而「傷玉樓之中萎，悵朱絃之絕和，泫然雪涕，不能已已」。悲痛地作了〈哭呂勤之〉套曲；其中〔榴花泣〕云：

> 〔榴花泣〕鍾期已逝，有指不須彈。嗟流水共高山，破青琴只合付潺湲，料知音再覓應難。風流呂安，這些時哭殺稽中散。慘凄凄鶴怨猿驚，恨悠悠天上人間。

一曲更充分地流露了兩人惺惺相惜、王驥德慨歎知音難覓的感傷。

卜世臣，字孝裔，一字大臣，別號藍水，又號大荒逋客。生於明穆宗隆慶六年（1572），卒於清世祖順治二年（1645），秀水（水浙江嘉興）人。他

〔註 42〕《曲律・雜論第三十九下》說：「自詞隱作詞譜，而海內斐然向風，衣缽相承，尺尺寸寸守其矩矱者二人。曰：吾越鬱藍生，曰：檇李大荒逋客。」（頁 165）

〔註 43〕《曲律》，卷四〈雜論第三十九下〉說：「《曲律》故勤之及比部促成，嘗爲余序。」可惜今日《曲律》已不見呂序。

的從母是沈璟的母親，沈璟的妹妹又嫁給他的從兄卜二南；因此姻親關係，再加上卜世臣與呂天成同爲沈璟嫡傳弟子，故而卜世臣戲曲觀深受沈璟影響〔註44〕。王驥德《曲律》卷四〈雜論第三十九下〉說：

自詞隱作詞譜，而海內斐然向風。衣鉢相承，尺尺寸寸守其矩矱者二人。曰：吾越鬱藍生，曰：檇李大荒逋客。

卜世臣磊落不諧於俗，著述甚豐。《嘉興府志》卷五十三說其著作有《掛頰言》、《玉樹清商》、《多識編》、《樂府指南》、《卮言》、《山水合譜》等；傳奇作品有《冬青記》一種，尙傳於世，另外《乞麾記》和《雙串記》已經亡佚。呂天成《曲品》將卜世臣列於「上之中」，說：

大荒博雅名儒，端醇古士。張衡之精巧絕世，荀爽之俊美無雙。耽奇蘊爲國珍，按律蔚稱詞匠。

呂天成不僅以張衡、荀爽譬喻卜世臣之美才，讚其敦厚古風；更因同門之誼，直指卜世臣能繼承沈璟衣缽，爲其曲學傳人。《曲品》著錄世臣《冬青》和《乞麾》二記，言其「音律精工，情景眞切」、「可令千古英雄雪涕」（分別見《曲品校注》，頁241、247），可說是卜世臣的知音。

葉憲祖，字美度，一字相攸，號桐柏，又號六桐，別署檞園居士、檞園外史、紫金道人。浙江餘姚人。他是宋代文人葉夢得之後，生於明世宗嘉靖四十五年（1566），卒於明思宗崇禎十四年（1641），享年七十六歲。

葉憲祖的祖父名選，嘉靖十七年進士，官工部郎中。父親名逢春，嘉靖四十四年進士，官廬州知府，母親吳氏，贈恭人。葉憲祖從小就受到良好的家庭教育，未冠即入太學，萬曆二十二年（1594，葉憲祖時年二十九歲）考中舉人，但直至萬曆四十七年（1619）才考中進士，那時他已經五十四歲了。官封新會知縣，頗有政聲。考選入京時，黃遵素彈劾魏忠賢，葉憲祖以黃遵素姻親，左遷大理評事，轉工部主事。魏忠賢建祠，與葉憲祖居處正好在同一巷，憲祖徙寓而去。魏忠賢又建祠臨長安街，憲祖笑謂旁人說：「此天子走辟雍道也，土偶豈能起之乎？」魏忠賢聞知後，大怒，葉憲祖因此被削籍遣歸。崇禎元年，葉憲祖復起爲南京刑部主事，出守順慶。擢陞爲湖廣副使，備兵辰沅。後轉四川參政、廣西按察使，都未蒞任。後歸隱五年而卒。

葉憲祖爲人浩浩落落，若無可否；他認爲人世之事，有生而不識者，所以施政因任自然。憲祖與同鄉孫鑛同以古文辭相期許，尤工詞曲，製有雜劇

〔註44〕卜世臣生平參見《嘉興府志》卷五十三。

二十四種，今存十二種；傳奇七種，今存二種。黃宗羲〈外舅廣西按察使葉公改葬墓誌銘〉論及葉憲祖的文學地位時，說：

> 公之至處，自在塡詞。一時玉茗、太乙，人所膾炙，而粉筐黛器，高張絕弦，其佳者亦是捜牢元人成句。公古淡本色，街談巷語，亦化神奇，得元人之髓。如《鸞鎞》借賈島以發抒二十餘年公車之苦，固有明第一手矣。吳石渠、袁令召，詞家名手，石渠院本求公詆訶，然後敢出；令召則槲園弟子也。花晨月夕，徵歌按拍，一詞脫稿，即令伶人習之，刻日呈伎，使人猶見唐宋士大夫之風流也。（收於黃宗羲《南雷集・吾悔集》卷一）

可見葉憲祖在當日曲壇地位之崇高。

葉憲祖與呂天成、王驥德、吳炳、王澹、袁于令等曲家交誼甚厚。黃宗羲稱其劇作「直迫元人，與之上下」、「詞家之有先生，亦如詩家之有陶、韋也」（見黃宗羲輯《姚江逸詩》卷十二）；呂天成《曲品》將葉憲祖列爲「上之中」，盛譽他才能卓異，喻之爲蘇秦、東方朔（見《曲品校註》，頁 62）。並且無論是添補他人劇作，或是葉憲祖自己的劇作，呂天成都頗爲稱美。例如張鳳翼所著傳奇《紅拂》，呂天成認爲張作「私奔處未見激昂」，直到「吾友槲園生補北詞一套，遂無憾」（《曲品校註》，頁 227）；《竊符》一劇亦覺得「竊符乃通本吃緊處，覺草草」，而「槲園生補南北詞一大套，意趣頓𢋐」（《曲品校註》，頁 230）；章金庭《符節》「但稍覺客勝」（《曲品校註》，頁 310）、陳濟之《題橋》「文君有姊，似蛇足」（《曲品校註》，頁 318），呂天成分以「吾友葉美度有《灌夫罵座》劇」、「吾友葉美度有《琴心雅調》八齣」，推介葉憲祖之作可爲章金庭和陳濟之的參考；從其中屢屢出現的「吾友」看來，呂天成是深以葉憲祖爲傲的。〔註 45〕

王驥德曾標舉「吾越故有詞派」，自古至元皆有可觀，有明一代則推謝泰興（謝讜）、陳鶴、徐渭、呂天成、史槃、王澹翁和葉憲祖等〔註 46〕，可見越

〔註 45〕葉憲祖生平參見《明詩綜》卷六十一、《浙江通志》卷一八〇、黃宗羲《南雷集・吾悔集》，卷一〈外舅廣西按察使葉公改葬墓誌銘〉。

〔註 46〕王驥德《曲律・雜論第三十九下》有言：「吾越故有詞派，古則越人〈鄂君〉、越夫人〈烏鳶〉、越婦〈采葛〉、西施〈采蓮〉、夏統〈慕歌〉、小海〈河女〉尚已。迨宋，而有〈青梅〉之歌，志稱其聲調宛轉，有〈巴峽〉、〈竹枝〉之麗。陸放翁小詞閒豔，與秦、黃並驅。元之季有楊鐵崖者，風流爲後進之冠，今〈伯業艱危〉一曲，尤膾炙人口。近則謝泰興海門之《四喜》、陳山人鳴野之《息柯餘韻》，皆入逸品。至吾師徐天池先生所爲《四聲猿》，而高華爽俊，

地不僅文風鼎盛，曲家相知相惜，情誼之好，尤令人嚮往之。

第四節　著作考述

呂天成自幼就喜歡詞曲，但眞正從事戲曲創作則是在二十歲的時候，《曲品・自序》開首便說：「予舞象時即嗜曲，弱冠好塡詞」。他早年的作品多藻麗，如流傳當時的麗情小說《繡榻野史》、《閒情別傳》，今雖已亡佚，但其摹寫麗情褻語，王驥德直嘆爲絕技〔註 47〕。呂天成的創作活動，明顯地分爲前後兩個時期：前期從二十歲寫《神女記》開始〔註 48〕，到三十歲《曲品》完稿爲止，這十二年是才華橫溢、創作力最旺盛的黃金時代，他絕大部分的作品都是在這個時期寫成的。後期從三十二歲到三十九歲止，在這八年裡，除了對《曲品》作過增補外，卻少有作爲，只有寫過〈青紅絕句題詞〉等閨情作品，所以王驥德說他「近年來譜閑情花滿金鐶，露竹殺千竿，題愁寫怨淋漓濕未乾」（見〈哭呂勤之〉，收於《太霞新奏》卷五）。除了戲曲品評專論——《曲品》另見他章討論之外，本節將就呂天成的傳奇作品、雜劇作品、及三篇序文——〈義俠記序〉、〈紅青絕句題詞〉、〈越園紀略序〉和校正、代刊等作品作一深入考述。

一、傳奇作品

呂天成所作傳奇，各書著錄不一。據沈璟〈致鬱藍生書〉的記載，有《神女記》、《戒珠記》、《金合記》、《三星記》、《神鏡記》、《四相記》、《雙棲記》、《四元記》、《二婬記》和《神劍記》，也就是《南詞新譜》卷首〈古今入譜詞

穠麗奇偉，無所不有，稱詞人極則，追蹤元人。……史叔考撰《合紗》、《櫻桃》、《鵜釵》、《雙鴛》……凡十二種；王澹翁撰《雙合》、《金椀》、《紫袍》、《蘭佩》……凡六種。二君皆自能度品登場，體調流麗，優人便之，一出而搬演幾遍國中。姚江有葉美度進士者，工雋摹古，撰《玉麟》、《雙卿》……以及諸雜劇，共十餘種。同舍有呂公子勤之，曰鬱藍生者，從髫年便解摛掞，如《神女》、《金合》、《戒珠》……以迨小劇，共二、三十種。惜玉樹早摧，齎志未竟。自餘獨本單行，如錢海屋輩，不下一二十人。一時風尚，既可見已。」（頁 167）

〔註 47〕王驥德《曲律》，卷四〈雜論第三十九下〉說：「勤之制作甚富。至摹寫麗情褻語，尤稱絕技。世所傳《繡榻野史》、《閒情別傳》，皆其少年游戲之筆。」

〔註 48〕沈璟《致鬱藍生書》：「《神女記》，東鄰客舍，曲有情境，而音律尚墮時趨。……此皆世丈弱冠時筆也。」以《神女記》爲呂天成少之作，故音律仍有缺失。

曲傳劇總目〉所說的「《煙鬟閣傳奇》十種」；而王驥德《曲律》卷四所著錄的，除了上述十種外，又多出《雙閣記》一種〔註49〕；祁彪佳《遠山堂曲品》雖也在「逸品」、「豔品」和「雅品」中分別品評了呂天成十種傳奇作品，但卻有異於沈璟所說的劇名；祁氏新增《李丹記》、《藍橋記》，少了沈璟所說的《四相記》和《四元記》，而且祁氏《遠山堂曲品・能品》著錄汪昌朝《二閣記》曾說：「鬱藍生傳此爲《畫扇》，翩翩逸韻，是少年場中得意之語。」對呂天成是否作《畫扇記》，採取保留的態度。另外《傳奇彙考標目》除了著錄沈璟所說的十種劇目之外，還加上王驥德說的《雙閣記》和祁彪佳說的《李丹記》、《藍橋記》；並且增添《玉符記》、《金谷記》和《碎琴記》等三種，而傅惜華《明代傳奇全目》則將這三種列入存疑，羅錦堂《明代劇作家考略》亦從之〔註50〕。今將各家所言繪成一表格：

劇名／論者	金合	神鏡	神女	李丹	雙棲	三星	戒珠	藍橋	神劍	二婬	四元	四相	畫扇	玉符	碎琴	金谷
沈　璟	◎	◎	◎		◎	◎	◎		◎	◎	◎	◎				
王驥德	◎	◎	◎		◎	◎	◎		◎	◎	◎	◎	◎			
祁彪佳	◎	◎	◎	◎	◎	◎	◎	◎	◎	◎			?			
傅惜華	◎	◎	◎	◎	◎	◎	◎	◎	◎	◎	◎	◎	◎	?	?	?
羅錦堂	◎	◎	◎	◎	◎	◎	◎	◎	◎	◎	◎	◎	◎	?	?	?

註：◎表示著錄　　?表示存疑

《曲品》卷下〈新傳奇品・下下品〉胡全庵「奇貨」條評語說：「予擬作《玉符記》，未果。」（《曲品校注》，頁 355）而《金谷記》是《金合記》的誤寫〔註 51〕。其實前一種只是擬作，並未成功；後一種除去訛誤之後，則已見前

〔註49〕《曲品》卷下〈上下品・二閣〉條說：「予曾爲《雙閣畫扇記》，即此諸生事也，不意君亦爲之。予雜取紈袴子半入之，此則惟詠梅雪，更覺條暢。」（《曲品校註》，頁 265）祁彪佳《遠山堂曲品・能品》著錄汪昌朝《二閣記》說：「鬱藍生傳此爲《畫扇》，翩翩逸韻，是少年場中得意之語。昌朝此記，雖稚有裁鍊，但於二閣初之失和，繼之合歡，具不能刻入深情，覺未大快人意。」王驥德所說的《雙閣記》和祁彪佳所說的《畫扇記》其實是呂天成的同一部作品，呂天成稱它爲《雙閣畫扇記》。

〔註50〕見羅錦堂《明代劇作家考略》，頁 69。

〔註51〕清初鈔本、集成本、楊志鴻鈔本均作《金合記》，其他本皆誤作《金谷記》；趙景深〈增補本《曲品》的發現〉也說：「《金谷記》似爲《金合記》之誤。」《復旦大學學報》，1964 年第一期，頁 94。

人著錄。至於《碎琴記》從未見他書著錄，是否屬於呂天成的作品，尚難斷定，因此傅惜華《明代傳奇全目》列入存疑。

關於呂天成的這些傳奇作品，沈璟曾經很巧妙地嘆詠在〈寄鬱藍生雙調詞一套〉中。如〈寄鬱藍生雙調詞一套‧〔玉山供〕‧〔五供養〕〉說：

> 心花腹稿，儘游戲填詞索笑。四相勳名重在揮毫，隱娘仙俠更逍遙。

沈璟將他臆想呂天成的生活情調與傳奇作品相結合。另外沈璟〈致鬱藍生書〉還說：

> 《神鏡記》，劍俠聶隱娘事，奇秘可喜。《四相記》，揚厲世德，日月爭光。

祁彪佳《遠山堂曲品‧雅品》「神鏡」條也說：

> 劍俠特盛於唐，而所載紅線、隱娘尤奇秘可喜。至金生以神鏡合隱娘，正是天然傳奇。此記作得靈怪，又能於場上見構局之佳。曲白流暢，是鬱藍另一作法。險韻亦不重押，十九韻內而口明，又即用前韻所未及押者，更別闢法門。

雖然呂天成的傳奇作品今已不傳，但從沈璟和祁彪佳對呂天成劇作的闡述，我們約可窺豹一斑。

再看〈寄鬱藍生雙調詞一套〉中另外一支曲〔玉枝帶六么〕說：

> 〔玉交枝〕安石逸少，戒珠兒翛然解弢。
> 〔六么令〕巫陽神女下山樹，金花合，玉龍膏。狀元心字三星照，狀元心字三星照。

顯然這支曲說的是呂天成另外四部傳奇：《神女記》、《戒珠記》、《金合記》及《三星記》。沈璟〈致鬱藍生書〉曾說道：

> 《神女記》，東鄰客舍，曲有情境，而音律尚墮時趨。《戒珠記》，王謝風流，足以揮灑，而詞白工整，局勢未圓。《金合記》，載張無頗事，兼及盧杞富貴神仙，醒世之顛倒，而猶覺未卷。此皆世丈弱冠時筆也。

從這段引文中，除了可以描繪出呂天成《神女記》、《戒珠記》和《金合記》大概的輪廓之外，也讓我們得知這三本劇作是呂天成二十歲時的少作；而〈寄鬱藍生雙調詞一套〉沈璟自注是「（萬曆）癸卯春作」，即萬曆三十一年（1603）時寫的，呂天成正是二十四歲，因此《三星記》、《神鏡記》、《四相記》應是呂天成二十一歲至二十四歲（1600～1603）的作品。

趙景深〈增補本《曲品》的發現〉曾就沈璟〈致鬱藍生書〉和〈寄鬱藍生雙調詞一套〉加以考證呂天成寫作這些傳奇作品的年代。他說：

> 沈璟在〈致鬱藍生書〉中所提到的《雙棲記》、《四元記》、《二婬記》和《神劍記》，〈寄鬱藍生雙調詞一套〉未曾敘及，可能是勤之當時尚未寫出；而乾隆五十六年楊志鴻鈔本《曲品》又記載沈璟給勤之的〈致鬱藍生書〉提到這四本劇作，那麼它們該是勤之二十四歲以後（1603～1613）這十年之內的作品。其他如《曲律》所著錄的《李丹記》、《藍橋記》、《雙閣畫扇記》大約是1613年以後的作品。〔註52〕

但是據《吳江沈氏家譜》，沈璟卒於萬曆三十八年（1610）正月十六日，因此〈致鬱藍生書〉至遲應寫於此時之前；信上所說的《雙棲記》、《四元記》、《二婬記》、《神劍記》等四部傳奇既是呂天成作於二十四歲以後，也當在萬曆三十七年（1609）沈璟在世時以前，所以應該是西元1603年至西元1609年這七年的作品。另外，趙景深〈增補本《曲品》的發現〉又說：

> 其他如《曲律》所著錄的《李丹記》、《藍橋記》、《雙閣畫扇記》大約是1613年以後的作品。〔註53〕

這裡所說的《李丹記》、《藍橋記》和《雙閣畫扇記》，僅有最後一種爲《曲律》卷四所著錄，前兩種見於《遠山堂曲品．雅品》殘稿，籠統稱爲《曲律》著錄，並不妥當。尤其是《雙閣畫扇記》，在萬曆三十八年（1610）的通行本《曲品》中，就已經提及〔註54〕，所以它應是1610年以前的作品，不是1613年以後。

總之呂天成所作傳奇今可確定的有十三種，當時可能都有鈔本，馮夢龍就曾見到《神劍記》，說：

> 勤之工於詞曲，予唯見其《神劍記》，譜陽明先生事。其散曲絕未見也，當爲購而傳之。（見《太霞新奏》卷五）

現在除了《南詞新譜》卷四存有《神劍記．正宮牛陣樂》一支曲文外，呂天

〔註52〕見趙景深〈增補本《曲品》的發現〉，《復旦大學學報》，1964年第一期，頁94。

〔註53〕同註52。

〔註54〕《曲品》卷下〈新傳奇品．上下品〉評汪廷訥「二閣」條說：「予曾爲《雙閣畫扇記》，即此朱生事也，不意汪亦爲之。」（《曲品校注》，頁265）

成其他傳奇作品均已亡佚了。王驥德《曲律》卷四說：

（呂天成）所著傳奇，始工綺麗，才藻燁然；後服膺詞隱，改轍從之，稍流質易，然宮調、字句、平仄，兢兢毖慎不稍假借。

概括了呂天成傳奇劇作的藝術特色。雖然呂天成傳奇作品所存不多，幸而當時曲家爲其撰寫的序文尚存四篇：梅鼎祚《鹿裘石室集》卷十八〈神女記題詞〉、〈金合記題詞〉和〈戒珠記題詞〉三篇和葉憲祖《青錦園文集》卷三〈神女記序〉一篇；此外還有沈璟〈致鬱藍生書〉、〈寄鬱藍生雙調詞一套〉（見乾隆辛亥季冬迦蟬楊志鴻鈔本《曲品》附錄）和祁彪佳分別在《遠山堂曲品》的「逸品」、「豔品」、「雅品」中品評呂天成十種傳奇；從這些僅餘的資料中，或可稍稍窺探呂天成傳奇作品的內容和其藝術特色。

二、雜劇作品

呂天成的雜劇作品，根據王驥德《曲律》卷四〈雜論第三十九下〉說：「……以迨小劇，共二、三十種。」但從祁彪佳《遠山堂明劇品》的著錄看來，可考知的劇目只有八種，即：《海濱樂》（又名《齊東絕倒》）、《秀才送妾》、《勝山大會》、《夫人大》、《兒女債》、《耍風情》、《纏夜帳》、《姻緣帳》等，其中僅《齊東絕倒》尚存於《盛明雜劇》中，其餘皆亡佚。〔註55〕

對於呂天成的這些雜劇作品，沈璟稱譽它們是「各具景趣，數語含姿，片言生態，是稱簇錦綴珠，令人徬徨追賞」（沈璟〈致鬱藍生書〉）；而祁彪佳則詳加評述，且多讚賞之詞。例如他說呂天成的《兒女債》完全改變了傅子平的二折舊作，「而於禽子夏北調，大闡玄機」，令人有眼空一世之想；且「末折變幻，尤足令癡人警醒」（見《遠山堂明劇品・雅品》）。評《勝山大會》，稱美呂天成詞句瑩潤，「則非作家不能」（《遠山堂明劇品・雅品》）。評《海濱樂》時，祁氏賞玩呂天成此劇「錯綜唐、虞時人物事蹟，盡供文人玩弄」，乃大奇之作（《遠山堂明劇品・逸品》）；然而祁彪佳亦非全是褒獎之詞，例如在《夫人大》中，他指出此劇情節的不合理，佳處只能勉強說：「詞惟濃整而已。」（《遠山堂明劇品・雅品》）其他諸作，《秀才送妾》、《姻緣帳》沒有明顯的好壞批評語；而《耍風情》雖「取境未甚佳」，但描寫則十分逼肖（《遠山堂明劇品・逸品》）；《纏夜帳》則「寫至刻露之極，無乃傷雅」；但是「境

〔註55〕羅錦堂《明代劇作家考略》亦據祁彪佳《遠山堂劇品》著錄呂天成雜劇作品，見頁28。

不刻不現，詞不刻不爽，難與俗筆道也」（《遠山堂明劇品・逸品》），則又是呂天成的知音了。

三、其他作品——三序、校正及代刊

（一）三　序

在呂天成這三篇序文中，〈義俠記序〉首言沈璟表彰詞學，功在「直剖千古之迷」，一時吳越詞流，四方奉行。呂天成有感於沈璟著作雖豐，但刊行者少，故而從「屬玉堂」乞得《義俠》、《分柑》、《桃符》、《鑿井》、《鴛衾》、《珠串》、《結髮》、《四異》和《奇節》等稿本，「手諸副墨，藏諸櫝中」。沈璟生平著述，悉授呂天成爲之刻播，可見二人亦師亦友、相知相惜的情誼。

呂天成重視劇本思想內容的分析，在〈義俠記序〉中表現得尤爲突出。他深刻地分析武松故事的現實意義，認爲可使那些「簪珮章縫，柔腸弱骨，見義而不能展其俠，慕俠而未必出於義」的庸懦不義之徒，在武松形象面前感到慚愧，從而「興起」、「立志」，見義勇爲。序文還進一層分析道：

> 昔李老子序《水滸》，謂嘯聚諸人皆大力大賢者，有忠有義之儔，足爲國家干城心腹之選，其持論一何快也。嗟乎！草莽江海之間不乏武松，第致武松之爲武松者，伊誰責也？若有武松而終收武松之用者，則柄國者宜圖之矣。

呂天成引用李卓吾著名的論點，明確肯定武松等梁山泊好漢，譽之爲保國衛家的忠義英雄，「致武松之爲武松者，伊誰責也」，乃是譴責「柄國者」把武松苦逼上梁山。序文將劇本中武松故事的深刻主題揭示得淋漓盡致，如果說，由於戲曲藝術借塑造形象以反應生活，因而蘊藏在作品中的深刻含意，往往不是明顯地呈現在讀者面前；劇本的主題便需要批評家的分析，才能凸現在讀者面前，從而使劇本爲更多的觀眾所理解和喜愛；那麼，呂天成的序文無疑是較好地完成了這個使命。沈璟本不願意將《義俠記》公諸於世，理由是「非盛世之事，亟止勿傳」，後來《義俠記》爲商半野（即商維濬，又名商濬，字景哲，號半野，會稽人）索去刊行，沈璟乃囑託呂天成善爲校訛、作序；呂天成對此劇寄望深厚，視它「使奸夫淫婦、強徒暴吏，種種之情形意態，宛然畢陳。而熱心烈膽之夫，必且號呼流涕，搔首瞋目，思得一當以自逞，即肝腦塗地而弗顧者。以之風世，豈不溥哉？」而且「若有武松而終收武松之用者，則柄國者宜圖之矣」，認爲此劇的內涵精神頗與沈璟諸傳奇皆「主風世」的旨趣相合。呂天成重視作品思想內容的批評精神，在《曲品》中也有表現，如評《精忠記》說：

> 此岳武穆事。詞簡淨，演之令人眥裂。予欲作一劇，不受金牌之召，直抵黃龍府，擒兀朮，返二帝，而正秦檜法，亦一大快事也。

〈紅青絕句題詞〉是呂天成爲王驥德《紅閨麗事》和《青樓艷語》所作的題詞；呂天成欲爲它賦七言絕句詩，而想起二十年前「兒女情多，差能解人意；今澹然入道，若元亮之賦〈閒情〉，非其質矣」，王驥德《曲律》卷四也說呂天成「至摹寫麗情褻語，尤解絕技，世所傳《繡榻野史》、《閒情別傳》，皆少年遊戲之筆。」可知呂天成的創作過程是由艷語而至平實的。

〈越園記略序〉以優美的駢文作成，先述越地歷經百年人事滄桑、景物推遷，而興起「誰憐衰草斜陽」、「空愴殘苔暮雨」的感慨。然而「往事休追，韶光有幾？」，故而筆鋒一轉，「且眺賞心之巖壑，重尋炫目之樓臺」，暢述越園清麗景色，希冀能「娛天放之丘樊，豈騖蓬瀛於域外？恣仙游之杖履，將窮檠澗於郡中」。呂天成此序，文筆之佳，令舅祖父孫也不禁讚歎說：

> 甥孫所撰〈越園記略〉，明核不讓李才仲，愚復何如下手耶？前談時覺多，今記來亦殊嫌其少。後有見聞，更望續寄。〔註 56〕

（二）校　正

從楊志鴻鈔本《曲品》中，可以發現品天成或於品評語中言其校正，或於劇目名下注明「校正」二字，清初鈔本與楊志鴻鈔本均注有此二字。共計呂天成校正三十一種傳奇作品，其爲《拜月記》〔註 57〕、《荊釵記》〔註 58〕、《香囊記》〔註 59〕、《孤兒記》〔註 60〕、《牧羊記》〔註 61〕、《白兔記》〔註 62〕、《殺狗記》〔註 63〕、《千金記》〔註 64〕、《雙忠記》〔註 65〕、《紫釵記》〔註 66〕、

〔註 56〕見《孫月峰全集》，卷九〈與呂甥孫天成書牘〉。

〔註 57〕《曲品校注》，頁 165 著錄「神品二《拜月》校正」。

〔註 58〕《曲品校注》，頁 167 著錄「妙品一《荊釵》校正」。

〔註 59〕《曲品校注》，頁 170 著錄「妙品三《香囊》校正」。

〔註 60〕《曲品校注》，頁 171 著錄「妙品四《孤兒》事佳，搬演亦可，但其詞太質，每欲如《殺狗》一校正之，而棘於手，姑存其古色而已。」

〔註 61〕《曲品校注》，頁 169 著錄「妙品二《牧羊》校正」。

〔註 62〕《曲品校注》，頁 175 著錄「能品一《白兔》校正」。

〔註 63〕《曲品校注》，頁 177 著錄「能品二《殺狗》事詞質。舊存惡本，予爲校正。」

〔註 64〕《曲品校注》，頁 183 著錄「能品六《千金》校正」。

〔註 65〕《曲品校注》，頁 188 著錄「能品十《雙忠》校正」。

《還魂記》〔註 67〕、《南柯夢》〔註 68〕、《邯鄲夢》〔註 69〕、《明珠記》〔註 70〕、《紅拂記》〔註 71〕、《祝髮記》〔註 72〕、《竊符記》〔註 73〕、《虎符記》〔註 74〕、《灌園記》〔註 75〕、《扊扅記》〔註 76〕、《浣紗記》〔註 77〕、《彈鋏記》〔註 78〕、《五鼎記》〔註 79〕、《椒觴記》〔註 80〕、《紅葉記》〔註 81〕、《錦箋記》〔註 82〕、《雙珠記》〔註 83〕、《分鞋記》〔註 84〕、《存孤記》〔註 85〕、《忠節記》〔註 86〕、《合鏡記》等。〔註 87〕

（三）代　刊

以呂天成蒐羅文集之富，其平生最景仰的沈璟，自是不會輕易遺漏。王驥德《曲律》卷四〈雜論第三十九下〉就說：「詞隱生平著述，悉授勤之，並爲刻播，可謂尊信之極，不負相知耳。」〔註 88〕沈璟深信呂天成，以其著述悉授之，並爲播刻，其已刊成者，今確知有散曲集《情癡寱語》、《詞隱新詞》二種各一卷，大都是詞法勝於詞情。而呂天成未及爲沈璟刻行的《曲海青冰》，其將音律易北爲南，可說是用工良苦〔註 89〕；可惜呂天成已逝，

〔註 66〕《曲品校注》，頁 220 著錄「《紫釵》校正」。
〔註 67〕《曲品校注》，頁 221 著錄「《還魂》校正」。
〔註 68〕《曲品校注》，頁 222 著錄「《南柯夢》校正」。
〔註 69〕《曲品校注》，頁 223 著錄「《邯鄲夢》校正」。
〔註 70〕《曲品校注》，頁 224 著錄「《明珠》校正」。
〔註 71〕《曲品校注》，頁 227 著錄「《紅拂》校正」。
〔註 72〕《曲品校注》，頁 229 著錄「《祝髮》校正」。
〔註 73〕《曲品校注》，頁 230 著錄「《竊符》校正」。
〔註 74〕《曲品校注》，頁 230 著錄「《虎符》校正」。
〔註 75〕《曲品校注》，頁 231 著錄「《灌園》校正」。
〔註 76〕《曲品校注》，頁 232 著錄「《扊扅》校正」。
〔註 77〕《曲品校注》，頁 236 著錄「《浣紗》校正」。
〔註 78〕《曲品校注》，頁 288 著錄「《彈鋏》校正」。
〔註 79〕《曲品校注》，頁 289 著錄「《五鼎》校正」。
〔註 80〕《曲品校注》，頁 290 著錄「《椒觴》校正」。
〔註 81〕《曲品校注》，頁 291 著錄「《紅葉》校正」。
〔註 82〕《曲品校注》，頁 293 著錄「《錦箋》校正」。
〔註 83〕《曲品校注》，頁 293 著錄「《雙珠》校正」。
〔註 84〕《曲品校注》，頁 296 著錄「《分鞋》校正」。
〔註 85〕《曲品校注》，頁 300 著錄「《存孤》校正」。
〔註 86〕《曲品校注》，頁 309 著錄「《忠節》校正」。
〔註 87〕《曲品校注》，頁 371 著錄「《合鏡》校正」。
〔註 88〕見《曲律》，卷四，頁 172。
〔註 89〕見《曲律》，卷四，頁 166。

《曲海青冰》不知流落何處，王驥德也只有徒呼「惜哉！」而已。另外，呂天成視沈璟最得意的傳奇《合衫記》一如寶藏，自然要「特爲先生梓行於世」〔註90〕；較特別的是沈璟的《義俠記》。沈璟本因《義俠記》敘述武松故事，爲正統所不容，故想阻止《義俠記》的刊行，寄信與呂天成說：「此非盛世事，亟止勿傳。」誰知半野主人（即商半野）早一步從呂天成那裡索去《義俠記》並且刊行，沈璟只好諄諄告誡呂天成：「既梓矣，必盡校其訛而後可行。」這一次呂天成擔任校訛工作，他謙遜地說：「愧不能精閱」，但對恩師，他必是更加兢兢業業〔註91〕。觀賞他人劇作之餘，呂天成也有因興起而想擬作者。例如摹擬胡全庵《奇貨記》所敘呂不韋之事爲《玉符記》〔註92〕、譜岳飛「不受金牌之召，而直抵黃龍府，擒兀朮、返二帝，歸而秦檜罪正法」一劇〔註93〕，及潘用中吹蕭得美女的故事〔註94〕，可惜均未成功。

〔註90〕《曲品校注》著錄「合衫」條說：「苦楚境界，大約雜摹古傳奇。此乃元人《公孫合汗衫》事，曲極簡質，先生最得意作也，第不新人耳目耳。余特爲先生梓行於世。」頁207。

〔註91〕見《義俠記・序》，收於明繼志齋刊本《義俠記》卷首。

〔註92〕呂天成《曲品》卷下「下下品」著錄「奇貨」說：「呂不韋事佳，恨不得名筆一描寫之。予擬作《玉符記》，未果。」《遠山堂曲品・具品》亦著錄「奇貨」說：「陽翟大賈，以呂易嬴，當以雄豪突兀之詞傳之，乃平庸若此耶！呂鬱藍欲記此爲《玉符》，不果。」

〔註93〕呂天成《曲品》，卷下〈能品九〉著錄「精忠」說：「此岳武穆事，詞簡淨。演此令人欲裂。予嘗欲作一劇，不受金牌之召，而直抵黃龍府，擒兀朮，返二帝，歸而秦檜罪正法，亦大快事也。」

〔註94〕呂天成《曲品》卷下「上下品」著錄「投桃」說：「潘用中事見小說，予初欲譜之。」

第三章 《曲品》的撰作背景

明代戲曲勃興的原因，前人所論甚多，例如余從〈崑曲腔的產生和興盛〉一文中，認爲其主要有三個因素：一是城市的繁榮，二是文士的扶植，三是視劇作是否具有現實主義精神和時代特色〔註1〕；而陳芳英從社會文化背景、門戶與批評、戲劇概況等三大方面來探討明代曲論的發展背景〔註2〕；並進而指出：「明代既以其強大的經濟力量作後盾，舉國上下沉酣戲劇搬演，戲劇在文學上的價値和地位又得到肯定，作家輩出，作品如林，遂造成戲劇發展空前的興盛。」〔註3〕邱瓊慧《祁彪佳戲曲理論研究》從經濟環境和社會背景來考察明代戲曲興盛的原因，指出元末至明初，江南地區和東南沿海一帶，由於海運發達、貿易興盛，促進城市繁榮發展，爲戲曲表演者提供了謀生的社會經濟條件；當時的貴族、士大夫和平民百姓在追求物質生活所需有餘裕之後，轉而謀求精神生活的滿足，得以放情於戲曲領域。而明代諸多帝王對戲曲的喜好與鼓勵〔註4〕，更使得明成化、弘治以後南戲倍加繁興，形成餘姚、

〔註 1〕見余從〈崑曲腔的產生和興盛〉，收於《戲曲研究》第二輯。

〔註 2〕詳見陳芳英《明代劇學研究》，臺大中國文學研究所博士論文，民國 72 年，上篇外緣研究第一章、第二章及第三章。

〔註 3〕同註2，頁10。

〔註 4〕明代各帝王對戲曲的愛好，雖深淺有別，但都留有一些宮廷表演的記錄。據陳芳英《明代劇學研究》的考探，明太祖雖在洪武二十二年公布禁演駕頭雜劇的榜文，但他喜好南曲，曾命教坊色長劉杲、教坊奉鑾史忠以箏、琵琶試行伴奏，演唱南曲，創製絃索官腔。他又特別欣賞《琵琶記》，「日令優伶進演」（參見徐文長《南詞敘錄》）；並且「每到親王之國，必以詞曲一千七百本賜之」（參見李開先〈張小山小令後序〉）。太祖對朱權、朱有燉等親王篤好戲曲，應有相當大的影響。成祖曾於南京建立規模宏大的勾闌，並禮遇「明初雜劇十六子」。宣宗亦鼓勵臣子看戲；景帝曾幸教坊李惜兒，賞金帛、賜田

海鹽、弋陽諸腔百花競豔的局面〔註5〕。劉輝〈論明代小說戲曲空前興盛之成因〉一文則指稱歷來的文學史著作，大都將明代小說戲曲興盛的成因歸結爲下列四項：

一、明代中葉以後，社會經濟發生了顯著的變化，城市工商業相當繁榮，紡織、冶鐵、製鹽、造紙、印刷等手工業迅速成長。在東南沿海一代的紡織業中，已經明顯出現資本主義生產關係的萌芽，這是封建經濟發展中的嶄新因素。

二、隨著經濟上新的發展變化，在哲學思想上出現了以王艮爲代表的王學左派，力反道學，抨擊封建禮教，富有叛逆精神；其後期代表人物李贄，重視小說戲曲的文學價值，對小說戲曲的創作產生了積極影響。

三、小說和戲曲等通俗文學和現實關係密切，表現形式比之正統的文章來，要自由、活潑得多，能夠直接反映當時的市民生活和思想情感，加上語言通俗淺近，易爲廣大群眾接受。

四、印刷術的空前發達，爲小說戲曲的廣泛流傳，提供了便利條件。〔註6〕

但他以爲某些帶有關鍵性、本質性的問題尚未揭露出來，最重要的因素是：「漫長的封建社會，到了明代中葉以後，呈現出衰亡的狀態，整個封建社會走向全面崩潰的開始，宗法禮教、道德倫理也隨之逐漸解體。但這個衰亡的過程是緩慢的。……正因爲這樣的時代，所以產生了一群與封建禮教嚴重對立的思想家，……一切傳統的觀念，才有可能來了個大顛倒，反映在文學觀念上，一向被視爲雕蟲小技的小說戲曲，一變而與傳統的儒家經典並列。」〔註7〕先不論劉輝措詞的強烈與不當；他指出時代背景的大變化，是值得我們

宅。武宗、憲宗、光宗都是有名的戲曲愛好者（參見曾永義《明代雜劇研究》第一章〈總論〉），神宗則廣搜劇本，內廷備有近侍三百餘人，習戲承應，凡新出劇本，不論海鹽、弋陽、崑山諸腔，均曾搬演。熹宗則不僅於宮中玩耍水傀儡、打稻，過錦諸戲，甚至親自扮演趙匡胤，與內侍高永壽合演《雪夜訪普》。即使晚明山河殘破，朝不保夕，但思宗、魯王、福王仍然不改對排場演戲的喜好。以上參見陳芳英《明代劇學研究》，同註2，頁102～105。

〔註5〕參見邱瓊慧《祁彪佳戲曲理論研究》，第二章〈祁彪佳的戲曲生活〉，第一節〈明代戲曲興盛的原因〉，頁24～28。

〔註6〕見劉輝〈論明代小說戲曲空前興盛之成因〉，收於《小說戲曲研究論集》，頁2。

〔註7〕同註6，頁2～3。

重視的。

鑑於前人對明代戲曲興盛的原因已作了相當詳盡的功夫考究，本章乃擬以前人成績爲基礎，從別的角度來觀照呂天成《曲品》撰作的背景。首節和次節將分別探討呂天成鄉居——江浙地區——自元末至晚明時期經濟發展和士商關係的轉折，以及文士的戲曲生活與創作心態，以資明瞭戲曲在文士和市民之間微妙的生存關係。第三節則將以時間性的脈絡闡述明初至萬曆年間戲曲理論及批評的發展內涵；希冀透過空間與時間的論述，能夠突顯呂天成撰作《曲品》的重要性。

第一節　江浙地區經濟發展與士商關係的轉折

一、元末商業發達與士商關係友善

元朝末年，江浙地區的文學所體現的自我意識，乃是在自身文化發展和現實生活所共同蘊釀而成的。元朝統治者實施政治的壓迫和經濟的掠奪，在經濟富庶的江浙地區尤爲明顯。當時統治者實施「四等人制」，「南人」居末位，政治地位最爲低下；且「元時官吏，貪酷害民，天下皆然，而蘇、杭尤甚」〔註8〕。元末東南地區隱逸之風極盛，士人多不願出仕，即與此政治黑暗且元人歧視有關。再從文化發展來考察，北方自三國、魏晉南北朝以來，因政治動盪、戰爭頻仍，世家大族逐漸遷居南方，江浙地區遂日漸開展其文化。所謂「魏晉風度」、「江左風流」，可說是這一地區的文化特徵。後來的南宋高宗建都臨安（今杭州），政治的需求繁興了江浙地區的工商業，也促成市民文學的發達，給江浙地區注入新的文化成分。在經過長期的文化浸潤，江浙地區人才薈萃，文物鼎盛，給予文學培育良好的發展環境。然而，整體來說，商業經濟的繁盛，對於都市生活、文士的生活方式和觀念，以及文士和商人的關係所產生深刻的影響，與政治、文化息息相關。

元人入主中原，帶來新的文化形態；特別是他們對商業的重視，與古來「重農輕商」、「崇義黜利」的傳統觀念大相逕庭。商人素來被列爲四民之末，地位不高，唐宋之際的內亂和五代的更迭，造成社會形制的改變。宋朝冗官甚多，消費人口亦多，莊園瓦解爲小農佃戶，自給自足的局面破壞了，社會對商人的需要大增。根據全漢昇〈宋代官吏之私營商業〉的論述，宋代

〔註8〕參見田汝成《西湖游覽志餘》，卷六。

商人的地位大為提高，以往輕鄙商人的士大夫偶亦經營工商業，商人子弟亦可透過種種關係謀得一官半職〔註9〕。元末時，江浙地區因臨海之便，利於產鹽，當時最富裕的經商者就是鹽商。元・楊維禎〈鹽商行〉頗能道出鹽商顯赫的氣勢：

> 人生不願萬戶侯，但願鹽利淮西頭。人生不願萬金宅，但願鹽商千料舶。大農課鹽析秋毫，凡民不敢爭錐刀。鹽商本是賤家子，獨與王家埒富豪。〔註10〕

再者，元・至元十九年（1282），為了有效地解決南糧北運的問題，朱清、張瑄等人奉詔運糧四百餘石自崇明州取道海運至直沽（今天津），再轉河運至大都。自此以後海運的規模逐年擴大，同時也加速了沿海城市的發展，刺激商業和對外貿易的繁榮。在當時東南文士的詩文集中，常有頌揚海運的作品〔註11〕，可以想見海運對於東南沿海地區文化特徵的形成，有其深刻意義。

商業活動及對外貿易的發達，給東南沿海城市帶來可觀的財富，並造成新的商業階層興起。明・黃省曾《吳風錄》就說：

> 自元氏海運用海民朱清、張瑄，而瑄子文虎遂以戶部尚書領漕，取路大洋，旬日達於直沽。由是朱、張二氏得以交通諸蕃貿易，占刈官蘆，販鹽行動，第宅遍於吳中。

此外，尚有沈萬三、倪瓚和顧瑛等都是元朝時經商致富的名人〔註12〕，顧瑛因由商入儒，乃得以主持規模空前的文人雅集〔註13〕。傳統的「四民觀」—

〔註9〕參見全漢昇〈宋代官吏之私營商業〉，《中國經濟史研究》中冊。

〔註10〕見楊維禎《鐵崖先生古樂府》，卷五。關於元代鹽商的致富情形，可參見陳高華〈元代鹽政及其社會影響〉，收於《元史論集》，北京：人民出版社，1984年初版，頁320～321。

〔註11〕如鄭東〈重修臨慈宮碑〉說：「海之利，天下其功用為最大，通舟楫、濟阻遠，遷貨資之重；雖地之相遠秦越，無乘車御馬之勞，不逾旬日，可坐而至矣。」收於朱珪《名跡錄》，卷二。

〔註12〕其事蹟可參見《吳江縣志》，卷五十六。

〔註13〕顧瑛為一具有儒商雙重身分的典型。其世代宦族，祖父任元朝懷孟路總管時，始定居崑山。顧瑛十六歲輟學，經營農商，「擴先之之業，昌大其門閭，名聞京都」，乃成為吳中巨富。元・至正十六年（1354）海道受方國珍勢力的威脅，朝廷於婁江設立水軍都府，命顧瑛出資佐治軍務，其子顧元成亦升任水軍都府副都萬戶，勢力顯赫。顧瑛三十歲後，重習詩書，日與文人儒士為詩酒友，並構建玉山草堂等園林勝景，「園池亭榭，餼館聲妓之盛，甲於天下。日夜與高人俊流，置酒賦詩，觴詠唱和」，當時文士交口稱譽他「雅有氣局」、「識度宏達」，並荐為「儒學教授」。一時「良辰美景，士夫群集，四方之來與朝士

—士農工商，在元朝商人地位於社會越來越重要，文士厭棄政治現實的心理驅使下，乃向商人與市民階層靠攏，遂使士商關係出現歷史性的轉折。以商人階層崛起的富豪，往往是文士的贊助者，並一躍而成文藝的參與者。明人吳寬說：「元之季，吳中多富室，爭以奢侈相高；然好文而喜客者，皆莫若顧玉山（即顧瑛）」；從顧瑛日與文人儒士爲詩酒友，並於玉山草堂置酒賦詩、觴詠唱和，並荐爲「儒學教授」的情形看來，兼具儒商身分的顧瑛，享有文士尊崇的地位。文士對商人的態度大爲改善，突破了傳統的「四民觀」，元末袁華〈送朱道山歸京師〉一詩即可爲表徵：

> 君不見范蠡謀成吳社屋，歸來扁舟五湖曲；之齊之陶變姓名，治產積居與時逐。又不見子貢學成退仕衛，廢置鬻財齊魯地；高車結駟聘諸侯，所至分庭咸抗禮。馬醫灑削業雖微，亦將封君垂後世。胸蟠萬卷不療饑，孰謂工商爲末技？泉南有客陶朱孫，……豈是尋常行賈者？茲來婁上督諸商，會看重譯貢殊方。明珠撤殿獻琛盡，天王端拱當明堂。朱君朱君不易得，只今太史筆如椽，汗簡殺青書貨殖。〔註14〕

詩中「胸蟠萬卷不療饑，孰謂工商爲末技？」二句，明顯地慨歎傳統儒士熟讀經典卻無法謀生，而讚揚工商業者善於「治產積居」而能與諸侯分庭抗禮；可以說是對置工商於末位的「四民觀」提出質疑。雖然元人的重商，促成商業的迅速發展，但卻也造成經濟上的不平衡；江浙地區大部分的農民因過重的租稅而生活貧困，而商人卻頗能享受富裕的生活。

二、明代工商發展起伏與士商關係的轉折

到了明初，江浙地區的工商發展受到嚴重的打擊。王錡《寓圃雜記》說：

> 吳中自號繁華，自張氏（張士誠）之據，天兵所臨，雖不屠戮，人民遷徙實三都、戍遠方者相繼，至營籍亦隸教坊。邑里蕭然，生計鮮薄，過者增感。〔註15〕

元・至正二十七年（1367），蘇州爲明太祖朱元璋攻陷，張士誠自縊而亡；然

之能爲文詞者，凡過蘇必之焉」。參見顧瑛輯《玉山逸稿》，卷四倪瓚〈金粟道人小像贊〉及《玉山逸稿》附錄顧瑛〈金粟道人顧君墓志銘〉。

〔註14〕參見《耕學齋詩集》，卷六。

〔註15〕見王錡《寓圃雜記》，卷五「吳中近年之盛」條。

押解至南京者有蘇、杭、嘉興和松江等地的文武官員及家屬、富家大族、和外郡流寓之民共二十餘萬人，「遷徙實三都、戍遠方」，以鞏固新王朝的基礎，無辜者甚而「至營籍亦隸教坊」。更甚者，《嘉興府志》卷五十曾說：「張士誠據吳，太祖屢攻之不下，其民爲之守。故張氏滅，獨加三吳賦稅。」邱濬《大學衍義補》說：「天下夏稅，秋糧以石計者，總二千九百四十三萬餘，而浙江布政司二百七十五萬餘，……是此一藩三府之地，其田租比天下爲重，其糧額比天下爲多。……其課徵之重，民力之竭，可知也已。」《明史・解縉傳》說：「初，太祖平吳，盡籍其功臣子弟莊田入官，後惡富民豪并，坐罪沒入田產，皆謂之官田，按其家租籍徵之，故蘇賦比他府獨重。官民田租共二百七十七萬石，而官田之租乃至二百六十二萬石，民不能堪。」（頁 4213）謝肇淛《五雜俎》卷三也說：「三吳賦稅之重，甲於天下，一縣可敵江北一大郡，破家亡身者往往有之。」明太祖這些政策，乃其欲鏟除後患，削弱江浙地區的經濟力量。他又重申「重農抑末」政策〔註 16〕，並在江浙沿海一帶封鎖海上航運，下令「片板不許下海」〔註 17〕，用以管制貿易。經商的自由被限制，商賈動輒見法，家產抄沒。此外，明太祖尚有另一重要措施，即是打擊大戶。王世貞〈周一之墓誌銘〉曾說：

> 周君諱同字一之，其先中牟人，宋靖康中避敵而南居無錫；久之，徙吳郡之盤門。高帝下吳郡，而周氏以高貲聞舉。鳳陽寢園賦已，又繕金陵廊舍，以是中落。〔註 18〕

此言富商被迫奉獻巨資予朝廷，幾至破產。明初時，高啓〈江上見逃民家〉說：

> 清時無虐政，何事竟拋家？鄰叟收饑犬，途人折好花。林空煙不起，門掩日將斜。四海今安在？歸來早種麻。〔註 19〕

則是暗諷這驅逐韃子、號稱盛明之治的朱明王朝，並予以深沉嘆息。除了文士作品外，《明史・解縉傳》也提到明初吳中農村蕭條的景象，貧民不得不拋荒此一嚴重問題，至洪武後期仍然存在。《明史》卷一四七〈解縉傳〉說解縉

〔註 16〕徐光啓《農政全書》，卷三〈國初重農考〉條。

〔註 17〕趙翼《二十二史箚記》，卷三十四〈嘉靖中倭寇之亂〉有言：「明祖定制，片版不許入海。」臺北：樂天出版社，民國 60 年 9 月初版，頁 497。

〔註 18〕見王世貞《弇州四部稿・墓誌銘九首・周一之墓誌銘》，卷九十一，臺北：臺灣商務印書館影印發行，《文淵閣四庫全書》總一二八〇冊，頁 479。

〔註 19〕高啓《青丘詩集》，卷十三。

曾對明太祖上萬言書，其中有言：

> 臣觀地有盛衰、物有盈虛，而商稅之爭，率皆定額。是使其或盈也，姦黠可以侵欺；其歉也，良善困於補納。夏稅一也，而茶椒有糧，果絲有稅。既稅於所產之地，又稅於所過之津，何其奪民之利至於如此之密也。且多貧下之家，不免拋荒之咎。今日之土地，無前日之生植；而今日之徵聚，有前日之稅糧。或賣產以供稅，產去而稅存；或賠辦以當役，役重而民困。土田之高下不均，起科之輕重無外，膏腴而稅反輕，瘠鹵而稅反重。欲拯困而革其弊，莫若行授田均田之法，兼行常平義倉之舉。積之以漸，至有九年之食無難者。〔註20〕

解縉極言江南一帶賦稅之繁苛，一物往往多稅，則「貧下之家，不免拋荒之咎」。江浙地區在元朝末年所形成工商業的繁興景象，於明太祖有心的壓制下，遂成頹廢景況。

正如黃仁宇《萬曆十五年・自序》所言，以傳統道德信條作爲治國基礎的明朝帶有脆弱性和不健全性，它無法建立合理的社會經濟秩序，因而與社會發展的趨勢相衝突〔註21〕。到了明弘治、正德年間，朝廷所用以控制思想的傳統道德秩序逐漸地淪喪〔註22〕，陳建華〈明中期吳中文學的復興〉即將其釋之爲「以程朱理學爲基礎的道德信條與人的增長著的生活欲求——受商品經濟發展的刺激而更難以抑制——不相協調，必然引起這一道德價值體系

〔註20〕見《明史》，卷一四七〈解縉傳〉，臺北：鼎文書局，民國64年初版，頁4118。

〔註21〕參見黃仁宇《萬曆十五年・自序》，北京：中華書局，1982年初版，頁4。

〔註22〕明朝統治者以傳統道德、秩序控制人心和思想，然促使道德淪喪者，亦是其自身。例如李夢陽曾在〈上孝宗皇帝書〉中當揭露張皇后之父張鶴齡：「招納無賴，罔利而賊民，白奪人田土，擅拆人房屋，強虜人子女；開張店房，要截商貨，而又占種鹽課，橫行江河，張打黃旗，勢如翼虎。」陸容《菽園雜記》也說：「成化末年，太監梁方輩導引京師富貴收賣古今玩器進奉，啓上好貨之心，由是倖門大開。」富者投獻珍寶及可被授予官職，「蓋命由中出，不由吏部銓選」，「名器之濫，無逾此時」。《菽園雜記》還提到京師拜年的風俗，朝官往來，虛禮敷衍，「在京仕者，有每旦朝退即結伴而往，至入更酣醉而還。三、四日後，使暇拜其父母。……聞天順間尚未如此之濫也。」關於衣著方面，《菽園雜記》也舉了一個例子：「馬尾裙始於朝鮮國，流入京師，……初服者，唯富商、貴公子、歌妓而已。以後武臣多服之，京師始有績賣者。於是無貴無賤，服者日盛；至成化末年，朝官多服之矣。」當時皇室侵占民田，官吏貪賄成風，豪右兼并土地，富者生活糜爛，都是當時嚴重的社會問題。

的解體」〔註 23〕。在此變化過程中，商業得以迅速地發展，尤其是江浙地區，商人已成爲一種新興的社會力量，滲透於政治、經濟生活之中。新的社會思潮正應運而生，對傳統的道德價值——程朱理學展開質疑。在思想方面，以王陽明爲代表，他自正德初年起先後在貴州、南京、浙江、北京、江西等地收徒講學，力倡「心即是理」、「知行合一」之論，對於「道」的理論重新探索。在文學方面，則有前七子和吳中四才子分別於南北，以「復古」爲號召，進行文學運動。

江浙地區自明宣宗宣德以來，政治上和經濟上所受的壓力逐步緩解，社會經濟漸次恢復，城市生活乃步向繁榮。王錡《寓圃雜記》中有言：

> 正統、天順間，余嘗入城（吳中），咸謂稍復其舊，然猶未盛也。迨成化間，余恆三、四年一入，則見其迥若異境，以至於今，愈益繁盛。閭簷輻輳，萬瓦甃鱗，城隅壕股，亭館布列，略無隙地。輿馬從蓋，壺觴罍盒，交馳於通衢。水巷中，光彩耀目，游山之舫，載妓之舟，魚貫於綠波朱閣之間，絲竹謳舞與市聲相雜。凡上供錦綺、文具、花果、珍羞奇異之物，歲有所增，若刻絲累漆之屬，自浙宋以來，其藝久廢，今皆精妙，人性亦巧而物產亦多。至於人才備出，尤爲冠絕。作者專尚古文，書必篆隸，駸駸兩漢之域，下追唐、宋，未之或先。此固氣運使然，實由朝廷休養生息之恩也。〔註 24〕

「閭簷輻輳，萬瓦甃鱗，城隅壕股，亭館布列，略無隙地。」，江浙地區在中明時期的繁興，歸功於政治和經濟雙重壓力的舒緩而政、經上壓力的舒緩，則與江南巡撫周忱、蘇州知府況鍾密切相關。周忱自明宣宗宣德五年任江南巡撫起，二十多年間實行安撫政策，一切治以簡易。《明史・周忱傳》對周忱治理江南的功蹟著墨許多：

> 帝（明宣宗）以天下財富多不理，而江南爲甚，蘇州一郡積逋至八百萬石，思得才力重臣往釐之。乃用大學士楊榮薦，遷忱（周忱）工部右侍郎，巡撫江南諸府，總督稅糧。（周忱）始至，召父老問逋稅故，皆言豪户不肯加耗，并徵之細民，民貧逃亡，而稅額益缺。忱乃創爲平米法，令出耗必均。

〔註 23〕參見陳建華《中國江浙地區十四至十七世紀社會意識與文學》，上海：學林出版社，1992 年 6 月第一版，頁 154。

〔註 24〕同註 15。

時宣宗屢下詔減官田租，忱乃與知府況鍾曲算累月，減至七十二萬餘石，他府以次減，民始稍甦。……終忱在任，江南數大郡，小民不知兇荒，兩稅未嘗逋負，忱之力也。

忱素樂易。先是，大理卿胡概爲巡撫，用法嚴。忱一切治以簡易，告訐者輒不省。或面訐忱：「公不及胡公。」忱笑曰：「胡卿敕旨，在祛除民害。朝廷命我，但云安撫軍民。委寄正不同耳。」既久任江南，與吏民相習若家人父子。每行村落，屏去騶從，與農夫餉婦相對，從容問所疾苦，爲之商略處置。其馭下也，雖卑官冗吏，悉開心訪納。〔註25〕

周忱爲貧民創制「平米法」，並和況鍾仔細算計，爲民減稅，因而「民始稍甦」。二十多年間，「小民不知兇荒，兩稅未嘗逋負」。周忱平易近民，以安撫百姓爲策，「與吏民相習若家人父子，每行村落，屏去騶從，與農夫餉婦相對，從容問所疾苦，爲之商略處置」；並且不計卑官冗吏地位低賤，廣納諫言。《明史・況鍾傳》則說：

蘇州賦役繁重，豪滑舞文爲奸利，最號難治。……（況鍾）盡斥屬僚之貪虐庸懦者。一府大震，皆奉法。鍾乃蠲煩苛，立條教，事不便民者，立上書言之。

當是時，屢詔減蘇、松重賦。鍾與巡撫周忱悉心計畫，奏免七十餘萬石。凡忱所行善政，鍾皆協力成之。所積濟農倉粟歲數十萬石，振荒之外，以代民間雜辦及逋租。其爲政，孅悉周密。嘗置二簿識民善惡，以行勸懲。又置通關勘合簿，防出納奸僞。置綱運簿，防運夫侵盜。置館夫簿，防非禮需求。興利除害，不遺餘利。鋤豪強，植良善，民奉之若神。

鍾嘗丁母憂，郡民詣闕乞留。詔起復。正統六年，秩滿當遷，部民二萬餘人，走訴巡按御史張文昌，乞再任。詔進正三品俸，仍視府事。明年十二月卒於官。吏民聚哭，爲立祠。鍾剛正廉潔，孜孜愛民，前後守蘇者莫能及。〔註26〕

〔註25〕參見《明史》，卷一五三〈周忱傳〉，臺北：鼎文書局，民國64年初版，頁4211～4217。

〔註26〕參見《明史》，卷一六一〈況鍾傳〉，臺北：鼎文書局，民國64年初版，頁4379～4381。

況鍾「蠲煩苛，立條教」，凡事以便民爲重。他與周忱同心協力，興利除害，不遺餘利。而且況鍾扶助良善之人，鋤鋤豪強，百姓奉之若神。

商業的發達，影響了文士的傳統觀。陸粲《庚巳編》中記載不少有關商人的事蹟，未加鄙夷、貶抑；顧璘〈長洲楊處士順甫與其配呂孺人墓表〉述及楊順甫雖是富賈，但讚賞他「性好賦詩，結澧湖詩社」〔註 27〕，間接說明了明代中期文士與商人之間的關係是愈來愈緊密的。

然而，中明以後商業經濟的發達，並非人人都抱持樂觀的態度。顧炎武《天下郡國利病書》卷三十二就曾慨嘆地說：

> 國家厚澤深仁，重熙累洽，至於弘治，蓋綦隆矣。……至正德末、嘉靖初，則稍異矣。商賈既多，土田不重，操資交接，起落不常。能者方成，拙者乃毀；東家已富，西家自貧；高下失均，錙銖共竟。……至嘉靖末、隆慶間，則尤異矣。末富居多，本富亦少，富者愈富，貧者愈貧。起者獨雄，落者辟易，資爰有屬，產自無恒。貿易紛紜，誅求刻核，奸豪變亂，巨滑侵侔。

顧炎武憂慮「商賈既多，土田不重，操資交接，起落不常」，無一穩固性；且從商並非全能一本萬利，其「能者方成，拙者乃毀」，甚至可造成「富者愈富，貧者愈貧」、「奸豪變亂，巨滑侵侔」的慘況；這可說是顧炎武的卓見。

晚明時期，江浙地區工商業的繁興，文士對商人的評價也突破了傳統的「四民觀」。泰州學派何心隱〈答作主〉曾有言：「商賈大於農工，士大於商賈」〔註 28〕，當時商人社會地位的增長，於此可見一斑。而此時，士商關係的密切程度超過元末。由商入儒或棄儒從商的情況相當普遍。歸有光〈白庵程翁八十壽序〉說：

> 新安程君，少而客於吳。吳之士大夫皆喜與之游。……古者四民異業，至於後世，而士與農商常相混。今新安多大族，而其地在山谷之間，無平原曠野可爲耕田。故雖士大夫之家，皆以畜賈游於四方。……程氏由洺水而徙自晉，太守梁忠壯公以來，世不乏人，子孫繁衍，散居海寧黟歙間，無慮數千家，並以詩書爲業。君豈非士而商者歟？然君爲人恂恂，慕義無窮，所至樂與士大夫交，豈非所謂商而士者歟？

〔註 27〕參見顧璘《息園存稿》，卷六。

〔註 28〕見《何心隱集》，卷三。

歸有光坦言當時士大夫「皆以畜賈游於四方」，可見已是普遍現象，且程氏又「以詩書爲業」、「慕義無窮」、「至樂與士大夫交」，對於士商相混的情況，歸有光並未覺得不當〔註 29〕。所謂「弛儒而張賈」、「弛賈而張儒」或「一弛一張迭相爲用」，更是當時江南一帶知識份子普遍的觀念。〔註 30〕

第二節　文士的戲曲生活與創作心態

一、文士的戲曲生活

明代戲曲以文士的創作占主導地位，因其創作最多，流行最廣，予南曲戲文灌輸了重風化、講規範、尚典雅、逞才情等文人審美趣味。文士所創作的傳奇，在形式上，文學體製的規範化和藝術風格的典雅化，使傳奇作品從場上走向案頭；在內容上，劇作家發揚了古代詩歌關心現實、注重教化和抒情言志的傳統，將傳奇作品注入了時代精神、倫理觀念和文人意識的生命。

文士通過地方考試，身負官職者，其在鄉里中被尊稱爲「鄉紳」〔註 31〕。這本不是正式的政治制度，但由於中央政府期望他們負起地方教化責任，補足地方政府所不及之處，所以往往賦予特權，成爲行政組織外，有權參與地方行政的特殊階層。明代鄉紳勢力盛極一時，甚至成爲國家治平與變亂的關鍵。科舉考試是當時文人進身士大夫的管道，因投考時需要相當財力的支持，於是出現以宗族或鄉里的力量來培養族中或鄉中優秀弟子參加科舉考試的情形。士人及第後，其光榮屬於全家族和鄉里，士大夫的行動不再個人化，對他們所支持的宗族和鄉里有道義上回報的責任。鄉里中對於這些通過科舉、成爲官吏的士大夫，不管是任職在外，或休閒、退隱在鄉的，都以縉紳之禮對待〔註 32〕。這些鄉紳，有的出身於已有數代功名的世家望族，有的是財勢

〔註 29〕參見歸有光《歸震川集》，卷十三，上海：商務出版社，民國 24 年初版，頁 169。

〔註 30〕參見傅衣凌《明清代商人與商業資本》第二章，北京：人民出版社，1980 年初版，頁 49～85。

〔註 31〕此據黃六鴻《福惠全書》，卷四「蒞任部代紳士」條：「本地鄉紳，有任京外者，有告假在籍者，有閒廢家居者」的狹義指稱。

〔註 32〕鄉紳勢力在明、清兩朝最爲顯著，當其時鄉紳與鄉官爲同義語。可參考《圖書編》，卷九十二〈保甲規條〉；黃佐《泰泉鄉禮》，卷一；呂坤《實政錄》，卷五。

雄厚的地主或富商子弟；這些條件，使他們在仕宦的過程中，又結識了不少同年和同僚，可作爲政治的後援。他們既有鄉里的地緣基礎、士大夫的社會地位，又有宦者的支援，自然在其鄉里廣受百姓尊重，在地方政府之外，形成另一股勢力。在上位者對這些鄉紳也頗爲禮遇，不僅享有免於賦役的特權，並且保障歸隱的鄉紳在鄉里的社會地位。〔註 33〕

鄉紳在文化生活中所引起的示導作用，爲建立優遊自適的形象，讀書作文，吟唱相答；廣建園林，遊山玩水，並進而蓄養樂僕優伶，直接推動明中葉以後戲劇搬演的盛況。

文士所蓄養的奴僕有被訓練成樂僕者。樂僕是明代「家樂」興盛的基礎，因經濟勃興，士風日奢，奴僕職務分工益細。文士貴冑尤多喜蓄僕，外出時跟隨左右，以壯聲勢；居家時則教排樂僕，演奏管絃，粉墨登場。此風尤以明末江南爲盛，歸有光《震川先生集》卷十九〈朱肖卿墓誌銘〉說：

> 昔時有沈元壽者，慕宋・柳耆卿之爲人，撰歌曲，教僮僕爲俳優，以此稱於邑人。〔註 34〕

當時許多縉紳家中均蓄優僮數十人，其中不乏藝名遠播者，甚至使舊院諸伎爲之失色〔註 35〕。佼童專寵，奢風日盛，亦增當時淫靡腐敗的氣氛。而民間豪家富戶，也往往由奴婢中，擇其容貌端整者，訓練成樂僕，附庸風雅一番。

自十六世紀中葉以後，明代的商業和手工業等經濟有了顯著的發展；文士多耽於逸樂，從其自身的審美觀出發，對於戲曲聲腔的欣賞，特別崇尚崑腔細緻華美的神韻。明末長洲人徐數丕《識小錄》曾說：「四方歌者皆宗吳

〔註 33〕《明太祖實錄》，卷一二六曾說：「自今內外官致仕，還鄉者，復其家終身無所與。」退休的士大夫和現任官吏一樣，仍享有免除賦役的特權。不僅經濟上如此，在社會方面，退隱官吏也保持了特殊地位。《明太祖實錄》，卷一二六又載：「致仕官居鄉里，惟於宗族序尊卑如家人禮。如筵宴則設別席，不許坐於無官者之下；如與同致仕者會則序爵，爵共序齒；其與異姓無官者相見，不必答禮；庶民則以官禮謁見，敢有凌侮者，論如律，著爲令。」在律令中保障歸隱的鄉紳在鄉里的社會地位。而且，《大明律》中本不許庶民之家蓄養奴婢，但鄉紳卻在禁外。

〔註 34〕參見歸有光《歸震川集》，卷十九〈朱肖卿墓誌銘〉，頁 254。

〔註 35〕黃印〈惜全識小錄〉「優童」條曾記其中佼佼者：「前明邑紳巨室，多蓄優童，……馮觀察使龍泉童名桃花雨、苗知縣生安童明天葩、陳參軍童名玉交、曹梅村童名大溫柔、小溫柔，萬救民童明大姑姑、小姑姑，朱玉仲愛奴六姐，可謂名妖而主人放逸極矣。」

門」〔註 36〕，正是隆慶、萬曆年間，崑腔經魏良輔等人改良，其精妙達至高峰，影響到四面八方的表徵。其實在明嘉靖以前，士大夫就已注意到戲曲演出之熱烈與藝事之精妙。成化、弘治年間，太倉人陸容曾認爲扮演婦人的妝旦，演起戲來，柔聲緩步，一舉一動均非常逼眞，而文士多沉浸於逸樂的氛圍中。爲此，陸容十分憂慮，遂號召「士大夫有志於正家者宜峻拒而痛絕之」〔註 37〕。然而，當時民間職業戲班活動頻繁，演劇藝術正熱烈的發展中；士大夫無節無度的享樂生活，怎會因陸容的幾句勸喻而改變？當時豪門富戶多設有家樂，在舉行宴會、接待賓客之時，家樂往往先行演唱一番，以示禮貌，「客至俱樂」，幾乎已成爲當時的風氣；而且不少士大夫深諳音律，還能教戲。〔註 38〕

晚明時期政治頹敗，綱紀廢弛，黨爭宦亂頻仍，士人在政治陰影下徘徊，狂者透過講學，宣展政治理想，想要以政教合一的運作，達到政治改造的作用；而狷者則採保守方式，以自適悠閑的態度，面對這詭譎多變的政治情勢。戲曲也成爲當時士大夫日常生活的一部分，無論慶賞喜事、友朋宴集，士大夫多觀戲聽曲以爲娛樂。而江浙地區在整個文學情勢高漲下，戲曲創作也進入黃金時期。呂天成《曲品》卷上〈新傳奇品小序〉說：「博觀傳奇，近時爲盛。大江左右，騷雅沸騰。吳浙之間，風流掩映」〔註 39〕；祁彪佳《遠山堂曲品・敘》也說：「作者如林，大江以南，尤標赤幟。」在戲曲發展的規模、作家和作品的繁富方面江浙地區獨領風騷。萬曆年間，浙江秀水人馮夢禎著有《快雪堂日記》，正是晚明時期文人戲曲生活的記錄。馮夢禎交游廣闊，與湯顯祖、屠隆、臧懋循、王衡、高濂、潘之恒、沈德符、凌濛初等曲家均有來往。馮夢禎家中的廳堂，以及他的湖舟，經常成爲文士欣賞戲曲表演、討論曲藝的聚集場所。萬曆二十五年五月初三《快雪堂日記》

〔註 36〕轉引自陸萼庭《崑劇演出史稿》，〈四方歌者皆宗吳門〉，刊載於《民俗曲藝》第七期，民國 70 年 5 月，頁 23。

〔註 37〕參見陸容《菽園雜記》，卷十。

〔註 38〕何良俊《四友齋叢說》，卷三十七曾詳細說到他自身和老曲師頓仁以及家樂切磋的情形。對於其他文士的戲曲生活，《四友齋叢說》也略有所記。例如卷十八〈雜記〉中曾提及李開先家中戲班有「戲子幾二、三十人，女妓二人、女僮歌者數人」，規模頗大；卷十五說顧璘官至南京刑部尚書，性喜宴客，每隔四、五天宴客一次，教坊樂工總在一旁以古箏琵琶娛樂賓客。演奏之時，顧璘時而發表議論，時而誇獎樂工；卷十七說沈鳳峰性喜戲曲，凡宴客中有戲曲表演者，他就「按拍節歌」，如果曲有差誤，他總是「隨句正之」。

〔註 39〕見《曲品校注》，頁 22。

說道：

> 晴。款臧晉叔、朱君采、姚叔度於湖中。章元禮、吳允兆爲不速之客。黃問琴在座。既借叔度二歌童，問琴亦一再清歌。晉叔論詞曲及他，談謔大有名理，可謂勝舉。

《日記》中所舉諸人都是當時著名的曲家或演唱家。類似這樣文士相聚的記載，在《快雪堂日記》中尚多；而它又以記載家樂活動的數量爲最可觀。馮夢禎曾請唱曲家黃問琴等人教習家伎，並經常在西湖中進行演唱〔註 40〕。當時蓄養家樂的士大夫很多，彼此之間相互交流、比較，在客觀上促成戲曲表演藝術提高的作用。張岱家從其祖父輩起，前後訓練過可餐、武陵、梯仙、吳郡、蘇小小、茂苑等六個戲班〔註 41〕。阮大鋮曾蓄養聲伎，用來揣摩演練自己創作的劇本，在「筆筆勾勒，苦心盡出」的傾力下，希冀達到「本本出色，腳腳出色，齣齣出色，句句出色，字字出色」戲曲境界的要求〔註 42〕。又應於演出劇目的需求，文士們紛紛投入劇本的創作行列〔註 43〕，在賞花品茗之餘，遊湖聽曲、廳堂觀戲，透過家樂演出相互鑑賞玩味，除了增加晚明文人的生活藝術情趣之外，更在彼此的斟酌品鑑過程中，提昇戲曲劇本的文學性及表演性。

〔註 40〕可參見《快雪堂日記》萬曆二十八年正月初四、萬曆三十年正月二十七日、萬曆三十一年二月十三日、萬曆三十二年正月初二日、六月二十一日、十二月十五日等記載。

〔註 41〕見張岱《陶庵夢憶》，卷四〈張氏聲伎〉說：「我家聲伎，前世無之，自大父於萬曆年間，與范長白、鄒愚公、黃貞父、包涵所諸先生，講究此道，遂破天荒爲之。有可餐班，以張綵、主可餐、何閏、張福壽名。次則武陵班，以何韻士、傅吉甫、夏清之名。再次則梯仙班，以高眉生、李岕生、馬藍生名。再次則吳郡班，以王畹生、夏汝開、楊嘯生名。再次則蘇小小班，以馬小卿、潘小妃名。再次則平子茂苑班，以李含香、顧岕竹、應楚煙，楊騄駬名。」見《叢書集成新編》冊八十九，臺北：新文豐出版公司出版，頁 9。

〔註 42〕見張岱《陶庵夢憶》，卷四〈阮圓海戲〉，同註 41。

〔註 43〕明代劇作家與元代劇作家身份極爲不同。明代劇作家多是社會地位較高者，例如明初朱權、朱有燉二人，都是明室的藩王，而傾力於戲曲理論及創作。根據日人八木澤元《明代劇作家研究》的記載，明代以進士及第而成爲顯宦的戲曲家，計有下列諸人：邱濬、王九思、康海、楊慎、陳沂、吳鵬、胡汝嘉、秦鳴、謝讜、汪道昆、王世貞、張四維、顧大典、沈璟、陳與郊、屠隆、龍膺、鄭之文、湯顯祖、謝廷諒、王衡、施鳳來、阮大鋮、魏浣初、葉憲祖、范文若、吳炳、黃周星、來集之。他們在當時的文名，爲世所稱道，所作的戲曲亦風行一時。原來流轉於庶民之間的戲曲，到了明代，便移入古典文學修養較好、活躍於劇壇的士大夫之手了。

欲證明群眾性唱曲活動蓬勃開展的生動事例，虎丘山每年八月半千人石上歌唱大會的習俗是最好的例證。呂天成《曲品》記載卜世臣《冬青記》時曾對虎丘山千人演唱大會略有所提：

> 悲憤激烈，誰謂腐儒酸也？音律精工，情景眞切。吾友張望侯云：「檇李屠憲副於中秋夕，率家樂於虎丘千人石上演此，觀者萬人，多泣下者。」（頁 241）

而袁宏道〈虎丘記〉和張岱〈虎丘中秋夜〉更將此一唱曲大會敘述得熱鬧非凡。袁宏道〈虎丘記〉說：

> 虎丘去城可七八里，……游人往來，紛錯如織，而中秋爲尤盛。每至是日，傾城闔户，連臂而至。衣冠士女，下迨蔀屋，莫不靚妝麗服，重茵累席，置酒交衢間。從千人石上至山門，櫛比如鱗，檀板丘積，樽罍雲瀉。遠而望之，如雁落平沙，霞鋪江上，雷輥電霍，無得而狀。布席之初，唱者千百，聲若聚蚊，不可辨識。分曹部署，竟以歌喉相鬥，雅俗既陈，妍媸自別。未幾而搖頭頓足者，得數十人而已。已而明月扶空、石光如練，一切瓦缶，寂然停聲，屬而和者，才三四輩。一簫一寸管，一人緩板而歌，竹肉相發，清聲亮徹，聽者魂銷。比至深夜，月影横斜，荇藻凌亂，則簫板亦不復用。一夫登場，四座屏息，音若細發，響徹雲際，每度一字，幾盡一刻，飛鳥爲之徘徊，壯士聽而下淚矣。〔註 44〕

張岱〈虎丘中秋夜〉也說：

> 虎丘八月半，土著流寓、士夫眷屬，女樂聲伎，曲中名伎戲婆，民間少婦好女，崽子孌童，及游冶惡少、清客幫閑，傒僮走空之輩，無不鱗集。……登高望之，如雁落平沙，霞鋪江上。天暝月上，鼓吹百十處，大吹大擂，十番鐃鈸，漁陽摻撾，動地翻天，雷轟鼎沸，呼叫不聞。更定，鼓鐃漸歇，絲管繁興，雜以歌唱，皆「錦帆開」、「澄湖萬頃」同場大曲。蹲和鑼，絲竹肉聲，不辨拍煞。更深，人漸散去，士夫眷屬均下船水嬉。席席征歌，人人獻技。南北雜之，管弦迭奏，聽者方辨字句，藻鑒隨之。二鼓人靜，悉屏管弦，洞簫一縷，哀澀清綿，與肉相引，尚存三四，迭更爲之。三鼓，月孤氣肅，人皆寂闃，不雜蚊虻。一夫登場，高坐石上，不簫不拍，聲出

〔註 44〕見《袁中郎全集》，卷二〈游記〉。

如絲，裂石穿雲，串度抑揚，一字一刻，聽者尋入針芥，心血爲枯，不敢擊節，惟有點頭。然此時雁比而坐者，猶存百十人焉。使非蘇州，焉討識者？〔註 45〕

袁宏道和張岱這兩篇描述虎丘八月半唱曲大會的熱鬧場面，均極富層次且聲色兼備；也由於張岱本身是曲家，所以寫來格外細膩、深刻。虎丘八月半的唱曲大會幾乎囊括各階層人物，「檀板丘積，樽罍雲瀉」將賽曲情況描寫得十分生動，觀者目不暇給，由雷轟鼎沸般的鼓吹聲引發興味後，接著而來的就是氣勢雄壯的開場曲。透過「遊人往來，紛錯如織」、如「雁若平沙，霞鋪江上」的鼎沸絢爛的盛事，約略可以窺得群眾那股「里中舉戲，觀者如狂」〔註 46〕的激昂情緒。另外李漁〈虎丘千人石上聽曲〉四首詩，陸萼庭以爲是對虎丘山上賽曲活動的得失論述較爲全面的〔註 47〕。李漁〈虎丘千人石上聽曲〉詩〔註 48〕說：

曲到千人石，惟宜識者聽。若逢門外客，翻著耳中釘。

有技巧的曲家因過份追求字句、聲律，在一般聽曲群眾的耳中，反而有如釘子鑽耳朵。

並無樑可繞，只有雲堪過。唱與月中聽，嫦娥應咄咄。

這也是描寫行家的曲藝，可與仙樂媲美；但「曲高和寡」，不言可喻。

堂中十分曲，野外只三分。空聽猶如此，深歌哪得聞？

李漁認爲野外賽曲效果不佳，有其局限性。

一贊一回好，一字一聲血。幾令善歌人，唱殺虎丘月。

這又是群眾喝采的熱鬧場面了。除了節慶之外，凡是酬神，或是日常娛樂，多採用廟臺、船臺、亭臺、廳場、野場等不同的舞臺形式來扮演戲曲〔註 49〕，以達到謝神、娛人和自娛的目的。

二、文士的創作心態

戲曲本身的價值逐漸被肯定，一來是基於有識之士對文體的認知，將戲

〔註 45〕見張岱《陶庵夢憶》，卷五，同註 41，頁 12。

〔註 46〕祁彪佳《祁忠敏公日記・林居適筆・五月初七日》。

〔註 47〕語見陸萼庭《崑曲演出史稿》，刊載於《民俗曲藝》第七期，民國 70 年 5 月，頁 28。

〔註 48〕此四首詩均見《笠翁一家言全集・詩集》，卷七。

〔註 49〕參見陳進泉《晚明張岱陶庵夢憶戲劇資料之研究》，第四章〈陶庵夢憶中的幾種舞臺形式〉。

曲提高到「文章之一體」的地位。在戲曲文學的內質上，李贄首先標舉「童心」，認為凡出於「童心」者皆「天下之至文」。他說：

詩何必古選，文何必先秦，降而為六朝，變而為近體，又變而為傳奇，變而為院本，為雜劇、為《西廂記》，為《水滸傳》，為今舉子業，大賢言聖人之道，皆古今至文，不可得而時勢先後論也。〔註50〕

文士傳奇作家的文學觀念，一方面深受李贄的影響，以「情」（「情志」）為戲曲文學的內質〔註51〕；另一方面更稟承了傳統文學觀念，從歷史淵源上把詩歌視為戲曲的本體。臧懋循說：

所論詩變而詞，詞變而曲，其源本出於一。〔註52〕

閔光瑜也說：

昔人有言：詩變為詞，詞變為曲，曲之意，詩之遺也。〔註53〕

「情」與「史觀」的揉合，構成明清文人傳奇作家的文學觀念和戲劇觀念的主體部份。而在戲曲文學的功能上，徐文長以「興、觀、群、怨」論戲曲〔註54〕，李贄更加以引申說：

孰謂傳奇不可以興、不可以觀、不可以群、不可以怨乎？飲食宴樂之間，起義動慨多矣。今之樂猶古之樂，幸無差別視之其可！〔註55〕

其突破傳統，為本是「小道」的戲曲張目，是值得敬佩的。此外，像當時讀書人稱《西廂記》為「崔氏春秋」〔註56〕，朝廷官員以《琵琶記》描寫趙五娘的「儀容俊雅、德性幽嫻」，作為官妻孺人綸誥〔註57〕，袁中郎認為《西廂

〔註50〕見李贄《焚書》，卷三〈雜述・童心說〉，臺北：河洛出版社，民國63年，頁98。

〔註51〕明・張琦《衡曲麈譚》說：「子亦知乎曲之道乎？心之精微，人不可知，靈竅隱深，忽忽欲動，名曰心曲。曲也者，達其心而為言者也。」明朝曹履山《牟尼合記・序》也說：「聞之曲為心曲，名言為曲，實本為心。」見阮大鋮《牟尼合》傳奇卷首。

〔註52〕見臧懋循《元曲選・序二》，臺北：啓明書局，民國50年，頁2。

〔註53〕《邯鄲夢記・小引》。

〔註54〕《成裕堂繪像第一才子書琵琶記》，卷之一〈前賢評語〉引徐文長的話說：「詩可以興、可以觀、可以群、可以怨，《琵琶》有焉。」

〔註55〕見李贄《焚書》，卷四〈雜述・紅拂〉。晚明祁彪佳《孟子塞五種曲・序》和清・李調元《雨村劇話・序》等都據此而加以發揮。

〔註56〕見李開先《詞謔》，《歷代詩史長編二輯》第三冊，臺北：鼎文書局。

〔註57〕錢希言《戲瑕》，卷三。

記》、《牡丹亭》是案頭不可少之書，金聖嘆定《西廂記》為第六才子書，均可見微知著。

二來則為風教的理由。洪武初至親王之國，賜以詞曲一千七百本，就因為俚俗之言易入耳，欲藉音聲感人〔註58〕。影響明傳奇最大的《琵琶記》，副末開場就以教忠教孝自許，所謂「不關風化體，縱好也徒然」。邱濬作《伍倫全備記》，創作動機在於「感化人心」，維護理教綱常，這正是因為他認識到戲曲「人人觀看，皆能通曉，尤易感動人心，使人手舞足蹈，亦不自覺」〔註59〕的特性。在教育尚未普及的時代，劇場是另一種形式的學校，伶人在無意間教忠教孝，負起民族歷史文化的傳播重任，戲曲的娛樂作用似乎不及教化意義。這種寓教於樂的觀點，揭示了戲劇的功能價值，也是〈詩大序〉以來的風化之旨。王世貞、徐復祚、馮夢龍等劇評家，也都體認了戲劇能使「田畯工女，聞之而趯然喜，悚然懼」，因此風教和風化，便成為明代劇評的重點之一。王陽明也說：

> 今要民俗反樸還淳，取今之戲子將妖淫詞調俱去了，只要取忠臣孝子故事，使愚俗百姓，人人易曉，無意中感知他良心起來，卻於風化有益。（見《傳習錄》）

戲曲和哲理文章一樣，都能發揮感化世道人心的功能；因此清代曲家李漁也以「填詞非末技，乃與史傳詩文同源而異派者」〔註60〕的話來鞏固戲曲正式的文學地位，為嶄新的文學觀而努力。

戲曲的興盛，亦有賴於書坊的大量成立。從萬曆到崇禎數十年間，南京、蘇州、常熟一帶的書坊盛極一時。這種情況的形成須有相應的經濟背景：刊刻書籍的數量多寡與質量優劣，取決於讀者的需求量及其欣賞水準；且書籍的大量刊行需要許多專業人員，以及造紙業、刻字業等手工業的發達。晚明商業繁盛提供了發展的必要條件；而名士熱衷於戲曲的創作和收集則必須要能須克服傳統的偏見，包括與書商合作牟利，為適應讀者口味而調整審美趣味、甚至改變語言規範、熟悉市井生活等問題；這牽涉到文士對待「市井小民」的態度。雖然晚明學術思潮的成熟，有助於士大夫認識俗文學的價值；但仔細審視明代士大夫對於戲曲創作和理論的闡揚的心態，其實是十分令人

〔註58〕參見清・梁清遠《雕丘雜錄》，卷十五〈晏如齋艇使〉。

〔註59〕語見《伍倫全備忠孝記》，收於《古本戲曲叢刊初集》。

〔註60〕見李漁《閒情偶記》，卷一〈詞曲部・結構第一〉，臺北淡江書局，民國45年5月初版，頁4。

玩味的。

何良俊說：「夫詩變而爲詞，詞變而爲歌曲，則歌曲乃詩之流別」〔註61〕，他認爲曲乃詩詞之流變。王世貞直言：

> 三百篇亡而後有騷、賦；騷、賦難入樂而後有古樂府，古樂府不入俗而後以唐絕句爲樂府，絕句少宛轉而後有詞，詞不快北耳而後有北曲，北曲不諧南耳而後有南曲。〔註62〕

王世貞從音樂的角度——難入樂、少宛轉、不快北耳、不諧南耳等觀點來闡述南曲的流變，尚不及王驥德從曲的獨立性和包容性詳論曲「遞變承傳」的歷史觀。我國韻文學自秦三百篇及歌謠之興，降及兩漢、六朝樂府，唐詩宋詞，金元北曲，明代南曲，無不「聲詞」俱備，有律有樂，雖異制異名，但皆可被於絃竹入樂而歌。若以「樂」來統攝，則曲與歌謠、樂府、詩、詞並列爲樂的支派之一，所以王驥德說：「曲，樂之支也。」〔註63〕曲一方面是獨立的，一方面又集先秦至宋元之大成，因各朝代的踵事增華，使韻文學的音聲、詞采、體製一變再變，終於至明代之南曲而達美善之極致。呂天成則著眼於「表演」對曲作更精確的溯源：

> 自昔伶人傳習，樂府遞興。爨段初翻，院本繼出，金元創名雜劇，國初沿作傳奇。雜劇北音，傳奇南調。雜劇折惟四，唱惟一人；傳奇折數多，唱必勻派。〔註64〕

但是明代文士雖有意識地探討「曲」的來源，並且熱中戲曲創作，但他們對作曲的態度卻多採「游戲」心態。沈德符《萬曆野獲編》卷二十五說：「塡詞出才人餘技，本游戲筆墨間耳。」以沈德符從事戲曲創作與活動二十多年，祁彪佳仍說他是「游戲詞場」；呂天成《曲品》卷上〈新傳奇品〉評陸采等九人爲「上之中」，但他也說這九人：「綺思靈心，各擅風流之致；寄悰賦感，共標游戲之奇」（《曲品校註》，頁64）。「游戲」二字雖不一定含有鄙斥戲曲的成份，但卻也表明了當時文人仍是以詩文創作爲主；其愛好戲曲，多視此創作不僅僅是文學體材的一種，而且是一種帶有技藝性的藝術，從創作中顯示自己多方面的才能。

大司馬孫鑛曾對評論劇作有一番精闢的闡述：

〔註61〕見《四友齋叢說》，卷三十七。

〔註62〕見王世貞《曲藻》，收於《歷代詩史長編二輯》第四冊，頁27。

〔註63〕見王驥德《曲律・論曲源第一》。

〔註64〕見《曲品》，卷上〈舊傳奇品小序〉。

> 凡南戲，第一要事佳，第二要關目好，第三要搬出來好，第四要按宮調、協音律，第五要使人易曉，第六要詞采，第七要善敷衍、淡處作得濃、閑處作得熱鬧，第八要各腳色分得勻妥，第九要脫套，第十要合世情、關風化。持此十要以衡傳奇，靡不當矣。〔註 65〕

當時士大夫要達到如孫鑛對戲曲的認識，必須經歷逐漸深化的過程。明嘉靖、隆慶時期其以鄭若庸、梁辰魚爲代表的駢儷派盛行，其注重華美典雅的文詞，多從文學的角度創作劇本；這類作品多被稱爲案頭之作，具閱讀價值。萬曆年間，吳江派強調音律甚於詞采，沈璟要求語言本色，已是注意戲曲的音樂成分和語言通俗化，使得戲曲創作從「案頭之作」向「場上之作」邁出了一步。但作家們對戲劇藝術的舞臺特徵的認識仍不充分，以王驥德《曲律》而言，大部分論述音律和詞采的種種法則，而對其他形式特點探討仍不多。直至明末清初時李漁的《閒情偶記》就更注重戲劇的舞臺特徵，談得更具體深入。

實際上，對戲劇特徵認識的遲緩過程，和明代戲劇發展的特殊環境有關。其中一個重要原因是，科舉制度限制士大夫對理想和生活的抉擇。即使如孫鑛對戲曲極爲愛好且有研究，但身爲大司馬的他，也殷殷勸勉呂天成以「舉業」爲人生目標。從孫鑛和呂天成往還的書信中，可以知道孫鑛苦心教導呂天成讀書、爲文，勉勵呂天成「甥孫（指呂天成）才素高，今若沉潛於經術，取青紫如拾芥耳！」〔註 66〕

明人從事戲曲活動的背景與元人大不相同，關漢卿、王實甫等人與書會息息相關，和市井戲班往來密切，他們的劇作之所以本色、當行，是因爲他們對戲劇有實踐的基礎。而明代戲曲作家與戲班既有聯繫的一面，也有隔閡的一面；雅文學的傳統常使得文士對民間戲曲藝術自然而然地產生了輕視的態度〔註 67〕。沈璟在戲曲音律上斤斤返古〔註 68〕；王驥德《曲律》說：「數十

〔註 65〕見《曲品》，卷下〈新傳奇品小序〉。

〔註 66〕參見《孫月峰先生全集》，卷九〈與呂甥孫天成書牘〉。關於孫鑛對呂天成的殷殷教誨，可參見本文第二章〈呂天成生平及著作考述〉，第一節〈家世考述〉。

〔註 67〕Joseph R.Lvenson〈從繪畫看明代及清初社會的文人業餘精神〉一文中，提到明代文人的特徵是博通，對任何一種學問都不是以專業的心情來研究的。此篇文章收於張永堂翻譯，《中國思想制度論集》，臺北：聯經出版社出版。明代的劇作家、劇評家不但以詩文名家，對於藝術，尤其是繪畫，都有精深的造詣和精絕的品味。他們對於戲劇的態度只是興之所至，或藉以發抒胸中一

年來，又有弋陽、義烏、青陽、徽州、樂平諸腔之出。……皆鄭聲之最，而世爭膻趨痂好，靡然和之，甘為大雅罪人」，亦是以士大夫的觀點來趨雅避俗。王驥德甚至還認為應用《詩經》的古韻來填詞；但如果用這些古法套用於實際，勢必如他自己所說的：「一旦盡返之古，必群駭不從」〔註 69〕了。由此可知，王驥德雖然想在劇作中維護古法，但也知道古法必有所扞格。再轉論呂天成，其家學淵源，長期浸染於戲曲領域，也曾因宦途不順，而對自己耗費心血於戲曲創作上發出慨歎。《曲品・自序》說：「十餘年來，予頗為此道所誤，深悔之，謝絕詞曲，技不復癢」〔註 70〕，若非呂天成自身對戲曲情難忘懷，再加上曲友王驥德的慫恿，也許這本今日所見最早品評明代傳奇作品的《曲品》就難以完成了。明代文士的戲曲創作心態，可以說是相當矛盾的。

另外，明初統治者明令禁止戲劇〔註 71〕，也讓士大夫對劇曲創作以「游戲之筆」為之。何良俊說：

> 祖宗開國，尊從儒術，士大夫恥留心詞曲，雜劇與舊戲文本皆不傳，世人不得盡見，雖教坊有能搬演者，然古調既不諧於俗耳，南人又不知北音，聽者既不喜，則習者亦漸少。而《西廂》、《琵琶記》傳刻偶多，世皆快睹，故其所知者，獨此二家。〔註 72〕

反映了明初以來戲曲發展的窒礙。

至於明代優伶的地位，則並未因文士喜歡創作劇本而提昇。雖然優伶和文士之間的關係，在文士觀劇、演劇之餘，較其他朝代為親切友善，但從呂坤《省心紀過・名口過》所言，「優伶多詼諧以悅人，最可恥也」，可知優

段不平之氣。連以劇作傳名的沈璟、湯顯祖，都不曾以戲劇家自居。儘管他們的詩文不及劇作，但當他們發抒人生理想、討論生命價值，甚至對死後聲名的期許，都寧願寄托在詩文中。

〔註 68〕王驥德《曲律》，卷四〈雜論第三十九下〉說：「吳江守法，斤斤三尺，不欲令一字乖律，而毫鋒殊拙。」

〔註 69〕《曲律》，卷四〈雜論第三十九下〉。

〔註 70〕見《曲品校注》，頁 1。

〔註 71〕有關於明初統治者禁演戲曲的記錄和論述，可參閱《大明律講解》，卷二十六〈刑律雜犯〉，顧起元《客座贅語》卷十，趙景深、李平、江巨榮〈明代演劇狀況的考察〉（收於《戲劇藝術》，1979 年），及陳芳英《明代劇學研究》，頁 95～96。

〔註 72〕見何良俊《四友齋叢說》，卷三十七〈詞曲〉，收於《歷代詩史長編二輯》第四冊，頁 6。

伶因以色藝事人，被視爲賤民〔註 73〕。明代扮演戲劇的演員，除了青樓歌伎，又增加了孌童，地位更是卑下。根據顧起元《客座贅語》所云，一般伶人，男子戴綠巾，身穿紅褡褳，足穿豬毛皮靴，不准街道中走，止於道邊左右走。婦女則戴皀冠，身穿皀褙子，出入不許穿華麗衣服。陸文裕爲山西提學時，有一樂工之子已入學，陸文裕到任後將他逐出，聲稱「寧可學校少一人，不可以一人污學校」，連篤好戲曲的何良俊，也都嘆賞陸文裕「剛決」。〔註 74〕

儘管文士以業餘的心態來看待戲曲，但由於他們對戲曲的熱愛，在寫作和指導演出時，都呈現出嚴謹的專業精神。像何良俊延聘老曲師頓仁指導家樂〔註 75〕，祁止祥親授家伶阿寶，一字百磨；阮大鋮嚴格訓練家中戲班等。其中以張岱《陶庵夢憶》所載最詳，其〈過劍門〉說：

> 南曲中，妓以串戲爲韻事，性命以之。楊元、楊能、顧眉生、李十、董白以戲名。屬姚簡叔期余觀劇，傒僮下午唱〈西樓〉，夜則自串。傒僮爲興化大班，余舊伶馬小卿、陸子雲在焉。加意唱七齣戲，至更定，曲中大詫異。楊元走鬼房問小卿曰：「今日戲氣色大異，何也？」小卿曰：「坐上座者余主人，主人精賞鑒，延師課

〔註 73〕袁了凡「功過格」以「蓄戲子在家，一日爲十過」，亦是文士視優伶地位卑下的例證。

〔註 74〕何良俊《四友齋叢說》曾說：「陸文裕公爲山西提學時，晉王有一樂工，甚愛，幸之。其子愛讀書，前任副使考送入學，文裕到任，即行文黜退之。晉王再四與言，文裕云：『寧可學校少一人，不可以一人污學校。』堅意不從。觀此二事，文裕之剛決，亦近代所僅見也。」見《叢書集成新編》冊八十五，臺北：新文豐出版公司出版，頁 363～364。

〔註 75〕何良俊《四友齋叢說》，卷三十七〈詞曲〉中曾敘述他和老曲師頓仁與其家樂相互切磋的情形：「余家小鬟記五十餘曲，而散套不過四五段，其餘皆金、元人雜劇詞也，南京教坊人所不能知。老頓言：『頓仁在正德爺爺時隨駕至北京：在教坊學得，懷之五十年。供筵所唱、皆是時曲，此等辭並無人問及。不意垂死，遇一知音。』是雖曲藝，然可不謂之一遭遇哉！」頓仁感激知音之情，溢於言表。何良俊又說：「老頓於《中原音韻》、《瓊林雅韻》終年不去手，故開口、閉口與四聲陰陽字，八九分皆是。文義欠明，時有差處，如馬東籬《孤雁漢宮秋》，其雙調尾聲云：『載離恨的氈車半坡裏響。』氈字，他教作閉口。余言：『氈字當開口。』他說：『頓仁於韻上考索極詳，此字從「占」，當作閉口。』余曰：『若是從占，果當作閉口；但此是寫書人從省耳，此字原從「亶」，亶是開口，汝試檢「氈」字正文，無從占者。』渠始信，教作開口。」可見兩人雖有身份上的差距，但對音樂的執著，並無二致。見《歷代詩史長編二輯》第四冊，頁 10～11。

戲，童手指千，傒僮到其家謂『過劍門』，焉敢草草。」楊元始來物色余。〈西樓〉不及完，串〈教子〉，顧眉生：周羽，楊元：周娘子，楊能：周瑞隆，楊元膽怯膚慄，不能出聲，眼眼相覷，渠欲討好不能，余欲獻媚不得，持久之，伺便喝采一二，楊元始放膽，戲亦遂發。〔註 76〕

而伶人對戲曲演出更是滿懷敬業熱誠。朱楚生、彭天錫、夏汝開等，都是一時翹楚〔註 77〕。朱楚生經常和四明姚益城切磋琢磨，演技「妙入情理」〔註 78〕；彭天錫延聘教師到家中傳授，「家業十萬緣手而盡」〔註 79〕。而侯方域〈馬伶傳〉中的馬伶和李開先《詞謔》中的顏容，他們傾力於戲曲演出，所耗費的心血更是眾人耳熟能詳的故事〔註 80〕。從他們的故事中可以知道，只有深刻的內心體驗與美妙的表現方法結合起來，才能創造動人的形象。伶人顏容嚴格要求自己，爲了要使觀眾感動，他知道僅靠響亮的嗓音是不夠的，還必須在體驗和表現上下苦功；對著穿衣鏡勤學苦練，後來也就成爲戲曲演員提高表演藝術的傳統方法。這正是如顏容一類的演員潛心鑽研，方使

〔註 76〕張岱《陶庵夢憶》，卷七〈過劍門〉，同註 41，頁 17。

〔註 77〕彭天錫擅長丑淨，對反派人物的揣摩，掌握了心理情緒，形象風貌、語言音色等。張岱《陶庵夢憶》，卷六〈彭天錫串戲〉有言：「千古之奸雄佞幸，經天錫之心肝而愈狠，借天錫之面目而愈刁，出天錫之口角而愈險」；此外，張岱還對彭天錫的表現作更具體生動的描述說：「皺眉低眼，時時腹中有劍；笑裏藏刀，鬼氣殺機，陰森可怖。」語見張岱《陶庵夢憶》，卷六〈彭天錫串戲〉，同註 41，頁 13。

〔註 78〕張岱《陶庵夢憶》，卷五〈朱楚生〉說：「朱楚生，女戲耳。調腔戲耳。其科白之妙，有本腔不能得十分之一者。蓋四明姚益成先生精音律，與楚生輩講究關節，妙入情理，如江天暮雪、宵光劍、畫中人等戲，雖崑山老教師細細摹擬，斷不能加其毫末也。」同註 41，頁 12。

〔註 79〕張岱《陶庵夢憶》，卷六〈彭天錫串戲〉中有言：「（彭天錫）曾以一齣戲延其人至家，費數十金者，家業十萬緣手而盡。」同註 41，頁 13。

〔註 80〕馬伶，名錦，原是興化部的淨角，和華林部打對臺時，扮演《鳴鳳記》的嚴嵩不如華林部的李某，遂悄然遁去，投到當時相國顧守謙門下爲走卒，亦步亦趨，模仿相國的舉止行逕，三年後再回南京演出《鳴鳳記》，一雪前恥。李開先《詞謔・詞樂篇》敘及時人顏容說：「顏容，字可觀，鎮江丹徒人。全（指另一歌唱家周全）之同時也。乃良家子，性好爲戲，每登場，務備極情態，喉音響亮，又足以助之。嘗與眾扮趙氏孤兒戲文，容爲公孫杵臼，見聽者無戚容；歸即左手捋鬚，右手打其兩頰盡赤，取一穿衣鏡，抱一木雕孤兒，說一番、唱一番、哭一番、其孤苦感愴，眞有可憐之色、難已之情。異日復爲此戲，千百人哭皆失聲。歸，又至鏡前，含笑深揖曰：『顏容，眞可觀矣。』」

得戲曲的表演藝術累積豐富的經驗。

明代對演劇的興趣，普及於社會的每一階層。明初雖曾幾度頒行對戲曲演出內容的禁令，但戲曲的風行已屬必然，上自宮廷、士大夫官邸，下至市井鄉野，可謂如癡如醉。即使是風雨飄搖的晚明，面對著深重的民族危難，戲曲表演仍是文化生活中極重要的一環。文士的生活習尚、理論創作，的確賦予戲曲於民間滋養之外，另一蓬勃的生命。

第三節　明初至萬曆年間戲曲理論及批評的發展內涵

明初的戲曲理論和批評，雖繼元人餘緒，產生《太和正音譜》等專著，但自洪武至宣德年間百餘年，其總的趨勢是不夠活躍的；這大抵要歸咎於當時的民間戲曲缺乏文字記載，而初期的朱明王朝對戲曲採用「限制」和「利用」兩大政策〔註 81〕；邱濬的《伍倫全備記》和邵燦的《香囊記》便是此時極具影響力之作。到了嘉靖、隆慶年間，明政府的箝制較為寬鬆，而曲家們也開始企圖擺脫文辭和傳統忠孝節義觀對戲曲的束縛，著眼於戲曲本質——「本色」、「當行」的探索，因而興起《拜月亭》和《琵琶記》高下之辨的論爭；到了萬曆時期，崑山腔經魏良輔精心改革，一時聲勢大盛；而江蘇、浙江及江西一帶，出現了以吳江沈璟為首的吳江派，和以湯顯祖為代表的臨川派。沈璟為崑腔提供曲律依據，湯顯祖則為宜黃腔寫作劇本並組織演出，二者推動了元雜劇以來戲曲創作的另一波高潮。但也由於各自對戲曲理論和批評理念的分歧，就「聲」與「辭」展開了激烈的論爭；曲家們亦由此開展了思路，對戲曲理論作進一步的思索。王驥德《曲律》和呂天成《曲品》就是當時的結晶。

一、明初時期「道學風」和「時文風」的薰染

對元曲的內容加以分類，進而標舉作品的體式，是明初曲論的一大特色。朱權《太和正音譜》則是開創此特色的代表論著。《太和正音譜》將雜劇分為神仙道化、隱居樂道（即林泉丘壑）、披袍秉笏（即君臣雜劇）、忠臣烈士、

〔註 81〕所謂「限制」指的是《大明律》對伶人搬做戲曲的約束和壓迫；而「利用」則是明太祖對高明《琵琶記》的讚許，以資作為教忠教孝的範本。「限制」和「利用」此二說可參見袁震宇、劉明今《明代文學批評史》，第三章〈明代前期的戲曲小說批評〉，頁 94～95。

孝義廉節、叱奸罵讒、逐臣孤子、鏺刀趕棒（及脫膊雜劇）、風花雪月、悲歡離合、煙花粉黛（即花旦雜劇）和神頭鬼面（即神仙雜劇）等十二類，是所謂「雜劇十二科」；但因分類的系統並不統一（如有的依劇作內容性質而分，有的依劇中主要人物身份而分），很容易產生混淆不清的現象。《太和正音譜》注錄「古今群英樂府格勢」約二百人，並評論部份作家。其評論的標準不外從詞藻和風骨著眼：對詞藻要求典雅清麗；對風骨則主張磊塊勁健或俊逸超拔（關於《太和正音譜》的問題，可參閱曾永義師〈太和正音譜的作者問題〉和〈太和正音譜的曲論〉二篇專文，收於曾師所著《說戲曲》一書）。

在明初期的傳奇創作中，邱濬的《伍倫全備記》和邵燦的《香囊記》是兩部相當有影響力的作品。邱濬以理學名儒涉筆戲曲，將高明「不關風化體，縱好也徒然」的主張發揮極致；而邵燦的《香囊記》不僅仿效邱濬《伍倫全備記》的創作要旨，更開啓了明曲的「時文風」。徐文長《南詞敘錄》說：「以時文爲南曲，元本、國初未有也，其弊起於《香囊記》。」據《明史・選舉志》的記載，時文指的是「其文略仿宋經義，然代古人語氣爲之，體用排偶，謂之八股，通謂之制義」〔註 82〕。「以時文爲南曲」，就其語言風格來說，便是從語言的古樸本色走向典雅藻麗，如徐文長所指出的以《詩經》、杜詩作曲，賓白也用文語，並且搬用故事作對子，矯揉造作，非從人心流出的常言俗語〔註 83〕。而就作品的內容含意來說，八股文本身早已規定它的內容是代聖人立言；雖然金元本色劇作並不乏對傳統倫理道德的宣揚，但它更側重對社會百態的批判；明代以時文爲南曲的作品則著重人倫綱常的說教，時代背景的氣息較爲淡薄。

本來，在經過元代戲曲家們的努力，元曲形成了優良的本色的傳統；按理說，這個傳統當得到後代劇作家們的繼承和弘揚，但爲什麼到了景泰、成

〔註 82〕《明史・志四十六・選舉二》，卷七十說對當時科舉考試的科目有一番解釋：「科目者，沿唐宋之舊，而稍變其試士之法，專取四子書及易、書、詩、春秋、禮記五經命題試士。蓋太祖與劉基所定。其文略仿宋經義，然代古人語氣爲之，體用排偶，謂之八股，通謂之制義。」（頁 1693）

〔註 83〕明・徐文長《南詞敘錄》說：「以時文爲南曲，元末、國初未有也，其弊起於《香囊記》。《香囊》乃宜興老生員邵文明作，習《詩經》，專學《杜詩》，遂以二書語句匀入曲中，賓白亦是文語，又好用故事作對子，最爲害事。夫曲本取於感發人心，歌之使奴童婦女皆喻，乃爲得體；經、子之談，以之爲詩且不可，況此等耶？直以才情欠少，未免輳補成篇。吾意：與其文而晦，曷若俗而鄙之易曉也？」見《南詞敘錄》，收於《歷代詩史長編二輯》第三冊，頁 243。

化年間這個傳統就被「以時文爲南曲」這股違反戲曲創作規律的逆流取代呢？更令人不解的是，這股逆流的湧起居然發端於一個既非曲壇魁首，亦無動人戲曲主張的老生員邵燦身上。王驥德《曲律・論家數第十四》說：

> 曲之始，只本色一家，觀元劇及《拜月》、《琵琶》二記可見。自《香囊記》以儒門手腳爲之，遂濫觴而有文詞家一體。近鄭若庸《玉玦記》作，而益工修辭，質幾盡掩。〔註 84〕

何以邵燦和他的作品有如此巨大的影響力？

「以時文爲南曲」其形成的潛在原因，與明代嚴密完整的八股取士制度這個大的文化背景有密切的關係。科舉制度使得儒士們在長期受到傳統忠孝節義觀的薰染，思維模式化，逐漸形成穩固的文化心理結構，作品的題材便局囿於此。明太祖對戲曲教化人心的功能十分推崇，但《御制大明律・刑律・雜記》卻頒佈「凡樂人搬做雜劇戲文，不許妝扮歷代帝王后妃、忠臣烈士、先聖先賢神像，違者杖一百；官民之家，容令妝扮者與同罪；其神仙道扮，及義夫節婦、孝子順孫、勸人爲善者，不在禁限」〔註 85〕的法令，這實際上便畫定戲曲創作內容的範圍，其與明朝在政治上尊孔、定程朱理學爲官方哲學是密合的。明太祖曾盛讚高明的《琵琶記》是富貴家不可無的山珍海錯，將它和《五經》、《四書》相提並論；這不僅僅是因爲《琵琶記》的優美動聽，更是明太祖注意到戲曲深入人心的教化功能，有些比《五經》、《四書》更大、更容易。後來理學名儒邱濬也體會到這個作用。

科舉制度和明太祖對《琵琶記》的讚譽所形成的文化氛圍，有助於「以時文爲南曲」的生長、蔓延；這也就是爲什麼《香囊記》出現後效顰者便絡繹不絕的原因。實際上《琵琶記》給「以時文爲南曲」的作家不少直接的啓發，《琵琶記》本身並非是「以時文爲南曲」的作品，但它卻隱藏著戲曲作品從本色到時文化轉變的契機。高明所倡導「不關風化體，縱好也徒然」的戲

〔註 84〕王驥德《曲律・論家數第十四》除了直指邵燦以「儒門手腳爲之，遂濫觴而有文詞家一體」之外，更進一步說明「本色」與「文詞」二者善用的重要。他說：「夫曲以模寫物情，體貼人理，所取委曲宛轉，以代說詞，一涉藻繢，便蔽本來。然文人學士，積習未忘，不勝其靡，此體遂不能廢，猶古文六朝之於秦漢也。大抵純用本色，易覺寂寥；純用文調，復傷雕鏤。……至本色之弊，易流俚腐；文詞之病，每苦太文。雅俗淺深之辨，介在微茫，又在善用才者酌之而已。」收於《歷代詩史長編二輯》第四冊，頁 121～122。

〔註 85〕《御制大明律・刑律・雜記》，卷二十六，據元明清三代禁燬小說戲曲史料》，1981 年出版。

曲觀，奠定了一切以時文作南曲作品的基調，此類作家無不異口同聲地宣揚。邱濬說：「若與倫理無關係，縱是新奇不足傳」（《伍倫全備記．副末開場》），邵燦也說：「傳奇莫作尋常看，識義由來可立身」（《香囊記．家門》）；這些弘揚「風化」、「倫理」、「識義」的口號，不自覺中便扼殺了戲曲活潑的生命力。

《琵琶記》之所以能夠在曲壇上數百年來屹立不搖，乃是它通過有血有肉的人物和生動明快的情節，自然地呈現出作品的主旨。它的語言也有許多可取之處，如〈糟糠自厭〉保有金、元本色風範，〈琴訴荷池〉則典雅清麗；不管是哪一種語言，高明都能各盡其妙，熨貼地傳達出劇中人的心聲。而《伍倫全備記》則往往單刀直入地訴求教化主旨，以易曉的語言來達成目地，在內容上染有深厚的時文「代聖人立言」的色彩，可以說是「以時文爲南曲」風潮形成中過渡期的作品。成化年間，邵燦的《香囊記》遠紹《琵琶記》，近襲《伍倫全備記》，摹擬的痕跡是十分明顯的。它不僅攝取《琵琶記》宣揚風化的精神，同時也繼承它語言風格雅正的一面，並加以集中發展，使戲曲作品的語言產生了質的變異，一變而成爲時文氣濃重的陳腐語。故自嘉靖時起，許多戲曲理論家重新標舉「本色」、「當行」的口號，抵制「道學風」和「時文風」，企圖扭轉文人創作的危機。

二、嘉隆時期《拜月》和《琵琶》的高下之辨

嘉靖、隆慶年間，何良俊倡《拜月亭》優於《琵琶記》之說，其評價根據即是認爲《拜月亭》屬「當行」、「本色」，而《琵琶記》「專弄學問，其本色語少」。他於元曲四大家中特別欣賞鄭光祖，曾說：「元人樂府稱馬東籬、鄭德輝，關漢卿，白仁甫爲四大家。馬之詞，老健而乏姿媚；關之詞，激烈而少醞藉；白頗簡淡，所欠者俊語；當以鄭爲第一」〔註 86〕；且批評王實甫《西廂記》「全帶脂粉」。何良俊並且提出三個觀點，駁斥《西廂記》、《琵琶記》並非北劇、南戲絕唱之說。首先，「二家（《西廂記》、《琵琶記》）之詞，即譬之李、杜，若謂李、杜之詩不工固不可，苟以爲詩必以李、杜爲極致，亦豈然哉？」其次，何良俊以爲《西廂記》、《琵琶記》之所以爲後人所熟知，並非由於它們在藝術手法上特別超群出眾，而是客觀環境所致，「祖宗開國，尊崇儒術，士大夫恥留心詞曲，雜劇與舊戲文本皆不傳，世人不得進見。……

〔註 86〕見何良俊，《曲論》，收於《歷代詩史長編二輯》第四冊，頁 6。

而《西廂》、《琵琶記》傳刻偶多，世皆快睹，故其所知者，獨此二家。余所藏雜劇本幾三百種，舊劇本雖無刻本，然每見於詞家之書，乃知今元人之詞，往往有出於二家之上者」。第三，「《西廂》全帶脂粉，《琵琶》專弄學問，其本色語少。蓋塡詞須用本色語，方是作家。苟詩家獨取李、杜，則沈、宋、王、孟、韋、柳、元、白，將盡廢之耶？」〔註 87〕何良俊直指《琵琶記》之缺少風味。他說：

> 高則成才藻富麗，如《琵琶記》「長空萬里」，是一篇好賦，豈詞曲能盡之！既然謂之曲，需要有蒜酪，而此曲全無，正如王公大人之席，駝峰、熊掌、肥腯盈前，而無蔬、筍、蜆、蛤，所欠者風味耳。〔註 88〕

何良俊極力主張《拜月亭》比《琵琶記》更有成就乃在於當行：

> 《拜月亭》……余謂其高於《琵琶》遠甚。蓋其才藻雖不及高，然終是當行。其〈拜新月〉二折，乃櫽括關漢卿雜劇語。他如〈走雨〉、〈錯認〉、〈上路〉、〈館驛中相遇〉數折，彼此問答，皆不需賓白，而敘說情事，宛轉詳盡，全不費詞，可謂妙絕。〔註 89〕

何良俊以爲《拜月亭》在藝術上「櫽括關漢卿雜劇語」，明白易懂，是《琵琶記》所不可企及的。此外，何氏還進一步提出「寧聲協而辭不工，無寧辭工而聲不協」的「格律論」主張，其本質在「聲」重於「辭」。可以說何良俊的格律論乃針對入明以來的文人劇作家，其案頭之曲不易搬上舞臺此一時弊而發；但作爲一種戲曲理論，顯然是片面而不夠周全。王驥德《曲律・雜論第三十九上》就從「辭不工」的角度來批評他：

> （元朗）又謂：「寧聲協而辭不工，無寧聲工而辭不協。」此有激之言。夫不工，奚以辭爲也。(《曲律・雜論第三十九上》，頁 151）

而當時徐文長就從戲曲的民間性出發，指出：「夫曲本取於感發人心，歌之使奴童婦女皆喻，乃爲得體。……吾意與其文而晦，曷若俗而鄙之易曉也？」但是徐文長也同時認爲塡詞「文既不可，俗又不可」，必須要能雅俗共賞，才是作手。但徐文長的《南詞敘錄》在當時流傳並不廣，引起的回響不大；而何良俊的曲論在受到王世貞的批駁後引起廣泛的注意。

〔註 87〕同註 86。
〔註 88〕同註 86，頁 11。
〔註 89〕同註 86，頁 12。

王世貞認為，雖然《拜月亭》也是佳作，但絕比不上《琵琶記》。他以《拜月亭》的「三短說」來駁斥何良俊的說法：

> 《琵琶記》之下，《拜月亭》……亦佳。元朗謂勝《琵琶》，則大謬也。中間雖有一、二佳句，然無詞家大學問，一短也；既無風情，又無裨風教，二短也；歌演終場，不能使人墮淚，三短也。〔註90〕

王世貞特別欣賞高明「體貼人情，委曲必盡，描寫物態，彷彿如生」，讚賞《琵琶記》是：

> 則成所以冠絕諸劇者，不唯其琢句之工，使事之美而已，其體貼人情，委曲畢盡；描寫物態，彷彿如生；問答之際，了不見扭造；所以佳耳。至於腔調微有未諧，譬如見鍾、王跡，不得其合處，當精思以求詣，不當執末以議本也。〔註91〕

他一方面稱許高明《琵琶記》能深刻描寫生活，另一方面，對《琵琶記》在音律方面的缺憾，則採取包容的態度。何良俊和王世貞首先挑起《拜月》、《琵琶》孰優孰劣的論爭，在曲界引起相當大的回響，表面上雖然這只為區別兩齣戲曲的高下優劣；但其背後，實隱含「本色」、「才情」、「音律」等戲曲理論之爭；也引發曲家們對戲曲特性全面關注。

沈德符《顧曲雜言》對何良俊的說法表示支持，也讚賞《拜月亭》在音律方面的合諧，並批評王世貞的「識見未到處」：

> 何元朗謂《拜月亭》勝《西廂記》：王弇州力爭以為不然，此是王識見未到處。《琵琶》無論襲舊太多，與《西廂》同病；且其曲無一可入絃索者。《拜月》則字字穩帖，與彈搊膠黏；蓋南詞全本可上絃索者惟此耳。……向曾與王房仲（世貞子）談此曲，渠亦謂乃翁持論者確。……若《西廂》才華富贍，北曲大本未有能繼之者，終是肉勝於骨，所以讓《拜月》一頭地。〔註92〕

而徐復祚《曲論》一方面肯定《拜月亭》在音律上的成就，以《拜月亭》「無一板一折非當行本色語」，來證明何良俊的「未為無見」；另一方面也駁擊世貞三短之說的不當：

> 何元朗謂施君美《拜月亭》勝於《琵琶》，未為無見。《拜月亭》宮

〔註90〕見王世貞《曲藻》，收於《歷代詩史長編二輯》第四冊，頁34。

〔註91〕同註90，頁33。

〔註92〕見沈德符《顧曲雜言》，收於《歷代詩史長編二輯》第四冊，頁210。

調極明，平仄極協，自始至終，無一板一折非當行本色語，此非深於是道者不能解也。弇州乃以「無大學問」爲一短，不知聲律家正不取弘詞博學也。又以「無風情」、「無裨風教」爲二短，不知《拜月》風情本自不乏，而風教當就道學先生講求，不當責之騷人墨士也。……又以「歌演終場不能使人墮淚」爲三短，不知酒以合歡，歌演以佐酒，必墮淚以爲佳，將《薤歌》、《蒿里》盡侑觴具乎？〔註93〕

凌濛初《譚曲雜劄》雖不曾明顯標舉何良俊之名，但由他對於《琵琶記》及王世貞的批評，可以知道他和何良俊的主張大致相似：

曲始於胡元，大略貴當行不貴藻麗，其當行者曰「本色」。蓋自有此一番材料，其修飾詞章，塡塞學問，了無干涉也。故《荊》、《拜》、《劉》、《殺》爲四大家，而長才如《琵琶》猶不得與，以《琵琶》間有刻意求工之境，亦開琢句修詞之端，雖曲家本色故饒，而詩餘弩末亦不少也。……元美責《拜月》以「無詞家大學問」，正謂其無吳中一種惡套耳，豈不冤甚？〔註94〕

然而臧懋循的《元曲選・序》則從版本的角度譏笑兩家的爭論：

何元朗評施君美《幽閉》遠出《琵琶》上，而王元美目爲好奇之過。夫《幽閉》大半已離贋本，不知元朗能辨此否？元美千秋士也，予嘗於酒次論及《琵琶》〔梁州序〕、〔念奴嬌〕二曲，不類永嘉口吻，當是後人竄入，元美尚津津稱許不置，又惡知所謂《幽閨》者哉？〔註95〕

王世貞自然也有其支持者，可以呂天成和王驥德爲代表。呂天成《曲品》將《琵琶》評爲「神品一」，而以《拜月》爲「神品二」。他讚賞高明說：

東嘉高則誠，能作爲聖，莫知乃神。特創調名，功同倉頡之造字；細編曲拍，技如后夔之典音。意在筆先，片語宛然代舌；情同境轉，一段眞堪斷腸。化工之肖物無心，大冶之鑄金有式。……勿倫於北劇之《西廂》，且壓乎南聲之《拜月》。(《曲品校注》，頁5)

他對《琵琶記》更是讚譽有加：

〔註93〕見徐復祚《曲論》，收於《歷代詩史長編二輯》第四冊，頁235。
〔註94〕見凌濛初《譚曲雜劄》，收於《歷代詩史長編二輯》第四冊，頁253。
〔註95〕見《中國歷代文論選》中冊，頁368。

其詞之高絕處，在布景寫情，色色逼眞，有運斤成風之妙。串插甚合局段，苦樂相錯，具見題裁。可師可法，而不必議者也。……萬吻共褒，允宜首例。(《曲品校注》，頁 163)

呂天成褒美高明「特創調名，功同倉頡之造字；細編曲拍，技如后夔之典音」，言其對音樂用功之深，不容忽視；呂天成又極喜《琵琶記》「布景寫情，色色逼眞，有運斤成風之妙。串插甚合局段，苦樂相錯，具見題裁」，讚允《琵琶記》如此傑作，乃眾劇作效法的對象，其地位無庸置疑。「勿倫於北劇之《西廂》，且壓乎南聲之《拜月》」、「萬吻共褒，允宜首列」明白地道出呂天成認爲《琵琶記》勝於《拜月亭》；然而呂天成並沒有忽視《拜月亭》的天然本色，且肯定它對湯顯祖的良好影響：

《拜月》……天然本色之句，往往見寶，遂開臨川玉茗之派；何元朗絕賞之，以爲勝《琵琶》，而《談詞定論》則謂次之而已。(《曲品校注》，頁 165)

王驥德《曲律》也說：

《拜月》語似草草，然時露機趣，以望《琵琶》，尚隔兩塵；元朗以爲勝之，亦非公論。〔註 96〕

大抵純用本色，易覺寂寥，純用文調，復傷雕鏤。《拜月》質之尤者，《琵琶》兼而用之，如小曲語語本色，大曲引子如「翠減祥鸞羅幌」、「夢遶春闈」，過曲如「新篁池閣」「長空萬里」等調，未嘗不綺麗滿眼，故是正體。〔註 97〕

明代關於《琵琶》、《拜月》的論戰大略如此。青木正兒《中國近世戲曲史》曾將雙方的論點作一歸納：

要之，取《拜月》者，稱其聲調之入絃索與其辭之質實而餘味豐富；取《琵琶》者，稱其辭之文雅。是即「本色派」與「文辭派」之論爭也。〔註 98〕

雖然彼此各有其局限性，但爾後諸曲論家在其中擷取精華，對我國戲曲理論的開展，有其積極正面的意義。湯顯祖和沈璟在曲論上的分歧和論爭，就是

〔註 96〕見王驥德《曲律·雜論第三十九上》，收於《歷代詩史長編二輯》第四冊，頁 149。

〔註 97〕《曲律·論家數第十四》，同註 96，頁 122。

〔註 98〕參見青木正兒《中國近世戲曲史》，頁 106。

很好的例子。

三、萬曆年間臨川和吳江之於戲曲理論的爭鳴

湯顯祖的戲曲觀是以泰州學派的哲學思想爲理論的基礎，同時也和佛道思想有聯繫。他與徐文長，李卓吾、袁中郎、僧達觀等聲息相通，推動文學浪漫主義運動的形成和發展。這個新興的文學運動在一定程度上反映了市民階層的利益、要求，對後來的文學有深刻的影響。他們在思想領域裏反對傳統禮教、批判程朱理學，宣傳個性的自由解放；在文藝上反對復古主義思潮，唾棄模擬因襲的創作教條，主張信筆直書，表現眞情，獨抒己見。湯顯祖將這種精神貫徹到戲曲創作領域，寫成「臨川四夢」，給戲曲創作注入新鮮血液。而沈璟則有感於自明代初年以來，傳奇創作中案頭化的傾向，故而企圖從語言音律等藝術形式入手，來恢復戲曲的優良傳統。這也是沈璟對何良俊的格律論——「寧聲協而辭不工，無寧辭工而聲不協」的進一步繼承。同樣是對戲曲現狀的不滿，由於著眼點的不同，對戲曲創作弊端癥結所在的認識也不一樣；也由於分析問題、解決問題方法上的差異，於是在理論批評上產生嚴重的分歧，以致爆發爲一場激烈的論爭。另外，戲曲發展到這個時期已進入重要的轉折點，戲曲往何處發展？亟需思想理論上得到澄清；在客觀上也爲這場論爭造成適宜的氣候。

湯顯祖〈牡丹亭題詞〉署爲萬曆二十六年（1598），《牡丹亭》至遲在這一年便已完成，一時「家傳戶誦，幾令《西廂》減價」（沈德符《顧曲雜言》）。當時沈璟在蔣孝《九宮十三調譜》的基礎上完成了《南九宮十三調曲譜》，後來成爲崑山腔標準化的曲譜，亦是傳奇創作的曲律範式。《南九宮十三調曲譜》的編訂，是崑山腔進入全盛階段的重要標誌之一，沈璟在戲曲史上的貢獻主要於此。其後沈璟的族姪沈自晉重新修訂爲《南詞新譜》，更稱完善。

《南九宮十三調曲譜》刊行於萬曆三十四年（1606），此時湯顯祖的「臨川四夢」早已完成，可知並不是根據沈璟的《南詞全譜》作劇的。事實上，從崑山腔的格律來看，湯顯祖的作品中，大量存在悖律乖腔的現象。爲了「便吳歌」，沈璟對《牡丹亭》作了一番改訂，題名爲《同夢記》〔註99〕，且沈璟

〔註99〕《南九宮詞譜》「古今入譜詞曲傳奇總目」中有《同夢記》一劇，注云：「詞隱先生未刻稿，即《竄本牡丹亭》之改本。」馮夢龍《三會親風流夢・小引》說：「梅、柳一段姻緣，全在互夢，故沈伯英題曰《合夢》，而余則題爲《風流夢》云。」

的《墜釵記》在關目上也有明顯摹仿《牡丹亭》的痕跡；可見沈璟對湯顯祖的作品基本上是持讚賞態度的，他希望能夠通過改訂，使這部從崑腔曲律著眼並爲未臻完美的作品能更加完善。但沒有料到，呂天成的父親呂胤昌（即呂玉繩）送來沈璟的改本卻令湯顯祖極大的不滿。湯顯祖本以爲這改本是呂胤昌所作，〈答凌初成〉憤怒地說：

> 不佞《牡丹亭記》大受呂玉繩竄改，云便吳歌。不佞啞然笑曰：「昔有人嫌摩詰之冬景芭蕉，割蕉加梅，冬則冬矣，然非王摩詰冬景也。其中駘蕩寅夷，轉在筆墨之外耳。」

王驥德提到當時的情形也說：

> （吳江）曾爲臨川改易《還魂》字句之不協者，呂吏部玉繩（鬱藍生尊人）以致臨川，臨川不懌，復書吏部曰：「彼惡知曲意哉！余意所至，不妨拗折天下人嗓子。」其志趣不同如此。（見《曲律》卷四〈雜論第三十九下〉）

湯顯祖還賦詩言志說：

> 醉漢瓊筵風味殊，通天鐵筆海雲孤。總饒割就時人景，卻愧王維舊雪圖。（〈見改竄《牡丹亭記》詞者，失笑〉）

〈與宜伶羅章二〉則說：

> 《牡丹亭》要依我原本，其呂家改的，切不可從。雖是增減一二字以便俗唱，卻與我原作的意趣大不同了。

也許吳江改本確實有方便俗唱之處，容易爲一般伶人接受，但湯顯祖認爲改本有違創作初衷，故而特地寫信給宜黃縣伶人，囑咐他們不要爲俗見所囿。這些話後爲沈璟知聞，便寫了〔二郎神〕套曲來表達自己的戲曲理念。〔二郎神〕套曲有言：

> 何元朗，一言兒啓詞宗寶藏。道欲度新聲休走樣。名爲樂府，須教合律依腔。寧使時人不鑒賞，無使人撓喉捩嗓。說不得才長，越有才，越當著意斟量。……縱使詞出繡腸、歌稱繞樑，倘不協音律，也難褒獎。（參見附刻於《博笑記》卷首的〔二郎神〕套曲）

這些言論，即是針對湯顯祖而發。湯顯祖乃轉而成激憤，故寫了〈答孫俟居〉一信，充滿激烈之詞：

> 曲譜諸刻，其論良快。久玩之，要非大了者。莊子云：「彼烏知禮義？」此亦安知曲意哉！其辨各曲落韻處，粗亦易了。周伯琦（周

德清）作《中原韻》，而伯琦於伯輝（應是鄭德輝）致遠中無詞名。沈伯時指樂府指迷，而伯時于花庵、玉林間非詞手。詞之爲詞，九宮四聲而已哉？且所引腔證，不云未知出何調犯何調，則云又一體又一體。彼所引曲未滿十，然已如此，復何能縱觀而定其字句音韻耶？弟在此自謂知曲意者，筆懶韻落，時時有之，正不妨拗折天下人嗓子。

「吳江守法」而「臨川尚趣」〔註 100〕，「矜格律則推詞隱」，而「擅才情則推臨川」〔註 101〕；湯顯祖和沈璟對於戲曲藝術的觀點和傳奇創作的方法是大相逕庭的，由於各自堅持自己的曲學主張，於是在學術爭鳴中爭鋒相對。王驥德說：

詞隱之持法也，可學而知也；臨川之修辭也，不可勉而及也。大匠能予人規矩，不能使人巧也。其所能者，人也；所不能者，天也。〔註 102〕

呂天成《曲品》卷上〈新傳奇品〉「上之上」對二人的總評也說：

此二公者，懶作一代之詩豪，竟成千秋之詞匠，蓋震澤所涵秀而彭蠡所毓精者也。吾友方諸生曰：「松陵具詞法而讓詞致，臨川妙詞情而越詞檢。」善夫，可爲定品矣！乃光祿嘗曰：「寧律協而詞不工，讀之不成句，而謳之始協，是爲曲中之巧。」奉常聞而非之，曰：「彼烏知曲意哉！予意所至，不妨拗折天下人嗓子。」此可以睹兩賢之志趣矣。予謂二公譬如狂狷，天壤間應有此兩項人物。不有光祿，詞硎弗新；不有奉常，詞髓孰抉？儻能守詞隱先生之矩矱，而運以清遠道人之才情，豈非合之雙美者乎？〔註 103〕

沈璟之律可學而致，而湯顯祖的才情卻純屬天然〔註 104〕；但就指導創作而言，沈璟在曲學上的貢獻乃高於湯顯祖。近人鄭振鐸說：「湯顯祖與沈璟同爲這個時代的傳奇作家的雙璧。論天才，顯祖無疑的是高山；論提倡的功績，顯祖卻要遜璟一籌。」（《插圖本中國文學史》）這也是當時人較爲一致的

〔註 100〕《曲律・雜論第三十九下》，同註 96，頁 165。
〔註 101〕參見沈寵綏《弦索辨訛・序》，收於《歷代詩史長編二輯》第五冊，頁 19。
〔註 102〕《曲律・雜論第三十九下》，同註 96，頁 166。
〔註 103〕見《曲品校註》，卷上〈新傳奇品〉「上之上」，頁 37。
〔註 104〕呂天成《曲品》，卷上〈新傳奇品〉「上之上」評湯顯祖也說：「湯奉常絕代奇才，冠世博學。……情癡一種，固屬天生；才思萬端，似挾靈氣。」（頁 34）

看法。

「湯、沈之爭」可以說是湯顯祖從創作角度的把握和沈璟從尊重戲曲特性的要求而有所堅持，正是他們從不同角度對戲曲創作和理論作一番積極的思考。近人黃仕忠認爲「湯、沈之爭本質上是戲曲領域中作家和理論家一種積極的理論探索」〔註 105〕，而它也促使曲家們對戲曲藝術的思考走上更高一層；甚至產生「吳江曲派」和「臨川曲派」；而王驥德的《曲律》和呂天成的《曲品》也因論爭開闊了思路，豐富了曲論專著的內容。從另一個更廣大的層面來看，湯、沈之爭引發了曲家們對戲曲理論進一步的思索，促成晚明及有清一朝戲曲理論的興盛。諸多曲論家對湯、沈之爭所涉及問題的評述和闡發，眾多評點作品和序跋將這些見解直接運用於作品的分析評價，都是很好的證明。

〔註 105〕參見黃仕忠〈明代戲曲的發展和湯沈之爭〉，《文學遺產》，1986 年第六期，頁 33。

第四章　《曲品》撰著的動機、體例及其流傳版本

第一節　《曲品》撰著的動機

日籍學者青木正兒《中國近世戲曲史》論述呂天成《曲品》時，曾讚譽它和王驥德《曲律》爲明代論曲的雙璧。他說：

> 但令彼（呂天成）得傳不朽者，在於其《曲品》二卷。《曲品》爲品評元末至當時古今戲文者，其所著錄甚博，可得通覽明曲大概之書，舍此外，無可求之道。……《曲律》與《曲品》實爲論曲之雙璧。〔註1〕

《曲律》論述曲發展的史觀、作曲應注意的事及曲家軼事〔註2〕，《曲品》則專評諸家傳奇；而王驥德與呂天成本就是交往密切的曲友，其各致力於曲的一面，相互鼓勵、慫恿而成《曲律》及《曲品》。王驥德《曲律・自序》曾提到孫如法和呂天成對他的鼓勵：

> 友人孫比部（孫如法）夙傳家學；同舍鬱藍生蚤擅慧腸，並工風雅之脩，兼妙聲律之度。塤箎謬合，臭味略同。日於坐間，舉白談詞，明星錯於尊俎；抽黃指疢，清吹發於閭楹。曰：「與其秘爲帳中，毋

〔註1〕見青木正兒《中國近世戲曲史》上冊，頁227。

〔註2〕《曲律・自序》釋其名義言：「曲何以言律也？以律譜音，六樂之成文不亂；以律繩曲，七均之從調不姦。」見王驥德《曲律・自序》，收於《歷代詩史長編二輯》第四冊，臺北：鼎文書局，頁49。

寧公之海内。曷其制律，用作懸書？」〔註3〕

《曲律》卷四〈雜論第三十九下〉也說到王驥德和孫如法、呂天成切磋曲學的情形：

先生（孫如法）自謫歸，人士罕見其面，獨時招余及鬱藍生，把酒商榷詞學，娓娓不倦。嘗慫恿余作《曲律》及南韻，曰：「此絕學，非君其誰任之！」〔註4〕

令王驥德滿懷感恩地說：「于陰陽二字之旨，實大司馬（孫月峰）暨先生（孫如法）指授爲多」〔註5〕。王驥德對呂天成更視爲「尤密邇旦夕，方以千秋交勗」〔註6〕的好友，呂天成《曲品・自序》說：

今年春，與吾友方諸生劇談詞學，窮工極變，予興復不淺，遂趣生撰《曲律》。

《曲律》完成後，呂天成曾爲之作序，並讚譽《曲律》「功令條教，臚列具備，眞可謂起八代之衰，厥功偉矣」（見《曲品・自序》），可惜今日《曲律》已不見呂序。

關於《曲品》創作的過程，《曲品・自序》曾說：

壬寅歲，曾著《曲品》，然惟於各傳奇下著評語，意不盡、亦多未得當，尋棄去。

這是《曲品》的第一次著評，曾被呂天成因求好心切，視其爲「意不盡、亦多未得當」，而擱置一旁。事實上，呂天成由於家學淵源，極喜藏書，早年就有建立一曲藏的心願。這曲藏本欲廣博收攬各劇作，但因呂天成潛在的品評心態，而對劇作作選擇性的蒐集。《曲品・自序》說：

予舞象時即嗜曲，弱冠好塡詞。每入市，見新傳奇，必挾之歸，笥漸滿。初欲建一曲藏，上自先輩才人之結撰，下逮腐儒老優之攢簇，悉搜共貯，作江海大觀。既而謂多不勝收，彼攢簇者，收之污吾篋，於是多刪擲，稍稍散失矣。

在蒐集到一定數量時，呂天成了解到攢簇者大多不是精品；於是改變了他原本欲將曲藏作江海之大觀的想法，而作了一番篩選，刪擲若干劇作水準較差者。雖然呂天成早已有心蒐集、整理當時傳奇劇作，然而因其應舉子業的不

〔註3〕見王驥德《曲律・自序》，同註2，頁50。
〔註4〕《曲律》，卷四〈雜論第三十九下〉，同註2，頁171。
〔註5〕同註4。
〔註6〕《曲律》，卷四〈雜論第三十九下〉，同註2，頁172。

順利，也使得他心生後悔。呂天成曾於萬曆三十一年應鄉試，成績尚可，外舅祖孫月峰鼓勵他「秋闈獎賞是來科大捷之兆，愚聞亦稍喜慰」〔註7〕；但從此以後，他求取功名屢屢遭挫，對詞曲的愛好也曾動搖。《曲品・自序》說：

十餘年來，予頗爲此道所誤，深悔之，謝絕詞曲，技不復癢。

後來呂天成與王驥德「劇談詞學，窮工極變」，重新挑起他對戲曲的興趣；他勉勵王驥德撰成《曲律》，並讚賞《曲律》「既成，功令條教，臚列具備，眞可謂起八代之衰，厥功偉矣」；但他同時也有感於《曲律》品評作品處太少，轉而對自己未完成的作品躍躍欲試。《曲品・自序》說：

予謂生（王驥德）曰：「曷不舉今昔傳奇而甲乙焉？」生曰：「褒之則吾愛吾寶，貶之必府怨。且時俗好憎難齊，吾懼以不當之故而累全律，故今《曲律》中略舉一二而已。」予曰：「傳奇侈盛，作者爭衡，從無操柄而進退之者。矧今詞學大明，妍媸畢照，黃鐘瓦缶，不容溷陳；《白雪》、《巴人》，奈何並進？子愼名器，予且作糊塗試官，冬烘頭腦，開曲場，張曲榜，以快予意，何如？」生笑曰：「此段科場，讓子作主司也。」予歸檢舊稿猶在，遂更定之。

呂天成鑒於當時傳奇作品甚多，「大江左右，騷雅沸騰；吳浙之間，風流掩映」〔註8〕，但卻苦無品評專著；爲了確實「黃鐘瓦缶，不容溷陳；《白雪》、《巴人》，奈何並進？」的品評態度，他自嘲願作「糊塗試官，冬烘頭腦」，用以「開曲場，張曲榜」，求其快意，因此根據舊稿加以更定而成《曲品》一書，成爲第一本將戲曲作家和傳奇劇作依「品」分別論述的專著。晚明祁彪佳《遠山堂曲品、劇品》和清初高奕《新傳奇品》均是直接受到呂天成《曲品》的啓發而加以補充〔註9〕。我們由《曲品・自序》所言，可知呂天成從打算建立一曲藏，及第一次著評、擱置，第二次爲曲品增補、初次作序，到書成、定稿時，其歷時甚久〔註10〕，可說是呂天成傳之不朽的代表作。

〔註7〕見《孫月峰先生全集》，卷九〈與呂甥孫天成書牘〉，轉引自吳書蔭《曲品校註》，附錄二〈呂天成研究資料彙集〉，頁411。

〔註8〕見《曲品》，卷上〈新傳奇品〉小序。

〔註9〕祁彪佳《遠山堂曲品・敘》說：「予素有顧娛之僻，見呂鬱藍《曲品》而會心焉。……欲贅評於其末，懼續貂也，乃更爲之，分六品；不及品者，則已雜調黜焉。」收於《歷代詩史長編二輯》第六冊，臺北：鼎文書局，頁5。

〔註10〕關於呂天成《曲品・自序》作於何時，各版本有不同的著錄。暖紅室刻本、曲苑本、吳梅校本、清河本、清初鈔本等均作「萬曆庚戌（萬曆三十八年，1610）嘉平望日，東海鬱藍生書於山陰樛木園之煙鬟閣」；而楊志鴻鈔本《曲

第二節　《曲品》的體例

《曲品》的體例和內容，可以從呂天成《曲品・自序》和上卷〈舊傳奇品小序〉窺見一斑。《曲品・自序》說：

> （《曲品》）倣鍾嶸《詩品》、庾肩吾《書品》、謝赫《畫品》例，各著論評。析爲上、下二卷；上卷品作舊傳奇者及作新傳奇者；下卷品各傳奇。其未考姓氏者且以傳奇附，其不入格者，擯不錄。（《曲品校註》，前頁 1～2）

〈舊傳奇品小序〉說：

> 余雖不遵古而卑今，然必溯源而得委，倣之《畫史》，略加詮次，作〈舊傳奇品〉。（《曲品校注》，頁 1～2）

《詩品》共三卷，乃梁・鍾嶸所撰，其以上、中、下三種品第來品評漢朝至梁朝間一百二十二詩人的詩作優劣。《四庫全書總目提要》卷一九五〈詩文評類一・詩品三卷〉說：

> 梁・鍾嶸撰……所品古今五言詩，自漢以來一百有三人。論其優劣，分爲上、中、下三品。每品之首，各冠以序。皆妙達文理，可與《文心雕龍》並稱。〔註 11〕

《書品》一卷，乃梁・庾肩吾所撰，載錄漢朝至梁朝間，善於書法藝術者共一百二十餘人，分上、中、下三種品第，每種品第又再分爲上、中、下三等，共分作九種不同程度的等第標準，以極簡潔的文字，分等第評論各個書法藝術成就。《四庫全書總目提要》論梁・庾肩吾《書品》一卷說：

> 是書載漢至梁齊能徵眞草者一百二十八人。分爲九品、每品各繫以論，而以總序冠於前。〔註 12〕

《古畫品錄》一卷，乃南齊・謝赫所撰，將三國吳至南齊畫家陸探微等二十七人，分爲第一品至第六品不同品次，並加以評論其優劣。《古畫品錄・序》云：

> 夫畫品者，蓋眾畫之優劣也圖繪者，莫不明勸戒著升沈千載寂寥。

品・自序》則自署爲「萬曆癸丑（萬曆四十一年，1613）清明日，東海鬱藍生書於山陰樛木園之煙鬟閣」。有關《曲品・自序》作於何年的論述，可參見本文第二章第二節。

〔註 11〕語見《四庫全書總目提要》，卷一九五〈詩文評類一・詩品三卷〉，臺北：臺灣商務出版社，民國 54 年，頁 53 陰面。

〔註 12〕見《叢書集成新編》第五十二冊，頁 315。

披圖可鑒，雖畫有六法，罕能盡該，而自古及今各善一節。六法者何？一氣韻生動是也；二骨法用筆是也；三應物象形是也；四隨類賦彩是也；五經營位置是也；六傳移模寫是也。唯陸探微、衛協備該之矣。然跡有巧拙，藝無古今，僅依遠近隨其品第裁成。〔註 13〕

《畫史》則是宋代米芾所著，《四庫全書總目提要》卷一一二「藝術類一」著錄，說：

此書皆舉其平生所見名畫，品題眞僞，或間及裝褙收藏及考訂訛謬。歷代賞鑒之家，奉爲圭臬。〔註 14〕

到了宋朝，黃休復《四格》著錄畫家五十八人，將其繪畫風格分爲逸、神、妙、能四格，繪畫分品遂成爲定論〔註 15〕。而呂天成《曲品》是曲壇上第一部分品撰述曲家及傳奇劇作的著作，其分上、下兩卷，上卷以評論作者爲主，下卷則專論作品。上卷有「舊傳奇品」及「新傳奇品」兩部分；「舊傳奇品」論元末至明嘉靖以前的傳奇作家高明等八人，分之以神、妙、能、具四品，並加巧思以駢句批評；「新傳奇品」則論明嘉靖至萬曆年間諸作者，自沈璟至金懷玉等八十六人（加〈補遺〉則共九十五人），分上上、上中、上下、中上、中中、中下、下上、下中、下下等九種品第評述。先列各人姓氏字里，再以駢語評論（中間有些不加批評，「中之下」以後更爲簡略）。又附論南戲作家徐渭、汪道昆二人及散曲作家周憲王等二十五人，均列爲「上品」。卷下論作品部份，「舊傳奇品」就四品分論高明《琵琶記》等及無名氏之作；「新傳奇品」就九品分論沈璟等及無名氏之作。共計南戲和傳奇作品二百一十二種，每種或論本事，或加評論。〔註 16〕

鍾嶸《詩品・序》曾說：

昔九品論人，七略裁士。校以賓實，誠多未值。

〔註 13〕見《叢書集成新編》第五十三冊，頁 96。

〔註 14〕語見《四庫全書總目提要》，卷一一二〈藝術類一・畫史一卷〉，同註 11，頁 41 陰面～頁 42 陽面。

〔註 15〕參見陳芳英《明代劇學研究》，頁 84～85。

〔註 16〕葉德均〈曲品考〉論及《曲品》劇作家和作品的數目與此稍有出入。他說：「卷下舊傳奇部份，就四品分論高明《琵琶記》等及無名氏之作二十七種；新傳奇部份則就九品分論沈璟等及無名氏之作共一百六十四種，每種或論本事，或加評論。」（〈曲品考〉，頁 152）這是因爲葉氏撰此文時尚未得見楊志鴻鈔本《曲品》，資料不足所致。《曲品》的體例和內容可參見葉德均〈曲品考〉，收於《戲曲小說叢考》，頁 151～153；吳書蔭〈呂天成和他的作品考〉，收於《曲品校註》，頁 433。

以品論人，是東漢末年社會上流行的風氣。班固的《漢書・古今人表》曾將古人分爲九品，即上上、上中、上下、中上、中中、中下、下上、下中、下下等；稍後，劉劭《人物志》專論品人，而曹魏建立「九品中正」制以後，更形成世家大族和門閥制度，這亦是由品評人物而來。六朝時期品評人物之風已臻極盛，影響到藝術範疇和文學批評，將品評人物人格優劣的形式應用於品評作品的優劣等第，即擴展成「品物」；舉凡畫、詩、書法、棋藝，亦都有「品」。南齊、謝赫的《古畫品錄》（即《畫品》）是我國最早的論畫之書，《書畫書錄解題》卷四有言：

> 論畫之書，今存者以是書（南齊謝赫《古畫品錄》）爲最古，而品畫之作，亦始於是書，彌足珍重。

後來庾肩吾《書品》和沈約《棋品》也應運而起，一時蔚爲大觀。自宋、元以來，對戲曲的蓬勃發展，曲家們亦有意識地探索戲曲理論。元代雜劇繁興時期，曲論著作如燕南芝庵《唱論》、周德清《中原音韻》、夏庭芝《青樓集》、鍾嗣成《錄鬼簿》等，均很少對當時曲家的風格加以品評分類〔註 17〕。明朝初年，賈仲明《增補錄鬼簿》仿鍾嗣成以《凌波曲》的弔詞形式，品評關漢卿等八十二位作家及作品，評論角度已注意到作品風格的品評。無名氏《錄鬼簿續篇》著錄鍾嗣成等七十一人，雜劇七十八種，對作家作品的品評比鍾嗣成的《錄鬼簿》有明顯增加的現象。朱權《太和正音譜》則對作品進行風格體式的探討，其〈樂府體氏〉首次提出風格分類的問題〔註 18〕。《太和正音譜》對戲曲的品評和論述有了新的突破，其以具體化、形象化的「譬喻法」對元代和明初的九十八位雜劇和散曲作家的風格分別品評。例如評馬致遠

〔註 17〕燕南芝庵《唱論》的內容主要論及宋、元兩代戲曲聲樂理論、歌唱風格與方法，以及十七宮調的調性特色。周德清《中原音韻》內容則分爲「韻譜」、「正語作詞起例」兩部份。其中「正語作詞起例」部份的「作詞十法」是周德清以蒐集前人的作品爲例，在品評中說明「知韻」、「造語」、「用事」、「用字」、「入聲作平聲」、「陰陽」、「務頭」、「對偶」、「末句」、「定格」等作北曲的規律與方法。夏庭芝《青樓集》的內容是對元代戲曲演員、曲藝演員，包括雜劇、院本、嘌唱、說話、諸宮調、舞蹈著名藝人的表演風格及特色作了詳實的記述。鍾嗣成《錄鬼簿》的內容是記載元代書會才人、名公士夫等戲曲、散曲作家的生平事蹟和作品名錄。其中鍾嗣成《錄鬼簿》卷下，以《凌波曲》的曲詞形式讚揚相知的好友宮天挺等十九人的作品風格。

〔註 18〕見明・朱權《太和正音譜》，卷上〈樂府體氏〉將戲曲風格分爲丹丘體、宗匠體、黃冠體、承安體、盛元體、江東體、西江體、東吳體、淮南體、玉堂體、草堂體、楚江體、香奩體、騷人體、俳優體十五類。

說：「馬東籬之詞，如朝陽鳴鳳。其詞典雅清麗，可與《靈光》、《景福》而相頡頏。有振鬣長鳴，萬馬皆瘖之意。又若神鳳飛鳴于九宵，豈可與凡鳥共語哉？宜列群英之上」〔註 19〕。到了明代中葉以後，傳奇劇作繁盛，曲論亦蓬勃開展。其大約有下列幾種形式：或發之專論，自成一說的，如徐渭的《南詞敘論》、焦循的《花部農譚》；或撰為序跋、書簡之類，如卓人月《新西廂序》、張岱《答袁籜庵》；或作為篇章，散見於本集的，如李贄、湯顯祖的雜說、書札；或廣為講授，其理論宗旨多見於他人論著的，如沈璟的曲論；或通過改寫評注，以見其創作志趣的，如馮夢龍的《墨憨齋定本傳奇》；或散見於批注評點之間，以見其藝術觀與創作論的，如金聖嘆的《第六才子書》、無名氏的《審音鑑古錄》；或是編纂曲譜律，如蔣孝《九宮十三調譜》；或是撰作藝術鑑賞小品，如潘之恆《鸞嘯小品》；或是雜陳於散文、日記之中，如張岱《陶庵夢憶》、祁彪佳《祁忠敏公日記》；或作全面系統研究而自成理論體系的，如王驥德《曲律》與李漁《閒情偶寄》中的曲話〔註 20〕。而首先將自己的戲曲觀點貫串於品評劇作家和傳奇作品的優劣等第的曲論著作，則是呂天成的《曲品》。

然而流傳於後世的《曲品》，經過多次傳鈔、脫簡，又與高奕《新傳奇品》和無名氏的《古人傳奇總目》相混淆〔註 21〕，面目已不復當初，於是造成不少人的誤解。例如王國維〈曲品新傳奇品跋〉說：

> 內《曲品》三卷，鬱藍生撰。其《新傳奇品》五頁，則高奕所續成，此本誤編在中卷之下，下卷之上。卷末之新傳奇品，當入《曲品》下卷。〔註 22〕

王國維《曲錄》也說：

> 曲品三卷（舊鈔本），明・呂天成撰。天成，字勤之，號鬱藍生，會稽人。此書上卷，分明中葉以前曲家為神品、妙品、能品、具品四等，又分明季曲家為九等。中卷專錄傳奇名目。下卷則就各家所製傳奇，仍從上卷所分之次序而細評之。此與《錄鬼簿》均為曲目之

〔註 19〕見《太和正音譜》，卷上〈古今群英樂府格勢〉，臺北：洪氏出版社，民國 71 年元月初版，頁 124。

〔註 20〕參見邱瓊慧《祁彪佳戲曲理論研究》，頁 65～66。

〔註 21〕關於《古人傳奇總目》考辨作者的問題，可參見葉德均〈曲品考〉，頁 170～176。

〔註 22〕見吳梅校本《曲品》，北京大學出版部，1918 年初版。

書，以可參考，故列於此。〔註23〕

王國維認清此傳鈔本《曲品》中雜有清人高奕所作《新傳奇品》五頁，乃後人誤入《曲品》之中；但王國維並沒有挑出被視爲《曲品》中卷的《古人傳奇總目》這一個錯誤，以致原本只有兩卷的《曲品》到了王國維眼中卻成了三卷。陳玉祥〈曲品新傳奇品跋〉蹈襲王國維的錯誤，仍將《曲品》視爲三卷，但他已將高奕的《新傳奇品》五頁移到《曲品》三卷之後，以免後人誤認〔註24〕。再看劉世珩〈曲品新傳奇品跋〉則可以釐清這些錯誤的來源。他說：

> 《曲品》二卷，「前題東海鬱藍生譔，琅琊方諸生閱」。《傳奇品》二卷，「署名高奕晉音銓次」，揭陽曾蟄庵參議（習經）昔見於場肆，手錄藏之，不知其爲誰氏本也。余按：沈伯明自晉《南詞新譜》載〈古今入譜詞曲傳劇總目〉，有呂棘津《神鏡記》，下注：「名天成，字勤之，別號鬱藍生，姚江人，著《煙鬟閣傳奇十種》。」與所序尾題「煙鬟閣」正合。方諸生乃王伯良驥德之別稱。呂序作於明萬曆庚戌，與伯良爲同時人。高奕又字爾（晉）音，則已入本朝矣。近海寧王靜庵學部國維撰《曲錄》，余告以前從曾蟄庵處鈔得此本，因假去校補數處，定爲三卷，以《傳奇品》爲中卷，而以誤列下卷之上高晉音之《新傳奇品》爲下卷。鬱藍生〈自序〉，明言倣鍾嶸《詩品》、庾肩吾《書品》、謝赫《畫品》例，各著論評，析爲上下二卷，上卷品作舊傳奇及作新傳奇者，下卷品各傳奇，其未考姓氏者且以傳奇附，其不入格者擯不錄。上下卷又繫小序，以神、妙、能、具、上、中、下諸品次之。今仍作二卷，還其舊觀，並以正靜庵之失。〔註25〕

劉世珩說明這些鈔本的源頭是曾習經的傳鈔本《曲品》，曾習經「手錄藏之，不知其爲誰氏本也」；王國維「因假去校補數處，定爲三卷，以《傳奇品》爲中卷，而以誤列下卷之上高晉音之《新傳奇品》爲下卷」，故而發生謬誤；劉世珩能夠認清，且將《曲品》恢復原來面目，可稱卓識。孫楷第〈跋曲品〉也稱劉世珩刊本《曲品》「用意甚善」：

〔註23〕見曲苑本《曲錄》，頁500。

〔註24〕陳玉祥〈曲品新傳奇品跋〉附於吳梅校本《曲品》。

〔註25〕見暖紅室《彙刻傳奇》附刻《曲品》。

> 《曲品》今行世者有二本，一石印《曲苑》本……一即劉世珩刊本，末載世珩跋，謂曾從曾習經處借得鈔本錄之，王國維假去校補，定爲三卷。是《曲苑》所收與世珩所據皆是一本。世珩此本剔出高奕《新傳奇品》與《古人傳奇總目》，復天成二卷之舊，用意甚善。〔註26〕

但劉世珩又說：

> 高晉音所編《古人傳奇總目》、《新傳奇品》，別爲《傳奇品》二卷，以《古人傳奇總目》爲上卷，《新傳奇品》爲下卷，亦庶與序言「但取現在所見聞者記之」之語合焉。晉音《傳奇品》，取之明人及國初作者，蓋檢笥中所藏傳奇數百種，考其姓氏，細加評定，識以一、二語，非有心去取也。〔註27〕

劉世珩將《古人傳奇總目》視作高奕《新傳奇品》的上卷，並改題合稱爲《傳奇品》，則又是缺乏證據之說了。

根據吳書蔭的考證，《曲品》所著錄的二百一十二種劇作，僅有二十一種爲《永樂大典戲文目》、高儒《百川書志》、徐文長《南詞敘錄》和晁瑮《寶文堂書目》所著錄，其餘的一百九十一種都是第一次見於著錄〔註28〕。正因爲它保存了這許多傳奇作家和劇目的材料，且其成書年代，除了晚於《南詞敘錄》（《南詞敘錄》作於嘉靖三十八年）之外，其餘各種著錄明代傳奇劇作家和作品者，實以《曲品》爲最早。呂天成家學淵源、曲藏豐富，引證材料詳實可靠；因此，稍晚的祁彪佳《遠山堂曲品、劇品》即是以《曲品》作爲藍本，清代黃文暘的《曲海目》、王國維的《曲錄》、以及傅惜華的《明代傳奇全目》皆是在若干程度上取材並引用於它。

第三節　《曲品》流傳的版本

《曲品》的版本，除了現今所存各本外，也曾有明刊本，我們可以從《曲律》卷四所說的：「頃南戲鬱藍生已作《曲品》行之金陵。」這句話證實。可惜的是，這本明刊本《曲品》早已散佚，留下了不少問題。今日《曲品》常見的版本大都出自曾習經所見的舊鈔本，經劉世珩、王國維、吳梅等各據己

〔註26〕見《滄州集》，卷四。

〔註27〕同註25。

〔註28〕見吳書蔭〈呂天成和他的作品考〉，收於《曲品校註》，頁433。

見增訂、校補，輾轉翻印，以致面目失眞；再加上《曲品》本身的脫簡，又與高奕《新傳奇品》和無名氏的《古人傳奇總目》合刊，遂產生和《新傳奇品》、《古人傳奇總目》混淆的問題。〔註29〕

今日所見《曲品》的版本除了葉德均〈曲品考〉中所列舉的暖紅室刊本、北京大學排印本（即吳梅校本）、《曲苑》初編石印本、《重訂曲苑》石印本和《增補曲苑》排印本外〔註30〕，另有《中國古典戲曲論著集成》本（即《歷代詩史長編二輯》本）、清河郡鈔本（即清初鈔本），和乾隆楊志鴻鈔本等三種，今將這八種《曲品》版本簡介於下：

一、暖紅室刻本

清末民初的初印本，後收入《暖紅室彙刻傳奇》，1935 年上海來清閣重印本。1959 年，中華書局上海編輯所出版的《錄鬼簿》（外四種）收錄的《曲品》，即是據此本重印。〔註31〕

二、吳梅校本

1918 年 11 月，北京大學出版部初版，1922 年再版。

三、《曲苑》（初編）本（又稱《曲苑》石印本）

陳乃乾編輯，1921 年影石印巾箱本，古書流通處印行。

四、《重訂曲苑》本（又稱《重訂曲苑》石印本）

陳乃乾編輯，1925 年影石印巾箱本，古書流通處印行。

五、《增訂曲苑》本（又稱《增補曲苑》排印本）

上海聖湖正音學會增校，1932 年上海六藝書局刊行，實即新華書局所印。

六、論著集成本

傅惜華、杜穎陶校訂，收入北京中國戲曲研究院所編《中國古典戲曲論著集成》第六集，1959 年初版，1980 年再版；民國 63 年，臺灣鼎文書局影印出版，改題爲《歷代詩史長編二輯》。

〔註29〕初編《曲苑》、重訂《曲苑》和增補《曲苑》本均將高奕《新傳奇品》誤入《曲品》下卷，這使高奕《新傳奇品》也成《曲品》的一部份，這是沿襲王國維的鈔本；暖紅室刻本和吳梅校本雖將高奕的《新傳奇品》和《曲品》分開，但又把王國維認爲《曲品》，卷中的《古人傳奇總目》移至高奕的《新傳奇品》內，認爲是高奕《新傳奇品》的上卷，則是蹈襲劉世珩的錯誤。

〔註30〕參見葉德均〈曲品考〉，收於《戲曲小說叢考》，頁 153～154。

〔註31〕根據葉德均〈曲品考〉解釋，《暖紅室彙刻傳奇》最早刊於宣統，最遲刊於 1919 年，此附刻亦當與《暖紅室彙刻傳奇》同時刊行。

七、清河郡鈔本（或稱清初鈔本）

北京大學圖書館善本室藏，因書口有「清河郡」三字，故稱。

八、乾隆楊志鴻鈔本

乾隆辛亥年（即乾隆五十四年，1917）迦蟬楊志鴻鈔本《曲品》，本藏於杭州楊文瑩豐華堂，今藏北京清華大學圖書館。

根據葉德均〈曲品考〉的考探，在這幾種《曲品》流傳的版本中，暖紅室刻本《曲品》大體上以劉世珩鈔本《曲品》爲主，也參考王國維鈔本《曲品》，將高奕的《新傳奇品》與《曲品》分開，而把《古人傳奇總目》歸屬高奕所作；吳梅校本《曲品》較暖紅室刻本《曲品》增添若干註釋，但少了劉世珩的跋文，其餘均與暖紅室刻本《曲品》完全相同；三種《曲苑》本則皆以王國維鈔本《曲品》爲底本，《曲苑初編》本所收共十四種，《曲品》三卷，《新傳奇品》正續二卷，其次序爲第四、第五種。《重訂曲苑》本刪去原有的《江東白苧》，另增《中原音韻》等七種，共二十種。《增補曲苑》本刪去《重訂》本《中原音韻》等三種，另增《碧雞漫志》等九種，共二十六種。三種《曲苑》本《曲品》大體上面目不殊〔註 32〕。另外，葉德均〈曲品考〉還探討了各《曲品》傳本如曾習經藏抄本、劉世珩抄本、王國維抄本、三種《曲苑》本、暖紅室刊本和吳梅校本等之間的關係及其異同，而作出《曲品》諸本演化的歷程表如下：〔註 33〕

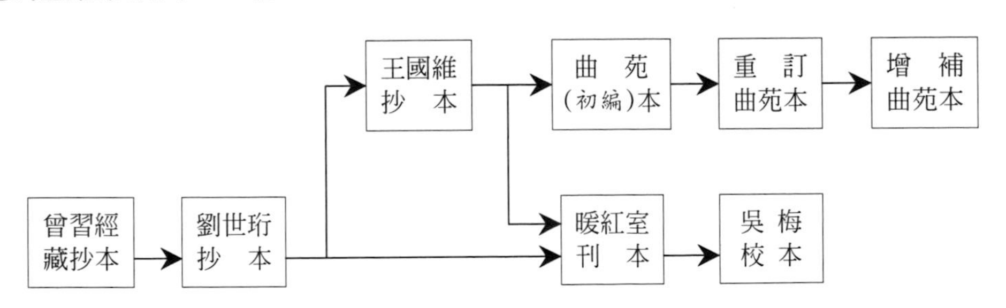

在明刊本曲品、曾習經藏抄本、劉世珩抄本、王國維抄本均亡佚的情形下，葉德均傾力考證各版本《曲品》之間的關係，仔細比較諸本的異同、修訂及增補，可以說是在楊志鴻鈔本《曲品》尚未發現之前對《曲品》考述極具代表性的著作。

早期所見的《曲品》各版本，因本身的脫簡、誤註以及和他人著作交雜

〔註 32〕同註 30，頁 155。

〔註 33〕同註 30，頁 156。

綜錯，甚至傳鈔校補者的輾轉翻印，導致後人著述的徵引每有錯誤，趙景深〈論《義俠記》〉說：

> 高奕《新傳奇品》云：「激烈悲壯，具英雄氣色。但武松有妻似贅、葉子盈添出無緊要。西門慶鬥殺。先生屢貽書於余曰：『此非盛世事，祕而勿傳。』乃半野商君得本已梓，吳下競演之矣。」〔註 34〕

莊一拂《古今雜劇傳奇東同韻存目上》「忠節記」條（《戲曲》第一輯）也說：

> 《新傳奇品》云：「此小說中《懷春雅集》也。風情而近古板者。此君學甚富，每以古人姓名諧韻，不一而足，亦是別法。」

又「風教編」條說：

> 傳奇，清・高奕《新傳奇品》著錄。殘。《新傳奇品》說：「一記分四段，倣《四節》，趣味不長，然取其範也。」

《義俠記》、《忠節記》和《風教編》均可見於《曲品》卷下〈新傳奇品〉部份，《義俠記》見「上上品・沈寧庵」條（《曲品校註》，頁 207～208），《忠節記》見「中中品・錢海屋」條（《曲品校註》，頁 309～310），《風教編》見「上中品・顧道行」條（《曲品校註》，頁 235），與高奕《新傳奇品》實無關係。其所以致誤的原因，乃是由於《曲品》卷秩混亂，與高奕《新傳奇品》糾纏不分所致。近年在北京清華大學發現藏有清・乾隆五十六年楊志鴻鈔本《曲品》，其自序的時間是「萬曆癸丑清明日」（即明・萬曆四十一年，1613），從各方面看來，可以斷定這是呂天成增補改訂的本子〔註 35〕。楊志鴻鈔本《曲品》的發現，使我們獲得不少新資料，對於上述諸種《曲品》版本的缺漏和校補的錯誤也可以得到不少糾正，實令人感到可喜。在 1959 年第一期《文學評論》上，吳曉鈴等發表了〈十年來的古典文學研究與整理工作〉一文，最後有一段話說：

> 明代祁彪佳的《遠山堂明曲品・劇品》稿本與通行本大異的乾隆五十六年鈔本呂天成的《曲品》，供給了戲曲研究者很多嶄新的資料。〔註 36〕

這是第一次把楊志鴻鈔本《曲品》這一個新資料的發現揭露出來。1962 年 4

〔註 34〕參見趙景深《讀曲隨筆・論「義俠記」》，頁 183。

〔註 35〕參見本文第二章第二節。

〔註 36〕參見吳曉鈴、胡念貽、曹道衡、鄧紹基等〈十年來的古典文學研究與整理工作〉，《文學評論》，1959 年第一期，頁 40。

月 20 日，吳新雷在《文匯報》發表了〈曲品眞本的考見〉，其主要在於舉例性介紹汪廷訥的傳奇增補了十多種，說明楊志鴻鈔本《曲品》和早期通行本的不同，並鈔錄松蘿道人的跋語和沈璟寄給呂天成的信，略加說明〔註 37〕；然而，楊志鴻鈔本《曲品》的價值尚不僅止於此。

楊志鴻鈔本《曲品》的發現解決了葉德均〈曲品考〉中提出來的兩個問題。葉德均說：

> 卷上「下之下」有金懷玉、朱從龍（春霖）二人，而卷下「下下品」僅有朱春霖所著《香毬記》等九種，無金懷玉之作。按金懷玉所作之《香毬記》、《寶釵記》等見於《舶載書目》；又據《古人傳奇總目》，朱春霖有《牡丹記》，下註「祝英台事」，以卷上及總目與卷下相證，知朱氏名下漏列作品，又遺金懷玉之名，遂將金氏作品誤屬朱氏。似原書朱春霖下即金懷玉，原本或傳鈔者簡脱朱氏之作及金氏之名的兩行，因而致誤。〔註 38〕

葉氏的猜測是正確的，早期通行本《曲品》和楊志鴻鈔本《曲品》相比較之下，的確是漏了兩行。楊志鴻鈔本《曲品》這樣寫的：

> 朱春霖所著傳奇一本
> 牡丹　此祝英台事，非舊本也。詞白膚陋，止宜俗眼。
> 金懷玉所著傳奇九本
> 香毬……
> 寶釵……
> ……〔註 39〕

因早期通行本《曲品》遺漏了「牡丹　此祝英台事，非舊本也。詞白膚陋，止宜俗眼。」和「金懷玉所著傳奇九本」兩行，便產生朱春霖著有《香毬記》等九種作品的誤謬。葉德均還說：

> 卷下「上中品」張鳳翼名下注：「所著七本」，而所著錄僅《紅拂》、《祝髮》、《竊符》、《灌園》、《扊扅》、《平播》六種。按《祝髮記》條云：『柳城（即孫如法）稱爲七傳之最』。呂氏既說明是七種，不應僅列六本，顯然是簡脱。據《古人傳奇總目》知所遺漏的是《虎

〔註 37〕見吳新雷〈《曲品》眞本的考見〉，載《文匯報》，1962 年 4 月 20 日第三版。
〔註 38〕同註 30，頁 169。
〔註 39〕見《曲品校注》，頁 360～361。

符記》。〔註 40〕

根據楊志鴻鈔本《曲品》可以驗證，早期通行本《曲品》經過多次傳鈔，遺漏了《竊符記》的說明和《虎符記》的標題，誤將《虎符記》的品評當作是《竊符記》的品評，此實是張冠李戴。在早期通行本《曲品》中《竊符記》的評語是「前半眞，後半假。不得不爾。女俠如此，固當傳」，這本來是《虎符記》的評語。楊志鴻鈔本《曲品》是這樣寫的：

竊符　選事極佳。竊符乃通本吃緊處，覺草草。槲園生補南北詞一大套，意趣頓卷。

虎符　前半眞，後半假，不得不爾。女俠如此，固當傳。〔註 41〕

《古人傳奇總目》沿襲早期通行本的錯誤，將《虎符記》注「如姬事」，《竊符記》注「即《虎符》事」，這是不明究底。實際上，《竊符記》演如姬竊符救趙事，取材於《史記‧魏公子列傳》，並插入〈廉頗藺相如列傳〉中趙括事。《虎符記》則演花雲守太平事，其事可參見《明史‧花雲傳》，此劇據當時的講史演義增飾而成。《曲海總目提要》卷十七著錄，已爲之辯正，說：「花雲守太平，本與王鼎、許瑗同時殉節，作者爲了後來團圓，故云被擒囚禁，增出勸降、失明、送藥、及花煒立功、張定邊自刎等大半情節。」正因如此的情節安排，《曲品》才說：「前半眞，後半假，不得不爾。」

另外，楊志鴻鈔本《曲品》還增錄了徐復祚、汪廷訥和陳所聞等三位劇作家的作品。在楊志鴻鈔本《曲品》「上下品」增添爽鳩文孫所著傳奇兩本說：

題塔　梁灝事曲寫晚成志節，亦足裁少年豪舉之氣。俗演望仙樓一事，不足觀。

霄光　傳衛青事佳，不尚主則反入腐境矣。鐵勒奴不知何指。〔註 42〕

以及陽初子所作傳奇一本：

紅梨花　元人有《三錯認》劇，此稍衍之，詞亦秀美。〔註 43〕

這兩條資料是早期通行本《曲品》所未著錄的。張大復《梅花草堂筆談》卷十曾說：「虞才多弘偉而少靈異者，往往立就弘偉，未盡其才，而求助於學，

〔註 40〕同註 38。

〔註 41〕見《曲品校註》，頁 230。

〔註 42〕見《曲品校注》，頁 283～284。

〔註 43〕見《曲品校注》，頁 285。

卒見弘偉，不見靈異，此非學之故也。余所交者，無非眞正靈異之人，而乃失之徐陽初。甚矣，予之不靈不異也。舟中閱《霄光》、《題橋》（爲《題塔》之誤）、《紅梨花》、《一文錢》諸傳，自愧十年游虞，書此。」張大復言其曾見徐復祚《霄光》、《題塔》、《紅梨花》、《一文錢》等諸劇作，其中就有楊志鴻鈔本《曲品》著錄爲爽鳩文孫和陽初子的作品。趙景深亦進一步考證爽鳩文孫即是徐復祚，別號陽初子〔註 44〕。按，徐復祚原名篤儒，初字陽初，後改爲訥川，號謩竹，別署三家村老、慳吝道人。他與吳下詞曲名家如梁辰魚、張鳳翼、孫禹錫、梅鼎祚、沈璟和顧橫宇等人均有交往，其生平傳略可參見《里睦小志》卷上〈文學〉。徐復祚的傳奇劇作有一個特殊的習慣，他在副末家門常以〈瑤門第 x〉作爲暗記。如《宵光記》爲〈瑤門第一〉、〈瑤門第二〉，《紅梨記》爲〈瑤門第五〉、〈瑤門第六〉，《投梭記》爲〈瑤門第七〉。《題塔記》惜今已不傳，否則可驗證其是否爲〈瑤門第三〉、〈瑤門第四〉。張大復《梅花草堂筆談》卷十將《題塔》誤爲寫司馬相如事的《題橋》，傅惜華《明代傳奇總目》據張大復所言著錄爲《題橋》，但言：「姑附於此，以誌存疑」，表示懷疑的態度。〔註 45〕

楊志鴻鈔本《曲品》的〈上下品〉還增添了汪廷訥的著作，其對汪廷訥本人的評語是：

> 汪鹺使家世仁賢，才華宏麗。陶朱散金而甘遯，向平遊嶽而懷仙。
> 松蘿之坐隱名高，槐棘之官遊趣遠。（《曲品校註》，頁 76）

在品評汪廷訥所著十四本傳奇之前，楊志鴻鈔本《曲品》先附註了汪廷訥小

〔註 44〕趙景深〈增補本《曲品》的發現〉說：「爽鳩」是猛烈的鷹，由鷹可以想到攫取小雞的竊賊，由竊賊想到司寇，再由司寇想到司空，因爲司寇、司空都是屬於六部以內的。徐復祚的祖父徐栻做官到司空，《明史》卷二百二十有傳。那末，爽鳩（司空）的文孫自然就是徐復祚了。」然而，徐復祚爲什麼要改名換姓呢？趙景深猜測其原因說：「徐復祚《花當閣叢談》，卷六說：『余母家安氏，無錫人，家巨富，號安百萬。』卷三說：『庚戌（1610，萬曆三十八年）成《紅梨》後，卻燒卻筆硯。……復理鉛槧……而紛紛復如故。未幾，其人死，遂絕無議者。』卷二說：『村老曰：「蕭公（景腆）署印在乙酉年，余應京兆試。有太倉葉棍乘機訐余賄賣科場，屢問不能結，時五月也」。事屬蕭公。公首問曰：「試官爲誰？今賄誰？」棍噤不能對，事遂白。』卷七說：『余少時爲人齮齕訐訟，十年不解。兩遇深文吏人羅致，幾不免。後得三公立解。三公者，一爲茶陵陳尚書楚石（名荐），一爲仁和江都憲纘石（名鐸），一爲吾邑翁稽勳兆和（名愈祥），三公於余有二天恩。』原來是爲避禍。」見趙景深〈增補本《曲品》的發現〉，頁 96～97。

〔註 45〕見傅惜華《明代傳奇總目》，頁 127。

劇八種的劇名，即《劉婆惜畫舫尋梅》、《鍾離令捐奩嫁婢》、《韋將軍聞歌納妓》、《東郭氏中山救狼》、《薛季昌石室悟棋》、《黃善聰詭男爲客》、《紹興府同僚認父》及《葉孝女報仇歸釋》等〔註 46〕；其中祁彪佳《遠山堂劇品》只著錄了《青梅佳句》、《捐奩嫁婢》、《廣陵月》、《中山救狼》、《詭男爲客》；其餘的《薛季昌石室悟棋》、《紹興府同僚認父》及《葉孝女報仇歸釋》都是因楊志鴻鈔本《曲品》的發現方爲人知，《明代雜劇全目》可據此補上。另外，早期通行本《曲品》不僅對汪廷訥本人的評語不同於楊志鴻鈔本《曲品》〔註 47〕，連他的傳奇劇作也只著錄了《高士》、《天書》、《長生》、《獅吼》、《投桃》、《二閣》、《同昇》、《三祝》、《種玉》、《藍橋》等九種；而清初鈔本《曲品》亦只著錄了汪廷訥傳奇劇作三種是：

> 高士　近有環翠樂府盛行於世，而昌朝自著止有三帙，此記必有託，插入海闍黎一事。〔註 48〕
>
> 同昇　昌朝自寫其林居之樂耳。內多係陳蓋卿刪潤者。〔註 49〕
>
> 天書　孫、龐事，原有雜劇，今演之，可觀。陳蓋卿別有重訂本尤佳。〔註 50〕

楊志鴻鈔本《曲品》則於早期通行本《曲品》的基礎上，再增錄汪廷訥傳奇五種，分別是《威鳳》、《彩舟》、《義烈》、《飛魚》、《忠孝完節》等，並改定《重訂天書》、《高士》、《同昇》等三劇作的評語〔註 51〕；其中《忠孝完節》

〔註 46〕見《曲品校註》，頁 258。

〔註 47〕歷代詩史長編二輯本《曲品》「上下品」評論汪廷訥說：「汪鹺使家習惠仁，生多智慧。向平遊嶽而遺累，郭璞餐瀣而懷仙。涌源之籥沸多奇，別墅之逍遙獨勝。」見《歷代詩史長編二輯》第六冊，頁 215。

〔註 48〕汪廷訥的劇作向有傳聞若干爲陳蓋卿所作。早期通行本《曲品》將《高士》隸屬汪廷訥所作，言：「此初試筆也，音律雖草草，似有所刺，內用海闍黎一段，可疑。」見《歷代詩史長編二輯》第六冊，頁 235。

〔註 49〕早期通行本《曲品》亦將《同昇》隸屬汪廷訥所作，言：「此似頌一友者，而已附入之。詞采甚都，但事情不奇耳。」見《歷代詩史長編二輯》第六冊，頁 236。

〔註 50〕早期通行本《曲品》將《同昇》隸屬汪廷訥所作，言：「孫、龐有元劇，此記亦斐然，雖見弋陽腔演之，亦頗激切。」見《歷代詩史長編二輯》第六冊，頁 235。

〔註 51〕清初鈔本《曲品》將「重訂天書」一條列於陳蓋卿名下，其評語作「初係新安汪昌朝草創，不甚佳；今蓋卿重校行之，與初刻全不同，詞采斐然矣」。而楊志鴻鈔本《曲品》則將《重訂天書》隸屬汪廷訥所作，評曰：「孫、龐事，原有雜劇，今演之始卷；詞采較初行本更覺工雅有致。」見《曲品校註》，頁 271。

從未見諸他本，《明代傳奇全目》可據此補入。

楊志鴻鈔本《曲品》另一個重要的增補是有關於陳所聞的資料。相傳汪廷訥的一些作品實際上是陳所聞寫的；清初鈔本《曲品》置陳所聞的資料於屠隆之後，以取代汪廷訥，而早期通行本《曲品》則將陳所聞列於「不作傳奇而作散曲者」內。楊志鴻鈔本《曲品》「上下品」對陳所聞的總評是：

> 陳茂才文藻青葱，詞源觱沸。桃葉渡頭之漁父，孫楚樓上之酒人。卜居寄跡於鳳凰，玩世聯交於蘿月。(《曲品校註》，頁 79)

卷下「上下品」並著錄陳所聞著有傳奇四種，分別是：《金門大隱》、《相仙》、《金刀》、《詩扇》等，附注陳所聞有散曲：《蘿月軒樂府》、《濠上齋樂府》、《吳越游草》等，小劇則有《王子晉猴嶺吹笙》、《孫子荊枕流漱石》、《周子沖易鬚拜相》、《徐髯仙南巡應制》等〔註 52〕。這些傳奇和小劇等劇目是別的記錄所不曾見的，《明代傳奇總目》和《明代雜劇總目》皆可以此作爲增補的資料。此外，早期通行本《曲品》將陳所聞列入二十四家散曲的第四位，楊志鴻鈔本《曲品》將他移到傳奇作家去，便增加了「袁中道，小修，公安人」〔註 53〕、「袁孝廉逸才自露。」〔註 54〕等資料。

另外，楊志鴻鈔本《曲品》還增添了單本《蕉帕》、蘇漢英《夢境》、佘翹《賜環》、文九玄《天函》、陳與郊《訪桃夢》和朱瀨濱《鸞筆》等六種劇作，除了早期通行本《曲品》在佘聿雲「量江」條下說：「樊若水事，奇。全守韻律，而詞調俱工，一勝百矣。尙有《賜環記》未見，其《鎖骨菩薩》亦通。」〔註 55〕其他五種，可能是萬曆三十八年至四十一年（1610～1613）的作品，而呂天成初次修訂《曲品》時尙不及著錄；《賜環記》應是他後來見到再增補進去。以陽初子（徐復祚）的《紅梨花》（一名《紅梨記》）爲例，它僅見於楊志鴻鈔本《曲品》（見《曲品校註》，頁 285），而且又是陽初子萬曆三十八年的作品〔註 56〕，則可視爲楊志鴻鈔本《曲品》增補了早期通行本《曲

〔註 52〕《曲品校註》，頁 278。

〔註 53〕見《曲品校註》，頁 155。此條早期通行本《曲品》作「陳所聞，蓋卿，江寧人」。

〔註 54〕見《曲品校註》，頁 157。此條早期通行本《曲品》作「陳散人高縱煙壑」。

〔註 55〕見《曲品》，收於《歷代詩史長編二輯》第六冊，頁 236。

〔註 56〕徐復祚《曲論》曾說：「庚戌（萬曆三十八年）成《紅梨》後，遂燒卻筆硯。」《紅梨記・序》也說：「《閑中鼓吹》，泰峰鬱先生所作也。中載趙伯疇事甚悉。庚戌長夏，展玩間，輒感余心，特爲譜諸歌聲。」此劇當作於萬曆三十八年夏。

品》的旁證。朱瀨濱《鸞筆》則是前所未知的傳奇，可以補入傅惜華《明代傳奇全目》。

從楊志鴻鈔本《曲品》可以考訂呂天成的生卒年和他部分的生平資料，以及他寫作十餘種傳奇的年代及其先後次序，並糾正早期通行本《曲品》經後人傳鈔的謬誤、補入早期通行本《曲品》所欠缺的不少傳奇。它不僅豐富了曲目，也肯定《金丸》、《精忠》、《斷髮》、《舉鼎》、《羅囊》都是無名氏的作品，《投筆》是華山居士的作品，這些都是值得重視的資料。

第五章　《曲品》的情節、結構論

呂天成在《曲品》卷下評騭各傳奇劇作之前，曾開宗明義地引用了外舅祖孫鑛論曲的一段話來作爲自身論曲的圭臬：

> 我舅祖孫司馬公謂予曰：「凡南戲，第一要事佳，第二要關目好，第三要搬出來好，第四要按宮調、協音律，第五要使人易曉，第六要詞采，第七要善敷衍、淡處作得濃、閑處作得熱鬧，第八要各腳色分得匀妥，第九要脫套，第十要合世情、關風化。持此十要以衡傳奇，靡不當矣。」（見《曲品》卷下〈傳奇品〉小序）

其中首標「事佳」，其次「關目好」，明顯地說明了孫鑛及呂天成對戲曲情節和結構的重視；再者如「第七要善敷衍、淡處作得濃、閑處作得熱鬧」、「第八要各腳色分得匀妥」、「第九要脫套」等，都充分地顯示劇作情節與結構的重要性。

我國古代曲家對戲曲要素的認識，在宋元時期局限於曲是「詞餘」、是「詩之別體」的成見，不僅歷朝歷代藝文志對於戲曲文學不予著錄，就連作者也往往自隱姓名；元人像關漢卿、明人像王驥德、清人像李漁那樣地把戲曲當作一生事業的，眞是少之又少。對於戲曲結構的注意，在宋元時期僅僅提出了音律與文詞兩大要素〔註1〕。到了元末明初，賈仲明爲《錄鬼簿》所錄元雜劇諸公補作弔詞時，才偶爾用到「關目」一詞〔註2〕，其意義相當於現在所說

〔註 1〕周德清《中原音韻・作詞十法》要求曲家恪守「知韻、造語、用事、用字」之法，楊維楨《周樂湖今樂府・序》也批評當時的雜劇創作「往往泥文采者失音節，諧音節者汚文采，兼之者實難也。」

〔註 2〕例如賈仲明《增補錄鬼簿》挽鄭廷玉說：「因禍致福關目冷」，挽武漢臣說：「老生兒關目眞」等。

的情節結構。對戲曲要素比較全面的認識，是在明中葉以後，李卓吾《焚書》卷四〈雜述〉曾評論《紅拂記》說：

此記關目好，曲好，白好，事好。〔註3〕

他在《拜月亭．序》也說：「此記關目極好，說得好，曲亦好」（見《李卓吾評幽閨記》卷首）；臧懋循提出曲有「情詞穩稱」、「關目緊湊」、「音律諧叶」等三難〔註4〕；王驥德讚譽毛允燧品第戲曲劇本時，「每種列爲關目、曲、白三則，自一至十，各以分數等之，功令犁然，錙銖必析；其間全具足數者，十不得一，既嚴且確，不愧其家董狐」〔註5〕；而祁彪佳《遠山堂曲品》評論曲的標準則是：

韻失矣，進而求其調；調訛矣，進而求其詞；詞陋矣，又進而求其事或調有合於韻律，或詞有當於本色，或事有關於風教，苟片善之可陳，亦無微而不錄。〔註6〕

齊森華〈錄鬼簿散論〉明確地指出了情節、結構對於戲曲的重要性：

注意關目乃是對戲曲藝術的一種獨特要求，而這一範疇提出，表明我國古代戲曲理論批評已開始注意到戲曲藝術不同於詩詞的特殊規律。〔註7〕

關目、曲、白三大要素的提出，標誌著明代曲家對戲曲敘事性特徵的確認，也顯示了他們對戲曲情節結構的重視。

在清代李漁《閒情偶寄》明確地提出了「結構第一」的命題之前，明代

〔註3〕語見李卓吾《焚書》，卷四〈雜述〉，臺北：河洛出版社，民國63年初版，頁196。

〔註4〕臧懋循《元曲選．序二》說：「詞本詩而取材於詩，大都妙在奪胎而止矣；曲本詞而不盡取材焉，如六經語、子史語、二藏語、稗官野乘語，無所不供其採掇，而要歸斷章取義、雅俗兼收、串合無痕，乃悅人耳；此則情詞穩稱之難。宇內貴賤妍媸、幽明離合之故，奚啻千百其狀？而塡詞者必須人習其方言，事肖其本色，境無旁溢，語無外假；此則關目緊湊之難。北曲有十七宮調，南止九宮，已少其半；至於一曲中有突增數十句者，尤南所絕無而北多以是見才，自非精審於字之陰陽、韻之平仄，鮮不劣調。而況以吳儂強效傖父喉吻，焉得不至河漢？此則音律協叶之難。」見《元曲選》，卷首，臺北：啓明書局，民國50年初版，頁1～2。

〔註5〕見王驥德《曲律》，卷四〈雜論第三十九下〉，收於《歷代詩史長編二輯》第四冊，頁170。

〔註6〕見祁彪佳《遠山堂曲品．敘》，收於《歷代詩史長編二輯》第六冊，頁5。

〔註7〕見齊森華〈錄鬼簿散論〉，收於《曲論探勝》一書，華東師範大學出版社，1985年4月第一版，頁5。

曲家對於戲曲結構的特別重視也已萌芽；但，不可否認地，明代曲家將更多的關注的焦點集中在戲曲音律和文詞何者第一的論爭上，結構尚未被提到劇作的首要地位。王驥德《曲律》卷三〈論劇戲第三十〉說明了劇戲結構的要點：

> （劇戲）貴剪裁、貴鍛鍊——以全帙爲大間架，以每折爲折落，以曲白爲粉堊、爲丹艧，勿落套，勿不經，勿太蔓，蔓則局懈，而優人多刪削，勿太促，促則氣迫，而節奏不暢達；毋令一人無著落，毋令一折不照應。傳中緊要處，須重著精神，極力發揮使透。〔註 8〕

祁彪佳《遠山堂曲品》評論朱期《玉丸記》時，也說到他對戲曲文學要素難易程度的體認：

> 作南傳奇者，構局爲難，曲白次之。〔註 9〕

對於戲曲結構的重視，代表劇論家對戲曲這一文體特性準確的把握。任何一種文體的結構都有其意義，而戲曲所描繪的人物眾多，情節曲折，關目排場櫛比鱗次，這些造成結構上的難題，就不是詩、詞、散文所特有。雖然情節結構在敘事性文學樣式中皆舉足輕重，但史傳、小說等敘事文學主要是供人閱讀，閱讀的時間、地點可以自由選擇，甚至於看不懂時還可以再翻回前面篇章去找尋線索；無論結構嚴謹與否，只要故事的內容、情節及人物吸引讀者就可以。而戲曲既受到舞台時空的嚴格限制，觀眾也無法自由選擇看戲的時間地點，因此戲曲集中、精鍊嚴謹的藝術結構就顯得至關重要。

戲曲情節與結構的藝術方式及其審美特徵並不是憑空產生的，它與我國傳統美學思想息息相關。王驥德在爲戲曲的結構方式溯源時曾說：「此法，從古之爲文、爲辭賦、爲歌詩者皆然。」〔註 10〕戲曲結構有著多元的來源，如：歷代抒情詩起承轉合的結構方式；敘事詩重場面輕過程、重細節輕故事、重抒情輕寫實的敘事特點；民間講唱文學有頭有尾、或開或合、點線分明、繁簡合宜的音樂結構與文學結構相輔相成的結構方式；史傳文學因事寫人、主次分明的結構特點；以及小說「作意好奇」的思想和疏密相間、整體有機的結構特色，都予戲曲結構極大的影響。

〔註 8〕見王驥德《曲律》，卷三〈論劇戲第三十〉，收於《歷代詩史長編二輯》第四冊，頁 137。

〔註 9〕見祁彪佳《遠山堂曲品・能品》，收於《歷代詩史長編二輯》第六冊，頁 102。

〔註 10〕見王驥德《曲律》，卷二〈論章法第十六〉，收於《歷代詩史長編二輯》第四冊，頁 123。

戲曲結構可從縱的方面和橫的方面加以論析。就縱的方面而言，即是論析劇情的發展線；而橫的方面，則是論析劇情的發展階段。在經過長期的舞台藝術體驗，戲曲藉著組織情節的幾項具有美學特徵的原則，相當完美地解決了有限的舞台時空和無限生活的衝突。整體而言，我國古典戲劇在其結構上體現出一線到底而又點線結合的美學特徵；點與線的結合，是我國傳統藝術的共同點，舉凡書法、繪畫、雕塑、建築等，均十分強調透過點線的不同組合，構成不同形象的藝術美；戲曲的結構也與它們有共同的美學原則〔註 11〕。從戲曲本身的源流來說，由宋元時期的南戲、雜劇，直至清代的地方戲，戲曲故事大量從民間的講史、小說、諸宮調、鼓詞、彈詞中采擷而來，在將民間講唱文學的故事戲劇化的過程中，戲曲結構也深受民間說唱文學的影響，由俯瞰全局、從故事發展的全部過程來掌握它的前因後果和起伏變化。所以在結構的安排上，既要交代來龍去脈，也要突出重點，大加渲染形成縱向發展的點線分明的組合形式；這與我國建築的有機整體性是一脈相承的。明代曲學大師王驥德就曾將戲曲結構生動地比喻爲建築結構，《曲律》卷二〈論章法第十六〉說：

> 作曲，猶造宮室者然。工師之作室也，必先定規式，自前門而廳、而堂、而樓，或三進、或五進、或七進，又自兩廂而及軒寮，以至廩庾、庖湢、藩垣、苑榭之類，前後左右，高低遠近，尺寸無不了然胸中，而後可施斤斲。作曲者，亦必先分段數，以何意起，何意接，何意作中段敷衍，何意作後段收煞，整整在目，而後可施結撰。〔註 12〕

我國建築藝術的前後左右、高低遠近，與戲曲結構的起承轉合，都是從大處定局，「整整在目」，然後再施「斤斲」或「結撰」。很顯然地，王驥德也意識到戲曲結構和古代建築結構在形式上的相通處，但他論述的重點乃在於曲文的布局和劇本的章法；而呂天成《曲品》對於結構的論述雖不及王氏全面和透徹，但他注意到舞台實際演出的相關問題，在當時可說是相當難能可貴。以下將就「事尚眞與事尚奇」、「主次分明與脈絡清晰」、「曲折巧妙與對稱比

〔註 11〕沈堯〈戲曲結構的美學特徵〉說：「我國的地大物博決定了全民族的一種心理狀態：無論繪畫、建築，不注重從固定的視點和視向來組織畫面，以冀眼底景物盡收筆下。」收於張庚、蓋叫天編《戲曲美學論文集》，臺北：丹青圖書有限公司，民國 75 年 1 月初版，頁 2。

〔註 12〕同註 10。

較」等三個重點來分析《曲品》的情節、結構觀。

第一節　事尚奇與事尚眞

一、「脫套」與「事尚奇」的提出

傳奇在它的發展過程中，形成了一些「有一定而不可移」的「傳奇格局」〔註 13〕，其表現在某些外在體製上，如副末開場，腳色設置有一定的規矩，生旦貫穿到底，往往合爲夫婦；曲牌聯套，曲白相間等等。在情節安排上，爲了使生旦歷盡悲歡離合，必旁添小人撥亂其間；要使冷熱調劑，則穿插一些丑角爭風鬥口等滑稽諢鬧的場面〔註 14〕。這些常套，雷同蹈襲，於是成了惡習。呂天成著眼於「脫套」的必要，在《曲品》中對諸劇作提出忠告。他將陳所聞的《金門大隱》列於《曲品・上下品》，讚賞他：

> 蘿月道人諸傳，嚴守松陵之法程，而布局摛詞盡脱俗套，予心賞之。（見《曲品校註》，頁 279）

至於劇作中因襲舊套且未見新意者，呂天成也直指其缺點。以下筆者繪一表格來表示：

品第	作　者	劇作	「套」的評語	《曲品校註》頁數
中中	陳汝元	紫環	事亦佳，然尚未脫套。	307
中下	楊柔勝	綠綺	至於投庵則套矣。	320
下上	湯家霖	玉魚	但前半摹做《琵琶》，近套，可厭。	324
下上	王　恒	合壁	詞亦佳，但欠脫套。	328
下上	端　鏊	屡屡	第嫌其用禪寺爲套耳。	328
下上	吳大震	練囊	事未脫套，而詞亦有可觀處。	332
下下	謝天瑞	狐裘	敘得慁，但不能脫套。	354

〔註 13〕語見李漁《閒情偶寄》，卷三〈詞曲部・格局第六〉，臺北：淡江書局，民國 45 年 5 月初版，頁 60。

〔註 14〕李漁論及傳奇有一定而不可移的格局時，曾舉例說：「開場用末，中場用生；開場數語，包括通篇；沖場一齣，蘊釀全部。此一定不可移者，開首宜靜不宜喧，終場忌冷不忌熱。生旦合爲夫婦；外與老旦，非充父母，即作翁姑，此常格也。」見李漁《閒情偶寄》，卷三〈詞曲部・格局第六〉，同註 13，頁 60。

俗套的層層相因，久之可厭，因此呂天成與其他有識曲家們皆對此採取了鄙棄的態度。唐人許堯佐傳奇小說〈章臺柳傳〉敘述詩人韓翃與柳氏悲歡離合的愛情故事（見《太平廣記》卷四五八），後世廣爲流傳。明人傳奇以此爲題材的就有梅鼎祚的《玉合記》、張四維的《章臺柳》和吳鵬的《金魚記》等等。其中公認以《玉合記》較佳。呂天成評《玉合》說：

> 許俊還玉，誠節俠丈夫事，不可不傳。詞調組詩而成，從《玉玦》派來，大有色澤。伯龍賞之，恨不守音韻耳。《金魚記》當退三舍。（《曲品校註》，頁 239）

評《金魚記》說：

> 此即韓君平、柳姬事。自《玉合》出，而諸本無色，然亦可行。（《曲品校註》，頁 331）

祁彪佳《遠山堂曲品．能品》著錄吳鵬《金魚記》也說：

> 此記傳韓君平非不了倣，但其氣格未高，轉入庸境。益信《玉合》之風流蘊藉，眞不可及也。

稍後，吳長孺《練囊記》雖然「亦賦章臺柳」，但卻苦於「事未脫套」（見《曲品校註》，頁 332）。同樣取材於唐人小說〈崑崙奴傳〉的明傳奇劇作《紅拂記》，張鳳翼和張屛山都曾撰著，《曲品》評張屛山《紅拂記》說：

> 伯起以簡勝，此以繁勝，尚有一本未見。此記境界描寫甚透，但未盡脫俗耳。湯海若極賞其〔梁州序〕中句，記序云：「《紅拂》已經三演：在近齋外翰者，鄙俚而不典；在冷然居士者，短簡而不舒，今屛山不襲二家之格，能兼雜劇之長。」（《曲品校註》，頁 307）

呂天成借用湯顯祖〈紅拂記題辭〉中的話，來稱美張屛山《紅拂記》，說明即使是題材相同，如果能夠突破形式的藩籬，具有創新精神，呂天成亦予以肯定。李漁《閒情偶寄．演習部》卷五〈脫套第五〉曾根據明清傳奇長久以來的惡習相因而批評道：

> 戲場惡套，情事多端，不能枚紀。以極鄙極俗之關目，一人作之，千萬人效之，以致一定不移，守爲定格，殊可怪也。西子捧心，尚不可效，況效東施之顰乎？〔註 15〕

然而，仔細斟酌，呂天成評論劇作的脫套與否，乃屬消極的建議；更積極的評論在於他品評劇作的「奇」。這也是呂天成在強調劇作故事情節首標「事

〔註 15〕見李漁《閒情偶寄．演習部》，卷五〈脫套第五〉，同註 13，頁 108。

佳」之外，更進一步的要求。以下筆者將呂天成《曲品》中有關於劇作之「奇」的論述，以一表格來表示，藉以窺其大概：

品第	作　者	劇作	「奇」的評語	《曲品校註》頁數
上上	沈　璟	紅蕖	鄭德璘事固奇，無端巧合，結撰更異。	201
上上	沈　璟	埋劍	郭飛卿事奇。描寫交情，悲歌慷慨。	203
上上	沈　璟	鑿井	事奇，湊泊更好。	213
上上	沈　璟	墜釵	興娘、慶娘事，甚奇。	216
上上	湯顯祖	還魂	杜麗娘事，果奇。	221
上中	陸　采	明珠	無雙事奇。	224
上中	顧大典	義乳	事眞，故奇。	235
上中	葉憲祖	雙卿	本傳雖俗而事奇。	249
上下	陳所聞	詩扇	木生拾扇而得佳偶，其事故奇。	280
上下	佘　翹	量江	樊若水事，奇。	281～282
上中	文九玄	天函	先先選舉一段，事甚奇。	292
中中	黃伯羽	蛟虎	周孝侯除三害，甚奇	299
中中	陸　弼	存孤	李文姬、王成事，甚奇	300
中中	陳與郊	櫻桃夢	夢中觀鉅鹿一戰，亦奇快。	305
中中	泰華山人	合劍	隋煬帝之淫奢，亦多奇。	389
下中	心一子	遇仙	董永事奇。	339
下下	龍渠翁	藍田	此楊伯雍種玉事，甚奇。	359
下下	金懷玉	寶釵	此《耳談》中楊大中一段事，甚奇。	361

在中晚明時期動盪的社會裡，文人的文化思想、審美趣味受到了極大的衝擊，劇作家們本於創新的心態，大膽地在傳奇創作中求新求奇。傳奇性本是傳奇劇作的基本屬性，其包括兩個層次，第一是劇作情節人物之奇。如上表所列，可以知道呂天成在力主劇作情節「脫套」之餘，更強調「事奇」。陳與郊《鸚鵡洲》傳奇卷首錄有無名氏《鸚鵡洲・序》說：「傳奇，傳奇也，不過演奇事，暢奇情。」〔註16〕明人茅瑛〈題牡丹亭記〉也說：

〔註16〕無名氏《鸚鵡洲・序》，陳與郊《鸚鵡洲》傳奇卷首，收於民國・林侑蒔編，《全明傳奇》，臺北：天一出版社，民國71年12月初版，冊五十七。

第曰傳奇者，事不奇幻不傳，詞不奇豔不傳；其間情之所在，自有而無，自無而有，不魂奇愕眙者亦不傳。〔註 17〕

再看袁于令爲王玉峰《焚香記》作序，對《焚香記》情節之「奇」，論之甚詳，可作爲我們參考。他說：

其始也，落魄萊城，遇風鑒操斧，一奇也；及所聯之配，又屬青樓，青樓而復出於閨幃，又一奇也；新婚設誓奇矣，而金壘套書，致兩人生而死，死而生，復有虛訃之傳，愈出愈奇，悲歡沓見，離合環生。〔註 18〕

到了清代李漁，更明確地提出了傳奇劇作「非奇不傳」的命題。他說：

古人呼劇本爲傳奇者，因其事甚奇特，未經人見而傳之，是以得名。可見非奇不傳。新即奇之別名也，若此等情節業已見之戲場，則千人共見，萬人共見，絕無奇矣，焉用傳之。是以塡詞之家，務解「傳奇」二字。〔註 19〕

另一知名曲家孔尚任的《桃花扇・小識》也說：「傳奇者，傳其事之奇焉者也，事不奇則不傳。」〔註 20〕可見「傳奇，紀異之書也，無奇不傳，無傳不奇」〔註 21〕早已是有意掙開劇作俗套的曲家們之共識。傳奇劇作的「傳奇」屬性，除了劇作情節人物的「奇」之外，還有曲家們在傳奇劇作的表現方式之「奇」，此留待本章第三節「曲折巧妙與對稱比較」中再加以討論。對於劇作傳奇性的積極實踐，著名曲家如湯顯祖、汪廷訥、陳與郊、葉憲祖、史槃、徐復祚、吳炳、范文若、阮大鋮、袁于令、沈自晉等，無不演奇事，繪奇人，抒奇情，設奇構，寫奇文，用奇語，一時蔚爲大觀。「事尚奇」，可以說是明代傳奇創作的共同傾向。

二、「事尚眞」的修正

然而，「事尚奇」之風久寖，曲家群起倣效，若非有相當實力而一味於劇作中求奇逐幻，則不免墮入荒唐怪誕。更落實地說，有意義的「奇」並不是

〔註 17〕見茅瑛〈題牡丹亭記〉，《牡丹亭記》，卷首。

〔註 18〕袁于令《焚香記・序》，王玉峰《焚香記》，卷首，同註 16，冊八十三。

〔註 19〕見李漁《閒情偶寄》，卷一〈詞曲部・結構第一・脫窠臼〉，同註 13，頁 11。

〔註 20〕見孔尚任《桃花扇・小識》，《桃花扇》，卷首，臺北：學海書局，民國 69 年，頁 3。

〔註 21〕語見明・倪倬〈二奇緣傳奇小引〉，明・許恒《二奇緣》，卷首，明崇禎刊本。

脫離生活邏輯而至荒謬之境。凌濛初就曾針對當時尚奇逐怪的流弊，作了一番鞭辟入裡的批評：

> 戲曲搭架，亦是要事，不妥則全傳可憎矣。舊戲無扭捏巧造之弊，稍有牽強，略附鬼神作用而已，故都大雅可觀。今世愈造愈幻，假托寓言，明明看破無論，即眞實一事，翻弄作烏有子虛。總之，人情所不近，人理所必無，世法既自不通，鬼謀亦所不料，兼以照管不來，動犯駁議，演者手忙腳亂，觀者眼暗頭昏，大可笑也。〔註22〕

晚明張岱也著眼於當時的傳奇劇作「不論根由，但要出奇」的弊病加以批評：

> 傳奇至今日，怪幻極矣。生甫登場，即思易姓；旦方出色，便要改妝。兼以非想非因，無頭無緒，只求鬧熱，不論根由，但要出奇，不顧文理。〔註23〕

奇人、奇事、奇文，必須以生活眞實爲基礎，以藝術眞實爲歸宿。呂天成雖倡導劇作「事奇」，但也同時強調「事眞」，以避免劇作流於荒誕怪異。以下將呂天成《曲品》中標舉「事眞」與「事不核實」之處，以表格略作說明：

品第	作　者	劇作	「眞」、「核實」的重視	《曲品校註》頁數
神品	高　明	琵琶	其詞高絕處，在布景寫情，色色逼眞，有運斤成風之妙。	163
妙品	?	荊釵	以眞切之調，寫眞切之情，情文相生，最不易及。	167
能品	?	教子	眞情苦境，亦儘可觀。	179
能品	?	綵樓	事全不核實。	179
能品	沈　采	四節	傳景多屬牽強，置晉於唐後，亦嫌顚倒。	181
具品	?	舉鼎	事眞。	198
上中	張鳳翼	祝髮	境趣悽楚逼眞。	229
上中	張鳳翼	虎符	前半眞，後半假，不得不爾。	230
上中	顧大典	義乳	事眞，故奇。	235
中上	顧仲雍	椒觴	陳亮事眞。	290
中上	文九玄	天函	先先選舉一段，事甚奇，模甚眞。	293

〔註22〕語見凌濛初《譚曲雜箚》，收於《歷代詩史長編二輯》第四冊，頁258。
〔註23〕見張岱《瑯嬛文集》，卷三〈答袁籜庵〉。

中中	沈　鯨	雙珠	王楫事眞。	295
中下	高　濂	玉簪	第以女貞觀扮尼講佛，紕謬甚矣。	311～312
中下	朱瀨濱	鸞筆	語多鑿鑿，可稱實錄。	313
中下	程文修	望雲	載狄梁公事俱核。	314
中下	吳世美	驚鴻	但以楊國忠相而後進太眞，於事覺顚倒耳。	317
下上	湯家霖	玉魚	後半皆實錄也。	324
下中	顧懷琳	佩印	插入霍山，時代亦舛謬。	340
下下	金懷玉	完福	王生事不核。	362
下下	金懷玉	繡被	失其實，不足觀也。	364
下下	金懷玉	桃花	所造失眞。	366
中下	煙霞子	灌城	寫情事頗詳核。	390
下上	狄玄集	虢亭	第後段即接以玉泉顯聖，奈年代遼越何？	392

呂天成評論顧大典的《義乳記》就說：「事眞，故奇」（見《曲品校註》，頁235）；觀察《義乳記》今雖已無傳本，但從《曲海總目提要》卷七著錄語，其「演東漢李善親乳李元兒李續事，故名《義乳》。」可窺此劇來由。《義乳記》本事詳見《後漢書・獨行傳》，敘述南陽淯陽人李善，本是李元家中蒼頭。建武年間疫疾盛行，李元家人相繼死歿，留下孤兒李續，方出生數旬。李元家中奴婢私下商議，謀殺李續，奪其家產。李善得知後，乃潛負李續隱居於山陽瑕丘界中，親自哺養。迨李續年十歲時，李善遂與之同歸故里，重修家業。鍾離聽聞李善義行，乃向光武帝薦舉李善爲瑕丘令〔註 24〕。《義乳記》一劇於事有所依據，非顧大典刻意宣揚義行而隨意作劇者，故而呂天成評曰：「事眞，故奇」。而這與他標舉劇作倫理道德的命題也有關連。〔註 25〕

「作曲最忌出情理之外」〔註 26〕劇作曲折動人的情節，源自於生活的多采多姿；呂天成對於那些眞實反映現實的作品，總是加以肯定和稱讚。他評論高明《琵琶記》說：「布景寫景，色色逼眞」（《曲品校註》，頁 163）；並讚賞張鳳翼《祝髮記》「境趣淒楚逼眞」（《曲品校註》，頁 229）。相反地，對於

〔註 24〕事見宋・范曄《後漢書》，卷八十一〈獨行傳第七一・李善〉，臺北：世界書局，民國 61 年 9 月初版，頁 2679～2680。

〔註 25〕參見本論文第七章〈《曲品》的風教觀〉。

〔註 26〕語見李調元《雨村曲話》，收於《歷代詩史長編二輯》第八冊，臺北：鼎文書局，民國 63 年 2 月初版，頁 127。

違背生活眞實且於劇作精神無有助益的作品，呂天成則痛下針砭，深表不滿之意。例如他批評顧懷琳的《佩印記》時說：「朱買臣史傳本是極好傳奇，此作近俚。且插入霍山，時代亦舛謬。」（《曲品校註》，頁 340）朱買臣和霍光是同時代人，漢武帝時官會稽太守，《漢書》有傳〔註27〕。而霍山是霍光的姪孫，漢宣帝時封爲樂平侯，後因謀反事敗而自殺〔註 28〕。朱買臣與霍山相差兩代，而顧懷琳硬把二人拉攏在一起，顯然是不符合史實的；所以呂天成直指其「時代舛謬」。又如吳世美的《驚鴻記》，演唐玄宗寵愛的楊貴妃與梅妃二人相妒、排擠情事，而劇中寫楊國忠拜相以後，才將楊玉環進獻於唐玄宗，這也是與史實不合的，因此，呂天成說它：「於事覺顚倒耳」（《曲品校註》，頁 317）。即使是劇作稍不重要的關目，呂天成也不允許作者疏忽大意。如高濂的《玉簪記》，演書生潘必正和道姑陳妙常的愛情故事。第八齣〈談經聽月〉，寫眾徒弟在女貞觀中閒暇無事，裝扮成尼姑聽師父講《法華經》要旨，以此洗心。女貞觀是道姑修行的地方，不誦道家經藏而大講佛經，豈非咄咄怪事？這一部分的情節安排，雖然不是劇中主要的關目，但違背事理，與人物身份也不相襯，同樣有損劇作的眞實性，而顯得粗疏。所以呂天成斥責《玉簪記》說：「女貞觀扮尼講佛，紕謬甚矣！」（《曲品校註》，頁 311～312）類似這樣的批評，李漁也指出過：

> 如《玉簪記》之陳妙常，道姑也，非尼僧也。其白云：「姑娘在禪堂打坐。」其曲云：「從今孽債染緇衣。」「禪堂」、「緇衣」，皆尼僧字面而用入道家，有是理乎？〔註29〕

在家常日用之中，追求人情物理之奇，即所謂「妙從家常情事裡翻出新奇」〔註30〕張岱並揭櫫了一條戲曲創作規律：

> 布帛菽粟之中，自有許多滋味咀嚼不盡，傳之永遠，愈久愈新，愈淡愈遠。〔註31〕

這種「奇」出於「常」的創作傾向，正是傳奇劇作家對於故事情節過度尙奇

〔註27〕事見東漢・班固《漢書》，卷六十四上〈朱買臣傳〉，臺北：鼎文書局，民國 72 年 4 月五版，頁 2791～2794。

〔註28〕事見《漢書》，卷六十八〈霍光・金日磾傳第三十八〉，同註 27，頁 2931～2935。

〔註29〕《閒情偶寄》，卷三〈賓白第四・時防漏孔〉，同註 13，頁 56。

〔註30〕語見李漁《笠翁十種曲》評杜浚《巧團圓》第一齣〈詞源〉眉批。

〔註31〕同註 23。

的修正。從積極的方面看，它將「事尚奇」之風引導至一健康之途，使劇作的傳奇屬性附著於常事，紮根於情理，摒棄過度的荒唐怪誕。

三、「有意架虛，不必與實事合」的傳奇法的調合

我國戲曲故事的取材，由於「推陳出新、洗滌窠臼」之難，始終難以跳出歷史故事的範圍；而歷史故事，曲家又多重其眞實性。王驥德就曾從本事取材的觀點考察劇戲的發展變化，而下一結論說：「邇始有捏造無影響之事以欺婦人、小兒者，然類皆優人及里巷小人所爲，大雅之士亦不屑也。」〔註 32〕戲曲題材在文人雅士手中，由古至今大體仍然朝向因襲史傳雜說和稗官野史的傳統；即使偶有脫空杜撰者，王驥德亦視爲欺婦人、小兒的俚俗之作。對於歷史劇作，呂天成重視其眞實與合理；但對憑空杜撰的作品，呂天成亦強調適切的虛實並用。可以說，在「事尚奇」與「事尚眞」的權衡下，呂天成提出了所謂的「傳奇法」——「有意架虛，不必與實事合」。〔註 33〕

傳奇劇作並不是信史，它可以在合情合理的前提下，呈現生活的另一想像空間。也就是說，劇作允許藝術虛構，不必拘泥於眞人眞事。所謂「有意架虛，不必與實事合」，乃是就藝術虛構而言，亦稱之爲「傳奇法」。呂天成對於戲曲情節的安排與構思上，要求虛實並用之趣，這可以從《曲品》的評騭觀點看出。我們先就他對湯顯祖《還魂記》（又名《牡丹亭》）、《南柯夢》和《邯鄲夢》等劇作來觀察。《曲品》評《還魂記》說：

> 杜麗娘事，果奇。而著意發揮懷春慕色之情，驚心動魄。且巧妙疊出，無境不新。眞堪千古矣。（《曲品校註》，頁 221）

評《南柯夢》說：

〔註 32〕王驥德《曲律》，卷三〈雜論第三十九上〉說：「古戲不論事實，亦不論理之有無可否，於古人事多損益緣飾之，然尚存梗概。後稍就實，多本古、史傳、雜說略施丹堊，不欲脫空杜撰。邇始有捏造無影響之事以欺婦人、小兒者，然類皆優人及里巷小人所爲，大雅之士亦不屑也。」根據葉長海《曲律研究》所言，王驥德所謂「古」當指宋元南戲、元雜劇及明初南戲的創作時期；「後」當指明中葉以來的傳奇創作時期（見葉長海《曲律研究》第二章）。這三個時期的創作，曲家各有不同的取材範圍及處理方式。首先是「於古人事多損益緣飾爲之」，雖「不論事實，亦不論理之有無可否」，但「尚存梗概」，此乃虛構成份多，事實成份少。其次是「多本古、史傳、雜說略施丹堊」，則是「稍就實」，此乃事實成份多，而虛構成份少。最後既非「損益緣飾」，亦非「略施丹堊」，而是「脫空杜撰」，則是純爲虛構了。

〔註 33〕見《曲品》，卷上〈舊傳奇品〉小序。

酒色武夫，乃從夢境證佛，此先生妙旨也。眼闊手高，字句起秀。方諸生極賞其登城北詞，不減王、鄭，良然，良然。(《曲品校註》，頁 222)

評《邯鄲夢》說：

窮士得意，興盡可仙。先生提醒普天下措大，功德不淺。即夢中苦樂之致，猶令觀者神搖，莫能自主。(《曲品校註》，頁 223)

此三劇皆在題材上以古人事或史傳雜說爲基礎〔註 34〕，而後加以損益緣飾，或略施丹堊，遂成千古之作。因此「虛」的意義並非純指脫空杜撰，還包括對於古人事或史傳雜說的緣飾點染。王驥德《曲律》卷三〈雜論第三十九上〉也論述道：

劇戲之道，出之貴實，而用之貴虛。《明珠》、《浣紗》、《紅拂》、《玉合》，以實而用實者也；《還魂》、「二夢」(即《南柯記》、《邯鄲記》) 以虛而用實者也。以實而用實也易，以虛而用實也難。〔註 35〕

可知傳奇劇作的「虛」必附著於「實」的基礎之上。呂天成對於劇作的虛實並用的評論還可以他論鹿陽外史《雙環記》爲例。鹿陽外史《雙環記》演花木蘭代父從軍的故事，其取材於北朝民歌〈木蘭辭〉。故事新奇，但情節較爲簡單，要把它改編成傳奇劇作，亦必須符合生活邏輯的大膽想像和藝術構思，呂天成評道：

此木蘭從軍事，今增出婦翁與夫婿，串插可觀，此是傳奇法，詞亦佳。(見《曲品校註》，頁 329)

又評無名氏《霞箋記》說：

此即《心堅金石傳》，死者生之，分者合之，是傳奇體。搬出甚激切，想見鍾情之苦。但詞覺草草，以才不長故。(見《曲品校註》，頁 373)

《霞箋記》鋪演書生李玉郎和妓女張麗容生死不渝的愛情故事，其根據明·

〔註 34〕《還魂記》雖無所本，但是〈牡丹亭題詞〉說：「傳杜太守事者，彷彿晉武都守李仲文、廣州守馮孝將兒女事，予稍爲更而演之。至於杜守收考柳生，亦如漢睢陽王收考談生也。」李仲文事及馮孝將兒女事皆見陶淵明《搜神後記》，睢陽王收考談生事見曹丕《列異傳》。《南柯夢》據唐·李公佐小說〈南柯太守傳〉；《邯鄲夢》據唐·沈既濟小說〈枕中記〉。

〔註 35〕見王驥德《曲律》，卷三〈雜論第三十九上〉，收於《歷代詩史長編二輯》第四冊，頁 154。

何大掄《重刻增補燕居筆記》卷七〈心堅金石傳〉（亦見《情史》卷十一）而改編。李玉郎和張麗容爲了追求愛情的自由，其心如金石一般堅定不移，不願向惡勢力屈服；最後倆人雖被本路三政阿魯臺迫害致死，但改編者對他們的不幸遭遇寄予深切的同情，將本是悲劇性的結局改爲大團圓的情景。這種使「死者生之，分者合之」，完全是憑藉藝術虛構即「傳奇法」進行的。這樣改動並未削弱人物形象，反而更增添了劇作的彌補作用，符合觀眾的欣賞情感，達到「搬出甚激切，想見鍾情之苦」的藝術效果。

當然，藝術虛構不是憑空杜撰，它既然是一種「傳奇法」，亦必要遵循一定的創作原則。呂天成認爲這個原則就是「情」字。情者，合乎情理也。所以虛構的人物和情節，既不能違背生活的邏輯，也不能脫離劇情和人物性格本身的發展和需要。呂天成評論無名氏《合鏡記》說：

> 特傳樂昌一事，亦暢。但云作越公女，反覺不情。別又有一本，盡通。（見《曲品校註》，頁 371）

《合鏡記》演樂昌公主破鏡重圓的故事，據孟棨《本事詩・情感第一》記載，樂昌公主和徐德駙馬在動亂中失散後，被越國公楊素擄去，納爲姬妾，並受到寵嬖殊厚的待遇。改編成傳奇後，劇中人物關係被重新調整，樂昌反成爲越公之女。這種「虛構」，不僅使原來悲歡離合故事中的悲劇氣氛喪失殆盡，而且也不合乎情理。故而呂天成批評說：「作越公女，反覺不情」。再看張鳳翼的《虎符記》，呂天成《曲品》評曰：「前半眞，後半假，不得不爾。女俠如此，固當傳。」（《曲品校註》，頁 230）《虎符記》演花雲守太平事，其本事參見《明史・花雲傳》，此劇乃據當時的講史演義增飾而成。《曲海總目提要》卷十七著錄，說：「花雲守太平，本與王鼎、許瑗同時殉節，作者爲了後來團圓，故云被擒囚禁，增出勸降、失明、送藥、及花煒立功、張定邊自刎等大半情節。」正因如此的情節安排，呂天成才說：「前半眞，後半假，不得不爾。」

正如呂天成評論單本《蕉帕記》所說：

> 傳龍生遇狐事，此係撰出，而情節局段能於舊處翻新，板處作活，眞擅巧思而新人耳目者。（《曲品校註》，頁 254）

他對於「情節局段能於舊處翻新，板處作活」的劇作，總是給予褒美。呂天成論本事虛實，主張劇作取材自史傳雜說者，必有根有據；而在運用題材和創作技巧時，則貴在緣飾渲染。呂天成並未反對合理性的虛構，而是力斥捏造、不情之事。雖然呂天成未對「虛」、「實」二字明確定義，但經由以上分析，可以知道呂天成對於戲曲本事的媒介及其運用之法，所強調者在於「虛實並用」。

第二節　主次分明與脈絡清晰

呂天成《曲品》卷上〈舊傳奇小序〉論及雜劇和傳奇的區別時，曾有一番言論：

> 雜劇北音，傳奇南調。雜劇折惟四，唱惟一人；傳奇折數多，唱必勻派。雜劇但摭一事顛末，其境促；傳奇備述一人始終，其味長。〔註36〕

無論是「一事」或是「一人」，皆是「傳奇之主腦」〔註37〕。清人李漁認為一本戲應該只表演一個人的一樁事：

> 一本戲中，有無數人名，究竟具屬陪賓；原其初心，止為一人而設。即此一人之身，自始至終，離合悲歡，中具無限情由，無窮關目，究竟具屬衍文；原其初心，又止為一事而設。〔註38〕

而呂天成評騭劇作結構時，特別強調重點突出以求主次分明；刪繁就簡以求脈絡清晰，此與李漁標舉「立主腦」、「減頭緒」有異曲同功之妙。李漁認為，頭緒繁多乃傳奇之大病，並稱讚優秀的劇作總是「一線到底，並無旁見側出之情。三尺童子，觀演此劇，皆能了了於心，便便於口，以其始終無二事，貫串只一人也。」〔註39〕劇情的主要處，一方面連絡和歸攏著全劇的諸人諸事，是全劇結構布局中的經穴所在，且扣住全劇間架而成為一條貫穿全劇的主線；另一方面，它也是全劇意蘊的聚點，凝聚著曲家獨特的審美觀和激昂的藝術熱情，成為劇作內在涵意的總歸趨。因此，曲家在安排劇作的人物和事件時，劇作結構是否主次分明、脈絡清晰，就成為必要的考量。

呂天成評論各劇作結構，與他重視戲曲舞臺實踐的原則是相互聯繫的。

〔註36〕見《曲品校註》，頁1。

〔註37〕語見李漁《閒情偶寄》，卷一〈詞曲部・結構第一・立主腦〉，臺北：淡江書局，民國45年5月初版，頁10。

〔註38〕同註37。

〔註39〕語見李漁《閒情偶寄》，卷一〈詞曲部・結構第一・減頭緒〉，臺北：淡江書局，民國45年5月初版，頁13～14。

他清楚地論析凡頭緒太多、舖張誇飾的情節皆不適宜舞台演出。所謂的「若演行，猶須一刪」（論汪廷訥《三祝記》）、「局段甚雜，演之覺懈」（論陳與郊《鸚鵡洲》）、「賓太盛」（論盧鶴江《禁煙記》）、「客勝」（論章金庭《符節記》）等，均是著眼於劇場舞臺而發的評論。孫鑛論南戲「十要」〔註 40〕項項切合舞臺實際表演，而呂天成於此深深服膺。除了深諳戲曲舞臺表演的箇中道理外，同時也由於呂天成對當時傳奇創作傾向於案頭化的嚴重不滿，於是特別指出劇作不適於演行的疵謬。以下筆者試針對呂天成《曲品》中，評論各劇作結構宜「重點突出以求主次分明；刪繁就簡以求脈絡清晰」的要論作一表格，而後再加以論述。

品第	作　者	劇作	重點突出以求主次分明；刪繁就簡以求脈絡清晰	《曲品校註》頁數
能品	沈　采	千金	事業有餘，閨闈處太寥落，且旦是增出，只入虞姬、漂母，亦何不可？	183
上上	沈　璟	義俠	激烈悲壯，具英雄氣色；武松有妻，似贅；葉子盈添出，無緊要；西門慶亦欠殺。	207
上上	湯顯祖	紫簫	覺太曼衍，留此供清唱可耳。	218
上中	張鳳翼	紅拂	不粘滯；私奔處未見激昂；樂昌一段，尚覺牽合。	227
上中	張鳳翼	竊符	事佳；通本吃緊處，覺草草。	230
上中	張鳳翼	扊扅	百里奚之母，蛇足耳。	232
上中	張鳳翼	平播	粗具事情，太覺單薄。	233
上中	梁辰魚	浣紗	羅織富麗，局面甚大；恨不能謹嚴；事跡多，必當一刪，中有可議處。	236
上下	屠　隆	曇花	但律以傳奇局則漫衍乏節奏。	255
上下	屠　隆	彩毫	較《曇花》爲簡潔。	257
上下	汪廷訥	長生	繁縟處似《曇花》，予撰一刪，未敢捉筆。	260
上下	汪廷訥	三祝	摭事甚侈；若演行亦須一刪。	263
中上	戴子魯	青蓮	紀太白事，簡淨而當，不入妻子，甚脫灑。	286
中上	戴子魯	夢境	比《長生》簡淨。	294
中上	無名氏	鳴鳳	詞調儘㫖達可詠，稍嫌繁。	369
中中	謝廷諒	紈扇	局段未見謹嚴。	303

〔註 40〕見《曲品》，卷下〈傳奇品小序〉，《曲品校註》，頁 160。

中中	陳與郊	鸚鵡洲	第局段甚薄，演之覺懈。	304
中中	章大綸	符節	使事亦佳。描寫田、竇炎涼事，曲折畢盡，的是名筆。但稍覺客勝耳。	310
中中	無名氏	赤松	事絕佳，寫來有景。但不宜鈔《千金記》中《夜宴》曲，且此何必夜宴也？如許事而遣不繁，亦得簡法。	374
中下	張午山	雙烈	事甚英爽生色。但前段梁國之母作梗，近套，亦無味，必當刪去。	320
中下	盧鶴江	禁煙	此記摹寫俱備，但摭晉重耳事甚詳，嫌賓太盛耳。末用八仙，則可笑也。	322
下上	湯家霖	玉魚	著意鋪敘，甚長。但前半摹仿《琵琶》，近套，可厭；後半皆實錄也。刪去父母爲快。	324～325
下上	吳大震	練囊	事未脫套，入紅線事，似突然。	332

一、重點突出以求主次分明

嚴謹的傳奇劇作結構，應做到外部的簡約精鍊與內部的豐實細緻，避免「非迫促而乏悠久之思，即牽率而多迂緩之事」〔註 41〕。所謂「一人一事」、「一線到底」，既不可「盡此一人所行之事，逐節舖陳，有如散金碎玉」，也不可「不講根源，單籌枝節，謂多一人可增一人之事，事多則關目亦多，令觀場者如入山陰道中，人人應接不暇」〔註 42〕，說的就是傳奇劇作外部結構簡約精鍊的特點；而此正好充份發揮戲曲藝術「委曲盡情」的審美功能，豐實細致得地表現劇中人婉轉幽邃的精神世界。王驥德《曲律》卷三〈論劇戲第三十〉說：

> （劇戲）貴剪裁、貴鍛鍊——以全帙爲大間架，以每折爲折落，以曲白爲粉堊、爲丹臒，勿落套，勿不經，勿太蔓，蔓則局懈，而優人多刪削，勿太促，促則氣迫，而節奏不暢達；毋令一人無著落，毋令一折不照應。傳中緊要處，須重著精神，極力發揮使透。……若無緊要處，只管敷演，又多惹人厭憎；皆不審輕重之故也。〔註 43〕

王驥德強調戲曲結構「貴剪裁，貴鍛鍊」，並且指出，對情節的剪裁和鍛鍊，

〔註 41〕臧懋循《紫釵記》評語，明萬曆間吳興臧氏原刊本。
〔註 42〕參見註 37、註 39。
〔註 43〕見王驥德《曲律》，卷三〈論劇戲第三十〉，收於《歷代詩史長編二輯》第四冊，頁 137。

關鍵在於「審輕重」。也就是說，「傳中緊要處，須重著精神，極力發揮使透」；「若無緊要處，只管敷演，又多惹人厭憎」。呂天成評論劇作時，亦抱持結構應簡約精鍊，以突顯重要角色的品評原則。例如評盧鶴江《禁煙記》說：

> 介之推忠而隱者也，人品最高。此記摹寫俱備，但摭晉重耳時甚詳，嫌賓太盛耳。末用八仙，則可笑也。〔註 44〕

評章大綸《符節記》說：

> 汲黯人品好，使事亦佳。描寫田、竇炎涼事，曲折畢盡，的是名筆。但稍覺可客勝耳。吾有葉美度有《灌夫罵座》劇，可以參觀。〔註 45〕

這兩本劇作本是極好傳奇；《禁煙記》演介子推忠心護主，歸隱棉山一事，應以此角色作爲敘述主線，但盧鶴江卻舖敘更多有關晉文公重耳流亡各國的瑣事，偏離了故事主要發展的脈絡。章大綸《符節記》亦是同樣的弊病，汲黯爲主要人物，田蚡、竇嬰同屬陪襯的次要人物，但《符節記》劇卻將田蚡、竇嬰「炎涼事，曲折畢盡」地描繪出來，反而掩蓋主要人物的形象，僭越主位。一爲「賓勝」，一爲「客勝」，皆是喧賓奪主，不利於主要人物的突顯。

爲了突出主題及重要人物，呂天成又強調重大場面及關鍵情節的描寫，絕不能草率爲之。他評論張鳳翼的《紅拂記》時說：

> 此年少時筆也。俠氣辟易，作法撇脫，不粘滯。第私奔處未見激昂，吾友檞園生補北詞一套，遂無憾。樂昌一段，尚覺牽合。娘子軍亦奇，何不插入？〔註 46〕

《紅拂記》本以紅拂爲重要角色；但在第十齣〈伎女私奔〉一幕中，並未將紅拂夜奔李靖的果決、豪邁之情表現出來，於是便無法突顯紅拂的慧眼獨具，因此呂天成評論它「未見激昂」，直到葉憲祖爲這一齣戲塡補了〔北二犯江兒水〕套曲，方才無憾。張鳳翼忽視了爲主角多加添補，反而又牽引次要角色樂昌公主破鏡重圓的故事，遂造成支脈旁雜、頭腦太多。徐復祚《曲論》也說：

〔註 44〕《禁煙記》演介之推事，本事見《左傳・僖公二十四年》及《史記・晉世家》。

〔註 45〕《符節記》演汲黯、田蚡、竇嬰事，本事見《史記・汲黯傳》。

〔註 46〕《紅拂記》演李靖、紅拂、虯髯客故事，並插入徐德言和樂昌公主破鏡重圓一事；本事可參見《太平廣記》，卷一九三所錄唐人小說〈虯髯客傳〉及孟棨《本事詩》。

> 張伯起先生，余內子世父也。所作傳奇有《紅拂》、《竊符》、《虎符》、《扊扅》、《灌園》、《祝髮》諸種，而《紅拂》最先，本〈虬髯客傳〉而作。惜其增出徐德言合鏡一段，遂成兩家門，頭腦太多。〔註47〕

又如張鳳翼《竊符記》，呂天成評道：

> 選事極佳。竊符乃通本知緊處，覺草草。擲園生補南北詞一大套，意趣頓惓。〔註48〕

這也是呂天成認爲劇作必須抓住故事重心作高潮處理；而張鳳翼的《竊符記》並沒有妥善鋪演如姬竊符的心態、情景，於是予人草率之感。王驥德也認爲劇作在緊要之處，必須要「重著精神，極力發揮使透」。因此他也說道：

> 如《浣紗》遺了越王嘗膽及夫人採葛事，紅拂私奔，如姬竊符，皆本傳大頭腦，如何草草放過？〔註49〕

此處所說的「大頭腦」，是劇作中最激烈、最曲折的場面，也是全劇的精神所在，曲家如何能草草帶過？這看法與呂天成是一致的。

至於那些與表現主題思想和揭示人物性格無關或關係不大的情節，以及游離於情節之外的人物，呂天成則主張刪去。例如評張鳳翼的《扊扅記》時，呂天成說道：

> 此伯起得意作。百里奚之母，蛇足耳。張太和亦有記，別裁一體，而多剿襲。〔註50〕

又評張午山《雙烈記》，呂天成說道：

> 傳韓蘄王事，甚英爽生色。但前段梁國之母作梗，近套，亦無味，必當刪去。〔註51〕

《扊扅記》演百里奚故事，《雙烈記》演韓世忠、梁紅玉故事，均是多了不甚重要的配角爲之穿插，卻又近於俗套，反添敗筆。所以呂天成譏其爲「蛇足」，主張必當刪去。再如梁辰魚的《浣紗記》〔註52〕，呂天成雖讚賞它「羅

〔註47〕見徐復祚《曲論》，收於《歷代詩史長編二輯》第四冊，頁237。

〔註48〕《竊符記》演如姬竊符救趙事，本事見於《史記·魏公子列傳》，並插入《史記·藺相如列傳》中趙括事。

〔註49〕同註43。

〔註50〕《扊扅記》演百里奚事，本事見《孟子·萬章上》及《史記·秦本紀》。

〔註51〕《雙烈記》演韓世忠、梁紅玉事。事見羅大經《鶴林玉露》，卷十四〈韓蘄王夫人〉、《宋史·韓世忠傳》。

〔註52〕《浣紗記》演春秋時吳越兩國互相攻伐，並以范蠡和西施的愛情故事貫串終

織富麗，局面甚大；」但也遺憾地表示《浣紗記》「第恨不能謹嚴；事跡多，必當一刪耳。中有可議處」；無獨有偶，徐復祚亦批評此劇「關目散緩，無骨無筋，全無收攝」〔註53〕；王世貞《藝苑卮言》也說：「梁伯龍《吳越春秋》（即《浣紗記》），滿而妥，間流冗長。」〔註54〕

呂天成十分推崇沈璟的劇作，尤其是《義俠記》。他讚美此劇「激烈悲壯，具有英雄氣色」，但他也直言不諱地批評它在人物安排上的不合理。試看呂天成對此劇的批評：

> 激烈悲壯，具英雄氣色。但武松有妻，似贅。葉子盈添出，無緊要。西門慶亦欠鬥殺。先生屢貽書於予，云：「此非盛世事，秘勿傳。」乃半野商君得本，已梓，優人競演之矣。〔註55〕

《義俠記》演武松俠義故事。鄭振鐸以爲沈璟增入武松妻賈氏，是沈璟認爲生旦的離合悲歡以成爲傳奇不可免的定型，所以無中生有，「硬生生的將武行者配上一個幼年訂婚的賈氏。」〔註56〕趙景深則從另一方面考量，指出在演出全本劇作時，藉著配角的增出，可使演武松的演員不必太過辛苦，每齣戲皆須出場〔註57〕。鄭振鐸指出此劇是明傳奇的俗套蹈襲的一例，趙景深則是同意鄭振鐸的論點之外，又從舞台實際演出的需要立論；二說皆有其參考價值。另外，《義俠記》中葉子盈是此劇一無關緊要的人物，出現於第十齣〈遇難〉、第十二齣〈奇功〉中，《水滸傳》中原無此人，是沈璟虛構添加上去，但又游離於情節之外；而重要配角西門慶，是全劇份量僅次於武松的人物，應用力刻畫，使之彰顯正邪不兩立的主旨，所以不能等閒視之。但於〈血濺鴛鴦樓〉這場戲中，把處在相爭你死我活的高潮情節，寫得「欠鬥殺」，西門

始。本事見《史記・越王句踐世家》。王世貞《藝苑卮言》題此劇作《吳越春秋》。

〔註53〕語見徐復祚《曲論》，同註47，頁239。

〔註54〕參見王世貞《藝苑卮言》。

〔註55〕《曲海總目提要》，卷五著錄《義俠記》說：「以武松義而俠，故名。……劇中所演武松故事，景陽斃虎、陽穀遇兄、殺西門慶、伏蔣門神、十字坡認義、飛雲浦報仇，全本《水滸》衍義；惟松妻賈氏係作者撰出。今優壇所演，又與此微異，蓋後人又爲之潤色，而大段原相同也。」

〔註56〕參見鄭振鐸《繪圖本中國文學史》，頁266。

〔註57〕趙景深《讀曲隨筆》「沈璟」條說：「所謂『武松有妻，似贅』，即第三、九、十五、二十、三十一這五齣。……在演全本時，藉此可以使武松節勞，無須每齣出場，也是一個重大的原因，否則一個人支持到底，恐怕誰也要感到這是太重頭了吧。」

慶軟弱無能且不堪一擊，因而無法有烘雲托月的效果。這些都是《義俠記》在人物塑造及結構安排上的缺陷。

二、刪繁就簡以求脈絡清晰

我國傳統戲曲的結構根基於舞台自由的時空觀，予以觀眾無限延展的想像空間。在戲曲舞臺上，幾乎沒有什麼布景；劇作所需要的背景、環境，主要是依靠演員的動作和語言而呈現出來。因此在戲曲舞臺上，地點是流動的，可轉移的。而戲曲裏的時間長短，也憑恃著劇情發展和人物需要，並沒有嚴格規定的限度。即使是一折戲中，時間亦可長可短，與現實的時空了不相關。這樣既可以加速劇情的發展，也可將瞬間的情感抒發得悠長綿邈，正是「有戲則長，無戲則短」。戲曲舞臺自由時空觀的直接結果，是擴大了戲曲的容量，增加戲曲情節的長度，再加上戲曲藝術綜合了唱作念打等豐富多彩的表現手法，便容易使節奏緩慢而結構鬆散。王驥德諄諄告誡：「勿太蔓，蔓則局懈。」〔註 58〕就是因爲明代傳奇的結構多失於臃腫蕪雜。呂天成也深知這個弊病，他論析屠隆的《曇花記》說：

> 赤水以宋西寧侯嬲戲事敗官，故託木西來以頌之，意猶感宋德。或曰：「盧杞即指吳縣相公，孟豕韋即指糾之者。」才人喪檢亦常事，何必有恚耶？其詞華美充暢說世情即醒，但律以傳奇局則漫衍乏節奏耳。〔註 59〕

《曇花記》演木清泰事，長至五十五齣，關目繁冗不堪，登場人物，陸續登隊，應接不暇，呂氏乃評其「漫衍乏節奏」。同樣的情形，他評析無名氏《鳴鳳記》道：

> 記時事甚悉，令人有手刃賊嵩之意。詞調儘믭達可詠，稍嫌繁。江陵時亦有編《鸞筆記》者，即此意也。〔註 60〕

《鳴鳳記》演楊繼盛等八諫臣與嚴嵩父子政爭一事。呂天成雖讚美其「事甚悉」、「詞調믭可詠」，但也指出它的弊端在於繁縟，正是戲曲演出的一大忌諱。

〔註 58〕 同註 43。

〔註 59〕 《曲海總目提要》，卷七著錄《曇花記》，說：「此事演木清泰事。本係假託，或曰隆與西寧小侯宋某最相善，燕飲流連，無間晨夕。木清泰勳封鼎貴，脫略世情，超然悟道，善爲宋小侯說法也。或曰隆家有曇花閣，取佛氏優缽曇花以爲名。」

〔註 60〕 《鳴鳳記》演楊繼盛等八諫臣相繼同嚴嵩父子爭鬥事。

而即使如列於《曲品・上上品》的湯顯祖《紫簫記》〔註 61〕，呂天成亦不諱言地指出此劇「琢調鮮華、鍊白駢麗……覺太曼衍，留此供清唱可耳」，意謂《紫簫記》不適宜搬上舞臺演出。湯顯祖雖然自知《紫簫記》有「穠長之累」〔註 62〕，但他後來創作《紫釵記》和《還魂記》（即《牡丹亭》）時，仍不免冗長之病。呂天成評論湯顯祖《紫釵記》就說：「仍《紫簫》者不多，然猶帶靡縟。」（見《曲品校註》，頁 220）；而湯顯祖《牡丹亭》原作五十五齣，臧懋循常憂慮「梨園諸人未能悉力搬演」〔註 63〕所以不少作家就對其齣目進行刪并。例如臧懋循改本爲三十六折，馮夢龍改本《風流夢》爲三十七折，徐日曦改本爲四十三齣。其所刪掉的劇目，如〈勸農〉、〈肅苑〉、〈道覡〉、〈調藥〉等，多是游離在主線之外的枝節關目。經過刪并後的劇作較原作情節集中，更便於場上演出。

相對地，呂天成對戴金蟾的《青蓮記》和無名氏的《赤松記》就盛讚它們緊湊嚴謹、簡淨恰當。如評《青蓮記》說：

> 紀太白事，簡淨而當，不入妻子，甚脱灑。〔註 64〕

評《赤松記》說：

> 留侯事絕佳，寫來有景。但不宜鈔《千金記》中〈夜宴〉曲，且此何必夜宴也？如許事而遣不繁，亦得簡法。儻更以詞藻潤之，足壓《千金》矣。〔註 65〕

均是著眼於刪繁就簡，脈絡便能清晰順暢。李漁亦重視戲曲結構繁簡合宜的剪裁。在《閒情偶寄》中，他極讚賞《荊》、《劉》、《拜》、《殺》「一線到底，並無旁見側出之情」的結構，並說明傳奇劇作「減頭緒」之必要：

> 作傳奇者，能以「頭緒忌繁」四字刻刻關心，則思路不分，文情專一。其爲詞也，如孤桐勁竹，直上無枝，雖難保其必傳，然已有《荊》、《劉》、《拜》、《殺》之勢矣。〔註 66〕

〔註 61〕《紫簫記》演李益、霍小玉事，本事見《太平廣記》，卷四八七蔣防〈霍小玉傳〉。

〔註 62〕語見湯顯祖〈玉合記題詞〉，收於《湯顯祖集》第三十三。

〔註 63〕臧懋循《牡丹亭》評語，見明・萬曆間吳興臧氏原刊本。

〔註 64〕《青蓮記》演李白事，事見新舊《唐書・李白傳》。

〔註 65〕《曲海總目提要》，卷三十四著錄《赤松記》，說：「作者不知何人。按張良雖學辟穀導引輕身，爲嘗有仙去之事，作者豔慕神仙，故因『張良欲從赤松子遊』一語，遂作此記。……劇中梗概，與《千金記》相仿彿。」

〔註 66〕見李漁《閒情偶寄》，卷一〈詞曲部・結構第一・減頭緒〉，頁 14。

劇作家根據情節發展和人物刻劃的需要，恰如其分地組織一齣戲，將重要的劇情寫成大場子，次要的劇情寫成小場子，並且發揮過場戲的補充、銜接作用；故而繁簡合宜可說是劇作家安排戲曲情節結構的必要原則。

呂天成注重劇本的布局運思，講究戲曲結構的「鍊局之法」，故而主張故事情節應刪繁就簡，脈絡清晰；且曲折動人，前後照應。劇情發展要節奏鮮明，跌宕有致。人物設置則要重點突出，主次分明。在這裡，內容與形式是密不可分的，「一人一事」的結構所賦予的功能和它的內在意義是相互表裡的。無論是「重點突出，主次分明」以防止劇作多中心的鬆散傾向，還是「刪繁就簡，脈絡清晰」以防止劇作多枝節的雜亂傾向，目的都是使結構趨於單一。亞里斯多德《詩學》論悲劇的「故事整一性」曾說：

> 有人認爲只要主人公是一個，情節就有整一性，其實不然；因爲有許多事件——數不清的事件發生在一個人的身上，其中一些是不能并成一樁事件的；同樣，一個人有許多行動，這些行動是不能并成一個行動的。
>
> 在簡單的情節與行動中，以「穿插式」爲最劣。所謂「穿插式的情節」，指各穿插的承接，見不出可然的、或必然的聯繫。〔註 67〕

呂天成《曲品》對戲曲結構單一性的強調，應可與此相互映照。

第三節　曲折巧妙與對稱比較

傳奇劇作的「傳奇」屬性，除了劇作情節人物的「奇」之外，還有曲家們在傳奇劇作的表現方式之「奇」。明人陳繼儒曾褒美《拜月亭》（即《幽閨記》）「起伏照應」的結構說：「妙在悲歡離合，起伏照應，戲索在手，弄調如是。……夫妻兄妹總成奇逢。」〔註 68〕清人丁耀亢亦強調劇作必須「要串插奇」，否則「不奇不能動人」〔註 69〕。而李漁《閒情偶寄》更明白指出戲曲關目「出奇變相」的重要。他說：

> 且戲場關目，全在出奇變相，令人不能懸擬。若人人如是，事事皆

〔註 67〕參見亞里斯多德《詩學》第八章、第九章，人民文學出版社，1962 年第一次印刷，頁 27、31。

〔註 68〕〈陳眉公批評幽閨記〉總評，收於《六合同春》，轉引自郭英德《明清文人傳奇研究》，北京師範大學出版社發行，1992 年 5 月第一次印刷，頁 257。

〔註 69〕參見〈嘯臺偶著詞例〉，收於《赤松游》，卷首。

然，則彼未演出而我先知之，憂者不覺其可憂，苦者不覺其爲苦，即能令人發笑，亦笑其雷同他劇，不出範圍。非有新奇莫測之可喜也。〔註 70〕

情節結構的曲折動人，可說是劇作成功與否的重要關鍵。本節將針對《曲品》中品評情節曲折巧妙、結構對稱比較的劇作予以討論。

戲曲的情節結構要如何達到曲折之趣呢？陳德溥《審美心理與編劇技巧》指出劇本的情節結構應該如古法一般，注重起承轉合的部局，講究戲曲的開端、進展、高峰和結束等章法。他並且強調「起的驚人」、「承的順暢」、「轉的深刻」、「合的奇巧」；戲曲在拋物線式的節奏進行，在波瀾起伏，層層點綴的情節安排下，使觀眾融入劇曲的世界。〔註 71〕

在論戲曲情節的曲折方面，呂天成推崇沈璟的《結髮記》「情節曲折，便覺一新」〔註 72〕，稱美它的結構脫離俗套；祁彪佳《遠山堂曲品》「雅品殘稿」也說《結髮記》「中間狀白叟之負義，鶯娘之守盟，蕭生之異遇，一轉一折，神情俱現」〔註 73〕，與呂天成看法相近。呂天成又論汪廷訥《彩舟記》，其演江生和吳女「舟中私合事，曲寫有趣」（見《曲品校註》，頁 267）；尤其讚賞沈鯨《雙珠記》的結構，評其「串合最巧」（見《曲品校註》，頁 295）〔註 74〕；而梁廷枏《藤花亭曲話》卷三也說《雙珠記》「通過細針密線，其穿穴照應處，如天衣無縫，具見巧思」〔註 75〕。張鳳翼《祝髮記》則被呂天成褒譽爲「布置安插，段段恰好」，故而「柳城（呂天成表伯父孫如法）稱爲七傳之最」（見《曲品校註》，頁 229）；而就結構對稱而言，最顯明的佳作則莫過於高明的《琵琶記》。《琵琶記》以蔡宅和牛府兩家之事交互演出，前者凋敝貧困，後者豪華富貴，兩相對照，更能把貧富悲喜抽摹得鮮明突出，淋漓盡致。對比自然

〔註 70〕語見李漁《閒情偶寄》，卷五〈演習部・脫套第五〉，臺北：淡江書局，民國 45 年 5 月初版，頁 108。

〔註 71〕參見陳德溥《審美心理與編劇技巧》，頁 111～116。

〔註 72〕沈璟《結髮記》演蕭生與鶯娘事，《南詞新譜》著錄，謂「詞隱先生未刻稿」，故不見傳本，僅在《南詞新譜》，卷十六〔越調浪淘沙〕「存一葉忽涼秋」佚曲。《曲品》收於「上上品」，見《曲品校註》，頁 216。

〔註 73〕見祁彪佳《遠山堂曲品》「雅品殘稿」，《歷代詩史長編二輯》第六冊，頁 128。

〔註 74〕沈鯨《雙珠記》演王楫夫婦離合事。此劇前一半情節乃根據《南村輟耕錄》，卷十二〈貞烈墓〉所載千夫長李某與部卒妻郭氏事增飾，後一半情節則是沈鯨虛構。

〔註 75〕語見梁廷枏《藤花亭曲話》，卷三，頁 127。

巧妙的藝術結構法，呂天成尊之為「神品」，並且讚譽道：

> 蔡邕之託名無論矣。其詞之高絕處，在布景寫情，色色逼眞，有運斤成風之妙。串插甚合局段，苦樂相錯，具見體裁。可師可法，而不必議者也。……萬吻共褒，允宜首列。（見《曲品校註》，頁 163）

《琵琶記》因高明力倡「正是不關風化體，縱好也枉然」的戲曲風教觀，極受到明太祖及文人雅士的讚賞；若撇開此點不論，它以天壤之別的情節錯落相合，突顯極悲極喜的情感，正是它高超的藝術手法。這種對稱性的場面安排，在西方戲劇中頗為罕見；劇中蔡伯喈與趙五娘的遭遇在劇情開展後不久就呈現雙線並進、交錯映照之勢態，蔡伯喈的仕途與趙五娘的窮途形成強烈的對比。高明採用一以貫之的往返對照，交叉演出，一邊是趙五娘臨妝感嘆，一邊是蔡伯喈杏園春宴；演完趙五娘吃糠，立即演蔡伯喈偕牛氏賞月飲酒等冷熱甚為懸殊的場景。因此呂天成讚譽它「串插甚合局段，若樂相錯，具見體裁」。高明自覺地串聯時空的對稱型結構，體現出他對劇作情節、場面所含蘊的象徵意義的深刻認識與嫻熟運用，從而構成戲曲作品在情調和氣氛上悲喜交集的內在連貫性，為後來的明清傳奇作品樹立了典範。這種自由串聯時空的對稱型的結構，遂成為後世戲曲作品習見的格局，可以說，「情節衝突的主線在交相穿插的場面中曲折展開，是明清傳奇文學結構的常規。」〔註 76〕

誠如蘇國榮《中國劇詩的美學風格》所言：「（戲曲情節）是天工的巧作，能在個別中體現一般，偶然中體現必然；能按照生活的發展規律進行虛構，善用起、承、轉、合的布局，開闢境界；是情感的化物，不脫離人物之情。總之，它是眞、新、巧、情的有機融合。四者缺一，均無以論『傳奇』。」〔註 77〕傳奇劇作點線型的結構方式，及其繁簡合宜、隱顯適當的特徵，其內涵是對戲劇性的高度強調。曲家們對戲曲文學主要特性的認識，從承襲抒情性到重視敘事性，再到突出戲劇性的邏輯演變，其型態分類日益明確，可說是曲家們對戲曲藝術思維日趨發展的重要標誌。

〔註 76〕語見郭英德《明清文人傳奇研究》，北京師範大學出版社發行，1992 年 5 月第一次印刷，頁 288。

〔註 77〕見蘇國榮《中國劇詩的美學風格》，頁 236。

第六章　《曲品》的文詞、音律論

第一節　文詞本色論

明代提出本色論的曲論家很多，如徐渭、何良俊、沈璟、王驥德、呂天成、凌濛初、徐復祚、馮夢龍等，都各在其曲論著作中論及有關戲曲本色的問題；此命題的熱烈討論並不是偶然發生的。

宋元時期的戲曲作家多是流落民間的知識份子和民間藝人，其又稱爲「書會才人」。現存的《永樂大典戲文三種》和南戲《荊》、《劉》、《拜》、《殺》等均出自書會才人之手〔註1〕。他們在編撰戲曲劇本時，首先考慮的是劇本是否能上演，觀眾是否易懂易曉；因此劇本的曲詞總是淺顯、自然，甚至於吸收方言俗語和民間歌謠。徐渭《南詞敘錄》說：

> 南戲始於宋光宗期，永嘉人所作《趙貞女》、《王魁》二種實首之。故劉後村有「死後是非誰管得，滿村聽唱蔡中郎」之句。或云：「宣和間已濫觴，其盛行則自南渡，號曰：『永嘉雜劇』，又曰：『鶻伶聲嗽』」。其曲則宋人詞而益以里巷歌謠，不協宮調，故士大夫罕有留意者。〔註2〕

王驥德《曲律》卷三〈雜論第三十九上〉也說：

> 古曲自《琵琶》、《香囊》、《連環》而外，如《荊釵》、《白兔》、《破

〔註1〕《永樂大典戲文三種》中，《張協狀元》是南宋初年浙江溫州九山書會內的書會人才編撰；《宦門子弟錯立身》和《小孫屠》則出自元代杭州古杭書會的書會才人之手。

〔註2〕見徐渭《南詞敘錄》，收於《歷代詩史長編二輯》第三冊，頁239。

> 窯》、《金印》、《躍鯉》、《牧羊》、《殺狗勸夫》等記，其鄙俚淺近，若出一手。豈其時兵革孔棘，人士流離，皆村儒野老塗歌巷詠之作耶？〔註3〕

因此，王驥德乃斬釘截鐵地說：「曲之始，止本色一家。觀元劇及《琵琶》、《拜月》二記可見。」〔註4〕呂天成《曲品》卷上〈舊傳奇品小序〉讚賞元末明初曲家「曲識甚高，作手獨異」，對之十分推崇。他說：

> 故賞其絕技，則描畫世情，或悲或笑；存其古風，則湊泊常語，易曉易聞。有意架虛，不必與實事合；有意近俗，不必作綺麗觀。不尋宮數調，而自解其弢；不就拍選聲，而自鳴其籟。極質樸而不以爲俚，極膚淺而不以爲疏。商彝周鼎，古色照人；玄酒太羹，眞味沁齒。(《曲品校註》，頁1)

呂天成特別標幟所謂「古風」是「湊泊常語，易曉易聞」，並讚賞這些劇作「極質樸而不以爲俚，極膚淺而不以爲疏。商彝周鼎、古色照人；玄酒太羹，眞味沁齒」，他連續道出「質樸」、「膚淺」、「古色」、「眞味」等劇作語言特質，其「尊古」、「復古」的思想於此可見一斑。而如此的議論，亦是針對當時曲壇弊端而發的。

明代開科取士，廣招知識份子參與科舉；隨著文人社會地位的提昇，原本編撰雜劇戲文的書會才人，通過科舉考試後，亦成爲文士大夫；明代曲家身份因此與宋元時期大不相同。自從「體局靜好」（語見湯顯祖〈宜黃縣戲神清源師廟記〉）的海鹽腔，與後來「較海鹽又爲清柔而婉折」（語見顧起元《客座贅語》）的崑山腔興起之後，文士大夫的審美情趣得到更適切的抒發，更多參與戲曲創作者。但由於他們不諳戲曲藝術的規律，一味賣弄才情，炫耀博洽，少能顧及舞台演出的實際效果，結果劇作餖飣堆砌、溢滿案頭，雕琢綺麗的風氣充斥曲壇。再加上明初以三楊（楊士奇、楊榮、楊溥）爲代表的臺閣體詩派，其駢麗典雅的詩風瀰漫文壇後，亦影響了戲曲語言；隨之戲曲語言一變宋元戲文、雜劇的本色風格，而傾向追求駢麗典雅。自邱濬《五倫全備記》和邵燦《香囊記》始，「以時文爲南曲」〔註5〕之風愈演愈烈，不僅屠

〔註3〕見王驥德《曲律》，卷三〈雜論第三十九上〉，收於《歷代詩史長編二輯》第四冊，頁151。

〔註4〕語見王驥德《曲律》，卷二〈論家數第十四〉，《歷代詩史長編二輯》第四冊，頁121。

〔註5〕徐渭《南詞敘錄》說：「以時文爲南曲，元末、國初未有也，其弊起於《香囊

隆、梁辰魚、梅鼎祚等戲曲名家都具有這種傾向，就連湯顯祖早期的劇作《紫簫記》也被呂天成評爲「琢雕鮮華、鍊白駢麗」（《曲品校註》，頁 219）、《紫釵記》「猶帶靡縟」（《曲品校註》，頁 220）。凌濛初《譚曲雜箚》猛烈批評當時「時文風」的弊端說：

> 靡詞如繡閣羅幃，銅壺銀箭，黃鶯燕語，浪蝶狂風之類，啓口即是，千篇一律。甚者使僻事，繪隱語，詞須累詮，意如商迷。不惟曲家一種本色語抹盡無餘，即人間一種眞情話，埋沒不露已。
>
> 今之曲既鬥靡，而白亦兢富。甚至尋常問答，亦不虛發閒語，必求排對工切。是必廣記類書之山人，精熟策叚之舉子，然後可以觀優戲，豈其然哉？又可笑者，花面丫頭，長腳髯奴，無不命詞博奧，子史淹通，何彼時比屋皆康成之婢、方回之奴也？總來不解本色二字之義，故流弊至此耳。〔註6〕

戲曲語言「時文風」的弊病，嚴重地影響戲曲藝術進一步的發展。雖然文人曲家輩出，作品如林，但卻多成了案頭之曲，少有能普及民間者。誠如呂天成《曲品》卷上〈新傳奇品小序〉所言：

> 博觀傳奇，近時爲盛。大江左右，騷雅沸騰；吳浙之間，風流掩映，第當行之手不多遇，本色之義未講明。（《曲品校註》，頁 22）

徐渭和祁彪佳也先後疾呼：「南戲之厄，莫甚於今」〔註7〕、「詞至今而極盛，至今日而亦極衰」〔註8〕，針對這危機，嘉靖、萬曆年間許多曲論家紛紛提出崇向「本色」、「當行」的主張，並就此命題展開熱烈的辯論，主要的用意即是應戲曲創作舞臺實踐的需要，並反對戲曲語言駢麗堆砌之風。

所謂「各當其行，各本其色」，「當行」、「本色」本是宋代從行業行爲及組織中借用來討論詩、詞的文學批評用語。陳師道《後山詩話》說：「退之（韓愈）以文爲詩，子瞻（蘇軾）以詩爲詞，如教坊雷大使之舞，雖極天下之功，要非本色。」嚴羽《滄浪詩話》也說：「禪道在妙悟，詩道亦然。惟悟乃爲當行，乃爲本色。」曾季貍《艇齋詩話》則說：「東湖之文妙天下，然皆非本色。」

記》。《香囊》乃宜興老生員邵文明作，習《詩經》，專學杜詩，遂以二書語句勻入曲中，賓白亦是文語，又好用故事作對子，最爲害事。」收於《歷代詩史長編二輯》第三冊，頁 243。

〔註 6〕見凌濛初《譚曲雜箚》，收於《歷代詩史長編二輯》第四冊，頁 253、259。

〔註 7〕語見徐渭《南詞敘錄》，收於《歷代詩史長編二輯》第三冊，頁 243。

〔註 8〕語見祁彪佳《遠山堂曲品·敘》，收於《歷代詩史長編二輯》第六冊，頁 5。

所謂本色，「基本上是通過對既往作品句法、格律、結構及審美要求的分析與歸類之後，將作品的風格表現予以界定，以供辨識，並作爲一種規範性的要求」；就語言性質而言，乃是就歸類的文體，「再賦予其藝術形相的規定」，而「可以讓作者、讀者擁有一個衡量的指標和預期的方向」，並且「建立文學是存在其成規之中」的觀念。宋元戲曲方興，文成法立，其創作導向和風格表現，自然就成爲戲曲的傳統成規，成爲戲曲在創作與欣賞時的基本語言規格、或契約（以上參見龔鵬程〈論本色〉）。明代曲論家在運用「本色」來評論作家和作品時，都各據自己的文學主張和批評標準，對「本色」作了不同的解釋，賦予其不同的內涵。

徐渭是明代曲論家中最早提出本色論者，其本色論包括了戲曲的語言和內容兩方面。在戲曲語言上，他主張本色語是「文而不晦，俗而不俚」的語言〔註 9〕；在戲曲內容上，主張本色即「眞我面目」、「出於己之所自得」，反對「無是情而設情以爲之」〔註 10〕。也就是說，本色是眞實地描繪和反映人與事物的本來面目，劇中人物所表現出來的情感、思想，必須出自內心的眞實情感。徐渭的本色論兼論戲曲語言與戲曲內容，二者相互聯繫，但又以戲曲內容方面的論述爲其本色論的核心。他說：

> 夫曲本取於感發人心，歌之使奴、童、婦、女皆喻，乃爲得體；經、子之談，以爲詩且不可，況此等耶！〔註 11〕

編撰戲曲本是以眞情來感動觀眾之心，如果語言太過艱深典雅，戲曲的內容無法爲觀眾所知曉，那就失去戲曲感發人心的作用了。

吳江派曲學家沈璟提出兩項戲曲主張，一是嚴守格律，二是崇尚本色。沈璟的本色論只指語言的通俗淺顯，未論及戲曲內容。他早期的劇作——《紅蕖記》仍受駢儷派的影響，崇尚典雅，後來的劇作才轉爲自身所認爲的本色語。呂天成《曲品》中評論《紅蕖記》說：

> 著意鑄裁，曲白工美，鄭德璘事固奇，無端巧合，結撰更異。先生自謂：「字雕句鏤，止供案頭耳。」此後一變矣。（《曲品校註》，頁 201）

〔註 9〕徐渭《南詞敘錄》說：「填詞如作唐詩，文既不可，俗又不可，自有一種妙處，要在人領解妙悟，未可言傳。」

〔註 10〕徐渭以《西廂記》爲例，對戲曲內容的本色作了具體的解釋：「世事莫不有本色、有相色。本色猶俗言正身也，相色替身也。替身者既書評中『婢作夫人終覺澀』之謂也。故予於此本中賤相色，貴本色。」

〔註 11〕同註 7。

王驥德《曲律》卷四〈雜論第三十九下〉也說：「《紅蕖》蔚多藻語，《雙魚》而後，專尚本色」〔註 12〕。然而，沈璟認爲宋元戲曲的曲文是最本色的語言，故推崇備至。但他卻盲目地模仿和襲用宋元戲曲的本色語，甚至對宋元時期的方言俗語亦不加選擇地襲用，認爲愈俗愈本色。因此，王驥德曾批評他說：「其識路頭一差，所以己作諸曲，略墮此一劫。」又進一步指出：

> 詞隱傳奇，要當以《紅蕖》稱首。其餘諸作，出之頗易，未免庸率，然嘗與余言，歉以《紅蕖》爲非本色，殊不其然。生平於聲韻、宮調，言之甚毖，顧於己作，更韻、更調，每折而是，良多自恕，殆不可曉耳。〔註 13〕

祁彪佳《遠山堂曲品》也批評沈璟的創作風格說：

> 此（《紅蕖記》）詞隱先生初筆也。記中有十巧合，而情致淋漓，不啻百轉。字字有敲金戛玉之韻，句句有移宮換詞之工，至於以藥名、曲名、五行、八音、及聯韻、疊句入調，而雕鏤極矣。先生此後一變爲本色，正惟能極豔者方能極淡；今之假本色於俚俗，豈知曲哉？〔註 14〕

可見沈璟曲學地位雖崇高，但其本色論仍然招致時人詬病。

王驥德一如其師徐渭，從戲曲的語言和內容來論述「本色」。在戲曲語言上，王驥德認爲本色語既要淺顯易懂，也要含蓄蘊藉。淺顯易懂不等於鄙俚粗率，因此王驥德反對片面追求文采而使得戲曲語言深奧難懂，也反對片面追求本色而使語言傾向鄙俚粗率；他認爲過度施以藻繪與過度追求本色，都有其弊病：「至本色之弊，易流俚腐；文詞之病，每苦太文。」至於戲曲語言是否本色，王驥德認爲必須根據作品的題材和所反映的內容來決定。何良俊曾批評《琵琶記》和《西廂記》「本色語少」；而王驥德卻說：「《西廂》組豔，《琵琶》修質，其體固然。」〔註 15〕因爲《西廂記》所反映的題材決定它該用較「豔」的語言，而《琵琶記》所反映的題材則決定它應用較「質」的語言，其體固然，不可畫一，而且《西廂記》的語言雖「豔」而不失雕琢，《琵

〔註 12〕王驥德《曲律》，卷四〈雜論第三十九下〉，收於《歷代詩史長編二輯》第四冊，頁 164。
〔註 13〕同註 12。
〔註 14〕見祁彪佳《遠山堂曲品・豔品》，收於《歷代詩史長編二輯》第六冊，頁 18。
〔註 15〕見王驥德《曲律》，卷三〈雜論第三十九上〉，收於《歷代詩史長編二輯》第四冊，頁 149。

琶記》的語言雖「質」而不落粗率，正與其題材相稱，因此他反駁何良俊的看法：「何元朗並訾之，以爲『《西廂》全帶脂粉，《琵琶》專弄學問，殊寡本色』。夫本色尚有勝二氏哉？過矣！」〔註 16〕

對於長期以來曲壇上熱烈討論的「本色」問題，呂天成《曲品》也有一段自己的看法與論述；他認爲當時各家的辯論尚未能從理論上和實踐上眞正地解決「本色」的問題，甚至尚有曲家所說的「本色」與「當行」意義相近、相同，故而發出「當行之手不多遇，本色之義未講明」的喟歎。他解釋「當行」是：

> 當行兼論作法，本色只指填詞。當行不在組織餖飣學問，此中自有關節局段，一毫增損不得；若組織，正以蠹當行。(《曲品》卷上〈新傳奇品小序〉)

所謂「當行兼論作法，本色只指塡詞」，乃是定義性的區分。關於「當行」，郭紹虞《滄浪詩話校釋》說：「當行之說始見《滹南詩話》引晁無咎語。……其評山谷曰：『詞固高妙，然不是當行家語，乃著腔子唱和詩耳。』」〔註 17〕而明代曲家以「當行」這一個術語評論劇作時，由於對戲曲的認識不盡相同，曲家們對「當行」的理解也互有出入。沈璟〔二郎神〕套曲〔金衣公子〕曾提到了他所認爲的「當行」：

> 奈獨力怎提防？講得口唇乾，空鬧攘，當筵幾度添惆悵！怎得詞人當行，歌客守腔？大家細把音律講。自心傷，蕭蕭白髮，誰與共雌黃？

在這一番感傷的言論中，沈璟仍舊從他最重視的音律角度來考慮問題，將「當行」歸結爲熟練精巧地駕馭音律，以便演唱；然而淩濛初則作另一種解釋：

> 曲始於胡元，大略貴當行不貴藻麗。其當行者曰「本色」。蓋自有此一番材料，其修飾詞章，塡塞學問，了無干涉也。故《荊》、《劉》、《拜》、《殺》爲四大家，而長材如《琵琶》猶不得與，以《琵琶》間有刻意求工之境，亦開琢句脩詞之端，雖曲家本色故饒，而詩餘弩末亦不少耳。〔註 18〕

〔註 16〕同註 15。

〔註 17〕語見郭紹虞《滄浪詩話校釋》，臺北：文馨出版社，民國 61 年，頁 63。

〔註 18〕見凌濛初《譚曲雜劄》，收於《歷代詩史長編二輯》第四冊，頁 253。

凌濛初則將「當行」理解爲語言問題，與其所謂「本色」是相同的一體。他認爲，如果能掌握本色語言，即可成爲編戲的行家。而呂天成則明言「當行兼論作法，本色只指塡詞」;「當行」不僅僅是戲曲音律和曲詞的問題，實際上它論及戲曲「作法」。「作法」須從舞臺的實際演出著眼，如此而言，「當行」便包括了戲曲的情節結構、角色安排、曲詞、音律以及衝突矛盾等所有編劇的問題。呂天成著重自然的戲曲編演，因此他說：「當行不在組織餖飣學問，此中自有關節局段，一毫增損不得；若組織，正以蠹當行」。在呂天成的眼中，「當行」是戲曲藝術所特有的創作規律。

至於「本色」，呂天成解釋道：

> 本色只指塡詞。……本色不在摹剿家常語言，此中別有機神情趣，一毫妝點不來，若摹剿，正以蝕本色。(《曲品》卷上〈新傳奇品小序〉)

他認爲本色的意義「只指塡詞」，但卻不是爲了曲文的通俗易懂，而「摹剿家常語言」；其中「別有機神情趣，一毫妝點不來」，倘若只是摹剿，正足以蠹蝕本色。所謂的「機神情趣」是什麼呢？王驥德《曲律》卷三〈雜論第三十九上〉曾約略提及「機趣」說：

> 《拜月》語似草草，然時露機趣。〔註19〕

李漁《閒情偶記》則對「機趣」作了精湛的解釋。《閒情偶記》卷一〈詞曲部・詞采第二・重機趣〉說：

> 機趣二字，塡詞家必不可少。機者，傳奇之精神，趣者，傳奇之風致。少此二物，則如泥人土馬，有生形而無生氣。〔註20〕

由此可見，「機神情趣」乃要求曲詞和賓白寫得生動自然，體現出傳奇劇作的精神和風致；可以說，呂天成論述的「本色」實已包含有戲曲語言個性化的意義。

將呂天成的「當行說」和「本色說」相互比較，可以發現他所認爲「當行」不同於「本色」；其「本色」專指塡寫曲詞，此中「別有機神情趣」，即劇作獨特的內在精神，是「一毫妝點不來」的；而「當行」兼論作法，涉及戲曲的關節局段，是「一毫增損不得」的。同時呂天成也注意到「當行」、「本

〔註19〕見王驥德《曲律》，卷三〈雜論第三十九上〉，收於《歷代詩史長編二輯》第六冊，頁149。

〔註20〕李漁《閒情偶記》，卷一〈詞曲部・詞采第二・重機趣〉，臺北：淡江書局，民國45年5月初版，頁20。

色」之間的內在聯繫，「果屬當行，則句調必多本色；果其本色，則境態必是當行」，二者有因果的關係。所以無論「工藻繢以擬當行」，或「襲樸淡以充本色」，都與他所認同的「當行」、「本色」不同。今檢視《曲品》中對各劇作的評論，試將呂天成的文詞「本色論」歸納出「自然眞切」、「易曉易聞」和「詞采秀爽」等三特質來論述。

一、自然眞切

王國維《宋元戲曲考》論及元代雜劇和南戲的佳處，曾說：「一言以蔽之，曰：『自然而已矣。』」所謂「自然」，據王國維之意，即是「有意境」，亦即「摹寫其胸中之感想與時代之情狀，而眞摯之理與秀傑之氣，時流露於其間」。即是高明的作家，必能隨物賦形，無論本色或文采，都能恰如其分，各色各類的語言，亦能驅遣自如，達到自然的妙境。（參見曾永義師《說俗文學》闡釋王國維「自然」之微意，頁 204）

呂天成《曲品》列《拜月亭》於「神品二」，評曰：

> 云此記出施君美筆，亦無的據。元人詞手，製爲南詞，天然本色之句，往往見寶，遂開臨川玉茗之派。何元朗絕賞之，以爲愈於《琵琶》，而《談詞定論》則謂次之而已。（《曲品校註》，頁 165）

所謂天然者，即不假雕琢，還其本來面目。這與王驥德所說的「本來」極爲相似〔註 21〕。《拜月亭》與《琵琶記》的高下之辨，在曲家間延續許久；呂天成雖然讚譽《琵琶記》的曲詞高絕處，「在布景寫情，色色逼眞，有運斤成風之妙」（見《曲品校註》，頁 163），將神品首位給了《琵琶記》，但他並不忽視《拜月亭》的天然本色之句，亦爲曲家所爭相傳誦。如李贄評論《拜月》說：「此記關目極好，說得好，曲亦好，眞元人手筆也。首似散漫，終致奇絕，以配《西廂》，不妨相追逐也，自當與天地相終始，有此世界，即離不得此傳奇」〔註 22〕；徐復祚《曲論》亦給予《拜月》極高評價：「《拜月亭》宮調極明，平仄極協。自始至終，無一板一折非當行本色語，此非深於是道者不能解也。」〔註 23〕湯顯祖繼承《拜月亭》等南戲和元人雜劇得優良傳統

〔註 21〕王驥德《曲律》，卷二〈論家數第十四〉說：「夫曲以模寫物情，體貼人理，所取委曲婉轉，以代說詞，一早涉藻繪，便蔽本來。」同註 4，頁 122。

〔註 22〕語見李贄《焚書》，卷四〈雜述〉，臺北：河洛出版社，民國 63 年初版，頁 196。

〔註 23〕徐復祚《曲論》，收於《歷代詩史長編二輯》第四冊，頁 235～236。

〔註 24〕，其劇作講求本色而不拘於音律，注重文采而反對駢儷，成爲曲家效法的對象，因此呂天成言《拜月亭》開了臨川玉茗之派。呂天成評《琵琶記》「布景寫情，色色逼眞」；評《拜月亭》「天然本色之句，往往見寶」，一言「逼眞」、一言「天然」，二劇實已深合呂天成戲曲文詞「本色」之要旨。

另外，再如列於「妙品一」的《荊釵記》，呂天成評道：

> 以眞切之調，寫眞切之情，情文相生，最不易及。詞隱先生稱其能守韻。然則今本有失韻者，蓋謄錄之訛耳。直當仰配《琵琶》而鼎峙《拜月》者乎！（《曲品校註》，頁 167）

所褒美的仍是「以眞切之調，寫眞切之情，情文相生，最不易及」的「眞」字；其「本色」總是與眞切質樸相連繫，「一毫妝點不來」。正如他詮釋「當行」與「本色」，所念茲在茲者，乃在於「當行不在組織餖飣學問，此中自有關節局概，一毫增損不得；若組織，正以蠹當行。本色不在摹剿家常語言，此中別有機神情趣，一毫妝點不來，若摹剿，正以蝕本色。」（《曲品》卷上〈新傳奇品〉小序）強調的就是不矯飾、不誇張，自然眞切的感人。

二、易曉易聞

「本色」一詞在明代曲家的理念中，其內涵是不盡相同的。他們或許從戲曲內容和戲曲語言兩方面闡述戲曲的「本色」，或者單論戲曲語言的「本色」；而在論及戲曲語言的本色時，或專指戲曲語言的俚俗淺顯，或主張其文而不晦、俗而不俚，既淺顯易懂又清麗雋雅。儘管有如此多的差異，曲家們在強調戲曲語言通俗易曉的本色，反對雕琢堆垛的「時文風」這一點上，卻是一致的。

戲曲文詞的通俗易懂，是「本色論」最起碼的要求。呂天成《曲品》卷上〈舊傳奇品小序〉就曾讚賞明初傳奇劇作存有古風、「易曉易聞」。他說：

> 故賞其絕技，則描畫世情，或悲或笑；存其古風，則湊泊常語，易曉易聞。（《曲品校註》，頁 1）

〔註 24〕姚士粦《見只編》，卷中云：「湯海若先生妙於音律，酷嗜元人院本。自言篋中收藏，多世不常有，已至千種。有《太和正韻》所不載者。比問其各本佳處，一一能口誦之。」臧晉叔編元曲選時，從麻城錦衣劉延伯家得鈔本雜劇三百餘種，「其去取出湯義仍手」（《負苞堂集》，卷四〈寄謝在杭書〉）。正因爲湯氏如此熟悉元劇，所以凌濛初在《譚曲雜劄》中，稱他「頗能模仿元人，運以俏思，盡有酷肖處。」吳梅《顧曲麈談》亦云：「湯若士於胡元方言極熟，故北詞直入元人堂奧。諸家皆不能及。」

「塡詞之設，專爲登場」，曲詞著重通俗易曉，在根本上是基於戲曲的舞臺演出性。曲家們常常將「本色」與「當行」並稱，正如呂天成所說的：「果屬當行，句調必多本色；果其本色，境態必是當行。」〔註 25〕通俗易曉的曲詞既便於演員演出，也易於觀眾所接受。王驥德曾說：

> 劇戲之行與不行，良有其故。庸下優人，遇文人之作，不惟不曉，亦不易入口。村俗戲本，正與其識見不相上下，又鄙猥之曲，可令不識字人口授而得，故爭相演習，以適從其便。以是知過施文彩，以供案頭之積，亦非計也。〔註 26〕

過份雕琢藻麗的劇作，是演員的一大負擔，既不容易記，也不便於傳授；而在戲曲長期的發展過程中，其雖由民間進入文壇、步上宮廷，但仍始終以廣大的中下層百姓爲主要觀眾，遂形成我國戲曲觀眾的廣泛性和群眾性，並制約著戲曲的語言風格。凌濛初說：

> 蓋傳奇初時本自教坊供應，此外只有上台構欄，故曲白皆不爲深奧。……自成一家言，謂之本色。使上而御前，下而愚民，取其一聽而無不了解快意。〔註 27〕

因此劇作要成爲場上之曲，就必須通俗易曉。

看得懂，聽得明白，也是區別「場上之曲」和「案頭之曲」的一個最根本的標準。徐渭《南詞敘錄》曾標舉戲曲曲詞「與其文而晦，曷若俗而鄙之易曉也」的要求；王驥德則舉了白居易作詩必讓老嫗了解的例子，用以說明劇戲「入眾耳」的重要：

> 白樂天作詩，必令老嫗聽之，問曰：「解否」；曰「解」，則錄之；「不解」，則易。作劇戲，亦須令老嫗解得，方入眾耳，此即本色之說也。〔註 28〕

雜用一些常用的方言土語，甚至俏皮話，可以使戲曲語言更加生動活潑，寓莊於諧，雅俗共賞。沈璟《屬玉堂傳奇》中，有不少劇作即具有易曉易聞的特點。例如呂天成評沈璟《分柑記》說「此本謔態疊出」（《曲品校註》，頁 211）；評《四異記》則「淨丑用蘇人鄉語，亦足笑也」（《曲品校註》，頁 212）；評《博笑記》時，更讚譽沈璟：

〔註 25〕語見《曲品》，卷上〈新傳奇品〉小序。
〔註 26〕王驥德《曲律》，卷三〈雜論第三十九上〉，同註 4，頁 154。
〔註 27〕同註 18，頁 259。
〔註 28〕王驥德《曲律》，卷三〈雜論第三十九上〉，同註 4，頁 154。

雜取《耳談》中事譜之，多令人絕倒。先生游戲，至此神化極矣。（《曲品校註》，頁 218）

此外，呂天成也對黃伯羽的《蛟虎記》論以「甚奇，可以範俗，詞亦近人」（《曲品校註》，頁 209）的佳評；正因爲周處除三害事，是「範俗」的好題材，所以其曲詞更需要「近人」。呂天成並不反對用「家常語言」，但對一味地「摹剿家常語言」則感到十分不滿；如果對生活中的口語僅是照抄照搬，而不進一步加以鎔鑄提鍊，曲詞必然是粗俗俚腐，缺乏「機神情趣」。故「摹剿家常語言」是與「本色」大相逕庭、背道而馳的。

三、詞采秀爽

孫鑛在評量的「南戲十要」中，指出戲曲語言既要「易曉」，亦要「詞采」〔註 29〕。呂天成於評騭劇作時，遵行孫鑛此點重視戲曲詞采的要論；實際上這與當時曲壇因重視文詞本色而傾於俚俗的風氣也有關。

明・萬曆年間，爲了擺脫曲壇「時文風」和駢儷派的影響，曲家如沈璟者，因過份讚賞、襲用南戲戲文質樸的語言，而帶來劇作俚俗之風。這種方式與當時前後七子爲了改革臺閣體的弊病而提倡秦漢文、唐宋文是相同的思路，但卻是矯枉過正了。戲曲經文人染指，精神面貌不得不變；呂天成的「本色論」排斥塡塞典故與堆砌詞藻，但並不拒絕才情和詞采。例如他稱美邵燦用心於劇作「詞防近俚，局忌入酸」（《曲品校註》，頁 7）；褒獎葉憲祖《玉麟記》改善了舊作《麟鳳記》俚俗之弊，「詞致秀爽」（《曲品校註》，頁 249）。而屠隆的劇作本受駢儷派的影響，錯彩鏤金，傷於繁富；後作《彩毫記》則趨向簡潔，呂天成也肯定其「詞采秀爽，較《曇花》爲簡潔」（《曲品校註》，頁 257）。金懷玉所作的《摘星記》，呂天成評其「才不逮」（《曲品校註》，頁 364），已爲汪昌朝《種玉記》「出以葩藻」所掩（《曲品校註》，頁 262）；且汪昌朝《重訂天書》一劇勝初行本亦在於「詞采較初行本更覺工雅有致」（《曲品校註》，頁 271）。謝讜《四喜記》被呂天成譽爲「事佳，詞亦工美」，並稱美謝讜「上虞有曲派，此公最高」（《曲品校註》，頁 262）；陳與郊《櫻桃夢》「詞藻工麗，可追《合盒》」（《曲品校註》，頁 305）。對於天才不可學而致的湯顯祖，王驥德竭力稱頌他是「於本色一家，亦惟是奉常一人」〔註 30〕，而

〔註 29〕孫鑛言「南戲十要」說：「第五要使人易曉，第六要詞采」，見《曲品》，卷下〈傳奇品小序〉。

〔註 30〕同註 12，頁 170。

呂天成更是服膺湯顯祖的才情和文采。他說：

> 湯奉常絕代奇才，冠世博學。……情癡一種，固屬天生；才思萬端，似挾靈氣。搜奇《八索》，字抽鬼泣之文；摘豔六朝，句疊花翻之韻。紅泉秘館，春風檀板敲金；玉茗華堂，夜月湘簾飄馥。麗藻憑巧腸而濬發，幽情逐彩筆以紛飛。（《曲品校註》，頁 34）

相對於詞采庸淺俚俗之作，呂天成亦不諱言地指稱出來，這些大多是被評騭爲「下中品」或「下下品」的劇作。例如「下中品」的顧懷琳《佩印記》「近俚」（《曲品校註》，頁 340），鄒逢時《覓蓮記》「詞采未鮮」（《曲品校註》，頁 350）；「下下品」的馮之可《護龍記》「詞乃庸淺」，（《曲品校註》，頁 353）；謝天瑞《靖虜記》「詞多俗」（《曲品校註》，頁 354）；朱從龍《牡丹記》「詞白膚陋，止宜俗眼。」（《曲品校註》，頁 360）等。

與呂天成持相同觀點的本色論曲家，如徐復祚、馮夢龍、凌濛初等。徐復祚亦將鄙俚粗率的戲曲文詞排斥於本色之外。他批評《荊釵記》「以情節關目勝，然純是倭巷俚語，粗鄙之極，……本色當行，時離時合」〔註 31〕；又批評《浣紗記》的曲白直而無意致，「出口便俗，一過後便不耐再咀」〔註 32〕。馮夢龍認爲「詞家有當行、本色兩種，當行者，組織藻繪而不涉於詩賦；本色者，常談口語而不涉於粗俗」〔註 33〕。這也就是說，曲詞文采不能用詩賦的駢詞儷語，須用日常口語，但又不能落於俗詞俚語。他一方面反對戲曲作家在曲文上雕章琢句，如他批評范文若「傳奇曲，只明白條暢，說卻事情出便夠，何必雕鏤如是」〔註 34〕；而另一方面，又把本色與俚俗區別開來，其於《太霞新奏・凡例》中明確規定：「若其（文詞）蕪穢庸淡，則又不得以調韻濫竽。」而這樣的語言也就是他所說的，「字字文采，卻又字字本色」〔註 35〕，亦即是文采與本色的統一。凌濛初也是竭力推崇宋元戲文的本色語言的，他認爲「蓋傳奇初起時，本自教坊供應，此外，止有上台構欄，故曲白皆不深奧。其間用詼諧曰『俏語』，其妙出奇拗曰『俊語』，自成一家言，謂之本色。使上而御前，下而愚民，取其一聽，而無不了然快意」〔註 36〕。

〔註 31〕語見徐復祚《曲論》，收於《歷代詩史長編二輯》第四冊，頁 236。
〔註 32〕同註 31，頁 239。
〔註 33〕語見《太霞新奏》，卷十二沈子勺〈離情〉曲評。
〔註 34〕語見范文若《南詞新譜・凡例續記》。
〔註 35〕《太霞新奏》，卷三王驥德〈席上爲田姬賦得鞋杯〉曲評。
〔註 36〕同註 18，頁 259。

凌濛初推崇宋元戲文的本色語言的主要目的是要發揚宋元戲文的本色傳統，而不是要模仿和抄襲宋元戲文的個別本色詞語。

秀爽的戲曲語言與文人的浪漫情思和蘊藉意緒密切相關，有利於文人抒發其細膩含蓄的藝術情感，並將其婉麗幽邃的內心世界具體化。對於才情與文采的追求是文人的普遍心態，儒家傳統的審美意識本就是以雅爲美；當曲家將才情外化爲斑爛文采時，亦加強了傳奇劇作的文學性和可讀性，提高了戲曲文學的文體地位和社會地位。而明清傳奇劇作的斑爛文采，更使得明、清二朝成爲我國古代戲曲史上的第二個黃金時代。

呂天成的「本色論」既要曲詞易曉易聞，又要詞采秀爽，換句話說，就是要妥善安排好曲詞俗與雅的關係，方能鍛鑄眞正堪稱本色的傳奇語言風格。祁彪佳曾感嘆道：「此道明暢者，類涉膚淺；婉曲者，偏多沈晦；即使詞意簇湊，又易入於小乘：所以識者致嘆於當行之難也。」〔註 37〕既要淋漓盡致地表示文人的主體精神，又要恰到好處地適應戲曲觀眾的審美能力；此間分寸，實在不易把握。呂天成認識到既不可「工藻繢以擬當行」，又不可「襲樸澹以充本色」〔註 38〕，王驥德則提出「才情在淺深、濃淡、雅俗之間」〔註 39〕的審美追求。傳奇劇作的語言風格，由其文體特徵所決定，它應是通俗性與文學性的統一，既便於舞台演出而又富有文學色彩；因此曲詞文而不深，俗而不俚，「組織藻繪而不涉於詩賦」，「常談口語而不涉於粗俗」〔註 40〕，以明白曉暢且文采華茂的風采，達到雅俗共賞、觀聽咸宜的藝術境界。這種雅俗並陳的審美追求，體現出曲家們向市民審美趣味靠攏的趨向，亦承襲著古代文藝思維以雅爲美的歸趨。

呂天成倡導戲曲文詞「本色論」，主張於曲詞淺顯易曉的前提下講究文采，大不同於其師沈璟將粗鄙俚俗的戲曲語言視爲「本色」。明代以來，劇作家以文人佔大多數，曲詞經過文人的創作、提鍊和加工，較民間的自然語言典雅精緻；即使於劇作未上場搬演時，留至案頭閱讀，亦有強烈的藝術感染

〔註 37〕語見祁彪佳《遠山堂曲品・具品》評《覓蓮記》條，收於《歷代詩史長編二輯》第六冊，頁 103。

〔註 38〕語見呂天成《曲品》，卷上〈新傳奇品小序〉。

〔註 39〕王驥德《曲律》，卷四〈雜論第三十九下〉說：「問體孰近？曰：於文詞家得一人，曰宣城梅禹金，摛華掞藻，斐亹有致。於本色一家，亦惟是奉常一人，其才情在淺深、濃淡、雅俗之間，爲獨得三昧。餘則修綺而非垛則陳，尚質而非腐則俚矣。」收於《歷代詩史長編二輯》第四冊，頁 170。

〔註 40〕同註 33。

力。因此，呂天成的本色論，既糾正了劇作語言因藻飾過度而引起的晦澀難懂，而且防止矯枉過正，產生曲詞粗鄙俚俗的弊病，極有其見地。

第二節　音樂格律論

與詩、文、小說相比，戲曲是經過兩次創作才能完成的藝術；一次是曲家的巧思，一次是場上的表演。場上的表演能否實現，端視於曲家的創作是否符合演唱的要求；因此，曲家的創作和演員的演唱要共同完成戲曲藝術的兩次創造過程，就必須遵循戲曲的音樂性格律。詩、詞經過文人千百年的探索，在唐宋時期臻於成熟，其主要標誌即在於格律的完全；戲曲的聲律音韻，亦是以格律的形式固定下來。曲家不依律塡詞，唱曲者就無法演唱，作品只能留在案頭；同樣地，唱曲者不諳音律，演唱也不會有好的藝術效果。可見戲曲格律在二者間有極重要的作用。傳奇劇作格律之難，遠過於散文、駢文或近體詩，元人羅宗信曾說：

> 當時歌詠之時，得後語而平仄不協，平仄協語則不俊。必使耳中聳聽，紙上可觀為上，太非只以塡字而已，此其所以難于宋詞也。〔註41〕

可知度曲之難。馮夢龍也說：

> 律設，而天下始知度曲之難，天下知度曲之難，而後之蕪詞可以勿制，前之哇奏可以勿傳。懸完譜以俟當代之眞才，庶有興者。〔註42〕

清楚地指出了當時戲曲理論建設的首要任務。清・李漁則指出作曲塡詞「句之長短，字之多寡，聲之平上入去，韻之清濁陰陽，皆有一定不移之格」：

> 至於塡詞一道，則句之長短，字之多寡，聲之平上入去，韻之清濁陰陽，皆有一定不移之格。長者短一線不能，少者增一字不得，又復乎長乎短，時長時多，令人把握不定。當平者平，用一仄字不得；當陰者陰，換一陽字不能。調得平仄成文，又慮陰陽反覆；分得陰陽清楚，又與聲調乖張。令人攪斷肺腸，煩若欲絕。此等苛法，盡勾磨人。作者處此，但能布置得宜，安頓極妥，便是千幸萬幸之事，

〔註41〕見羅宗信《中原音韻・序》，收於《中原音韻》，卷首，《歷代詩史長編二輯》第一冊，頁1。

〔註42〕語見馮夢龍《曲律・敘》，收於《歷代詩史長編二輯》第四冊，臺北：鼎文書局，民國63年2月初版，頁47～48。

尚能計其詞曲之低昂，文情之工拙乎？〔註 43〕

如此看來，對戲曲格律的探討和強調，是不能視爲形式主義的。

呂天成明曉音樂在戲曲語言中的重要性，《曲品》卷上〈舊傳奇品小序〉就曾以音樂方面的詞彙來說明雜劇與傳奇承繼和流變，並清楚地指出南北曲調的不同：

> 自昔伶人傳習，樂府遞興。爨段初翻，院本繼出，金元創名雜劇，國初沿作傳奇。雜劇北音，傳奇南調。雜劇折惟四，唱惟一人；傳奇折數多，唱必匀派。……傳奇既盛，雜劇寖衰，北里之管絃播而不遠，南方之鼓吹蔟而彌喧。國初名流，曲識甚高，作手獨異，造曲腔之名目，不下數百；定曲板之高下，不淆二三。……不尋宮數調，而自解其弢；不就拍選聲，而自鳴其籟。(《曲品校註》，頁 1)

音樂的格律化是我國古代詩體演變的必然趨向，戲曲文學作爲劇詩也不例外。詩與樂的關係密切，而戲曲唱詞源於歌唱，並始終保持歌唱的形式，曲牌本身於基本上就限定了曲的字數、句數及押韻的位置，此即是戲曲格律的基礎。呂天成對傳奇的格律作過一番簡明扼要的概述，指出當時曲家對「宮調之學」、「音韻平仄之學」、「八聲陰陽之學」的認識及其特色，《曲品》卷上〈新傳奇品小序〉說：

> 進而有宮調之學，類以相從，聲中緩急之節，紛以錯出，詞多皦戾之音。難欺師曠之聰，莫招公瑾之顧。按譜取給，故自無難；逐套註明，方爲有緒。又進而有音韻平仄之學，句必一韻而始協，聲必迭置而後諧。響落梁塵，歌翻扇底。昧者不少，解者漸多。又進而有八聲陰陽之學，吹以天籟，協乎元聲，律呂所以相宣，神人用以允翕。抑揚高下，發調俱圓；清濁宮商，辨音最妙。(《曲品校註》，頁 23)

孫鑛論南戲十要中，曾標舉「第四要按宮調、協音律」〔註 44〕；而呂天成評騭劇作時，曲家是否守音樂之格律，亦是他評量的一大重心。綜觀《曲品》對諸劇作有關音樂方面的評論，呂天成多直指出劇作是否守韻、正調；筆者今將其略爲整理，以表格示之：

〔註 43〕語見李漁《閒情偶寄》，卷二〈詞曲部・音律第三〉，臺北：淡江書局，民國 45 年 5 月初版，頁 28。

〔註 44〕見《曲品》，卷下〈傳奇品小序〉，《曲品校註》，頁 160。

	守　　　　韻	《曲品校註》頁數
斷　髮	多能守韻，尤不易得。	189
玉　玦	每折一調、每調一韻，尤爲先獲我心。	237
冬　青	音律精工、情景眞切。	241
雙　卿	守韻甚嚴，當是詞隱高足。	249～250
投　桃	精守韻律，尤爲可喜。	261
量　江	全守韻律，而詞調俱工，一騰百矣。	281～282
青　蓮	音律工密，尤可喜。	286
紅　葉	能守韻，可謂空谷足音。	291
銀　瓶	內〔二犯江兒水〕作南調最是，可以證今曲之誤。	191
分　釵	內有曲數套可謳。	347
鳴　鳳	詞調儘𢘟達可詠。	369

	不　　守　　韻	《曲品校註》頁數
寶　劍	李公作此記，謂弇州曰：「何似《琵琶》？」 弇州答曰：「但當令吳下老曲師謳之乃可。」	190
投　筆	調平常，多不協。	197
高　士	音律大有可商處。	272
賜　環	此猶似未習音律時。	280～281

由此二表可知呂天成熟知曲韻正訛，對劇作音律或標舉、或貶抑。一味注重文詞而忽視聲律，這樣的傳奇劇本只能成爲案頭之作，而不能成爲場上之曲。舞台演出性是戲曲的生命，喪失了舞台演出性，就無法充份發揮劇作的傳播功能。戲曲語言的聲律依其演唱的特定規律，經由長時期的創造、錘煉和提高，從而形成特定的格律。劇作家倘若不依律塡詞，演員就無法演唱，作品只能留置案頭；而演員倘若不諳格律，演唱也不會產生良好的藝術效果。因此，戲曲的格律在戲曲藝術的二度創作中起著舉足重輕的作用。在品評劇作曲韻未協合的例子中，《寶劍記》是一個鮮明的例子。

《寶劍記》問世後，於萬曆年間受到不少曲家的批評；這些評論，大部份是針對《寶劍記》的曲韻而發。呂天成將《寶劍記》列於《曲品》「具品一」，並引用王世貞對《寶劍記》的批評說：

李公作此記，謂弇州曰：「何似《琵琶》？」弇州答曰：「但當令吳下老曲師謳之乃可。」此公熟於北劇，傳林沖事亦有佳處，內自撰曲調名亦奇。（《曲品校註》，頁 190）

考察王世貞《曲藻》是這樣說的：

公辭之美，不必言。第令吳中教師十人唱過，隨腔字改妥，乃可傳耳。〔註 45〕

沈德符《顧曲雜言》亦指稱李開先「不知南曲之有入聲」：

李中麓不嫻度曲，即如所作《寶劍記》，生硬不諧。且不知南曲之有入聲，自以中原音韻協之，以致吳儂見誚。〔註 46〕

而呂天成《曲品》上卷論李開先時，曾進一步解釋爲何名列嘉靖、隆慶三大傳奇之一的《寶劍記》有用韻「生硬不諧」之譏：

李開先銓部貴人，葵邱隱吏。熟騰北曲，悲傳塞下之吹；間著南詞，生扭吳中之拍。才原敏贍，寫冤憤而如生；志亦飛揚，賦逋囚而自暢。此詞壇之雄將，曲部之異才。（《曲品校註》，頁 13）

今考探李開先本精於北曲音韻，曾經當面爲王九思《游春記》改正錯用韻腳〔註 47〕，可見本身對北曲音韻的自信。他說：

予少時綜理文翰之餘，頗究心金元詞曲，凡《中原》、《燕山》、《瓊林》、《務頭》四韻書；《太和正音譜》、《詞話》、《錄鬼》、《十譜格》、《漁隱》、《太平》、《陽春白雪》、《詩酒餘音》二十四散套；……靡不辯其品類，識其當行。音調合否，字面生熟，舉目如辯素蒼，開口如說一二。〔註 48〕

他不僅爲人解《中原音韻》中不可解之事，並於《詞謔》中以賞識之筆記錄曲友遠西埜爲譏刺不知韻者而作的〔清江引〕，指出其「首句第二字錯用側聲」，以爲「可爲捧腹之助」〔註 49〕。這種韻學基礎，使李開先寫起北曲來的

〔註 45〕語見王世貞《曲藻》，收於《歷代詩史長編二輯》第四冊，頁 36。

〔註 46〕語見沈德符《顧曲雜言》，收於《歷代詩史長編二輯》第四冊，頁 203。

〔註 47〕李開先《詞謔》說：「渼陂設宴相邀，扮《游春記》，開場唱〔賞花時〕，予即駁之曰：『「四海謳歌百姓歡，誰家數去酒杯寬」，兩注腳韻走入桓歡韻。』因請予改作『安』、『幹』二字。至『唐明皇走出益門鎮』，予又駁之曰：『平聲用陰字猶不足取，況用「益」字去聲乎？』復請改之。」

〔註 48〕語見李開先〈南北插科詞序〉，《閒居集》，卷六，收於《李開先集》，臺北：中華書局，1959 年。

〔註 49〕語見李開先《詞謔》，收於《李開先集》，臺北：中華書局，1959 年。

得心應手，〈夜奔〉一齣，用北曲雙調〔點絳唇〕以下共九支曲牌，除引子用「憂侯」韻，其餘正曲全用「蕭豪」韻，凜遵曲譜，無一字逸出，貫穿著一種悲憤情緒，尤非易易可得，所以王世貞雖對其不合吳中之韻略有微言，但也不忘推舉李開先說：「北人自康、王後，推山東李伯華。」〔註 50〕

然而，《寶劍記》是南戲，〈夜奔〉僅爲其中一齣。而「自元人的《琵琶》，降而及於明賢的傳奇作品，……他們通常所犯的錯誤，大抵是對於漁模、支思、齊微不分，眞文、庚青、侵尋不辨、先天、桓歡、寒山以至廉纖、監咸混用最多，出韻、混韻的乖失因失比比皆是」〔註 51〕。據黃炫國《明代嘉靖隆慶時期三大傳奇研究》的考探，《寶劍記》中確是多見出韻、混韻的現象〔註 52〕。以《寶劍記》第四十六齣〔錦庭樂〕爲例：

> 〔錦纏道〕風兒摧，雨兒疾，荒村人遠，芳草路漫漫。急煎煎心忙腳懶。〔滿庭芳〕不由人不戰兢兢，愁怯怯，殘喘難延。行一步回頭顧看，捱一里如登天塹。〔普天樂〕倉皇進步難。逃不出狐坑兔穴，虎窟狼潭。

該曲中的用韻，「寒山」韻有「懶」、「看」、「難」；「先天」韻有「遠」、「煎」、「延」；「廉纖」韻有塹；「監咸」韻有「潭」。不可不謂韻雜。如果以王驥德《曲律・論曲禁》一章律之，則《寶劍記》不合韻格處就更多。舉凡重韻、借韻、犯聲、犯韻等曲病，都可找到。第八齣共用八支「車遮」韻曲牌，以大量入聲字爲韻腳，又非「純用入聲韻」，正犯了王驥德《曲律・論曲禁》中

〔註 50〕語見王世貞《曲藻》，收於《歷代詩史長編二輯》第四冊，頁 36。

〔註 51〕語見張敬《明清傳奇導論》，臺北：華正書局，民國 75 年，頁 68。

〔註 52〕黃炫國《明代嘉靖隆慶時期三大傳奇研究》舉《寶劍記》用韻不妥之處，如：第六齣〔漁家傲〕，以「桓歡」（酸）摻入「先天」（偏、眠、然）；第十四齣〔朝天歌〕以「廉纖」（險）、「監咸」（讒）摻入「先天」（願、顯、懸、辨）；〔前腔〕以「寒山」（顏）、「桓歡」（管）摻入「先天」（怨、漣、冤）。第十六齣〔月雲高〕「寒山」（散、寒）、「先天」（免、傳）、「桓歡」（亂）三韻混用；〔前腔〕「廉纖」（險），「寒山」（難）、「先天」（殿、譴、冤）混用。第十九齣〔掛針兒引〕以「桓歡」（斷）摻入「寒山」（乾、嘆、還）；〔縷縷金〕，「寒山」（難、殘）、「先天」通押（原、見、戀）混用；〔踢秋兒〕一曲混用三韻「寒山」（懶、嘆），「監咸」（慘），「先天」（免、怨）；後此的四支〔楚江紅〕亦是「寒山」、「監咸」、「桓歡」、「先天」四韻混用。第四十六齣〔錦庭樂〕一曲混用四韻，「桓歡」（漫）、「先天」（延）、「廉纖」（塹）、「監咸」（潭）。第二十七齣〔步蟾宮引〕（息、知、隔）乃「齊微」與「皆來」混用；第二十二齣〔齊天樂〕（漬、味、遲、垂）則是「支思」與「齊微」混用。見黃炫國《明代嘉靖隆慶時期三大傳奇研究》，頁 126～127。

第十三條「韻腳多以入代平」。〔註53〕

其實，《寶劍記》雖是按照傳奇體製寫成的，但它與湯顯祖的劇作有一個相同的情形——它們都不是專爲崑山腔而作的。以傳奇創作的高峰時期之格律標準去檢驗傳奇創作興盛之初的《寶劍記》，並不十分恰當。這也就是呂天成爲何排除眾議，聲稱李開先「熟膾北曲，悲傳塞下之吹；間著南詞，生扭吳中之拍」，卻仍特別褒美李開先爲「詞壇之雄將，曲部之異才」的原因了。

除了《寶劍記》之外，還可以注意到呂天成在指出劇作是否守韻之餘，特別推崇其師——沈璟對戲曲守音、正韻的功勞。例如呂天成評論「神品一」《琵琶記》時就引用了沈璟的言語；《曲品》論《琵琶記》說：

> 詞隱先生常謂予曰：「東嘉妙處全在調中平、上、去聲字用得變化，唱來合協。至於調之不倫，韻之太雜，則彼已自言，不必尋數矣。」（《曲品校註》，頁163）

無獨有偶，在評論「妙品一」《荊釵記》時，呂天成也讚嘆此劇是「詞隱先生稱其能守韻」（《曲品校註》，頁 167）的佳作；同是呂天成受業好友——卜大荒與葉憲祖，呂天成對其《冬青記》、《雙卿記》也分別譽以「音律精工、情景眞切」（《曲品校註》，頁 241）、「守韻甚嚴，當是詞隱高足」（《曲品校註》，頁 249～250）的美評。論及馮耳猶《雙雄記》時，呂天成更指稱此劇「事雖卑瑣，而能恪守詞隱先生功令，亦持教之杰也」（《曲品校註》，頁 282）；其對推崇沈璟之心，昭然若顯。再看《曲品》品評沈璟的劇作，亦高標沈璟在戲曲音律方面的技巧。例如評論《紅蕖記》「著意鑄裁，曲白工美」（《曲品校註》，頁 201）、《雙魚記》「《薦福碑》劇中北調尤佳」（《曲品校註》，頁 205）、《合衫記》「曲極簡質，先生最得意作也」（《曲品校註》，頁 207）、《鑿井記》「通本曲腔名，俱用古戲名串合者，此先生逞技處也」（《曲品校註》，頁 213），可以說，呂天成對沈璟教誨的服膺之心，是十分顯明的。

「諧音節者虧文采」本是傳奇劇作中普遍的現象，當時文人作家染指戲曲，多單求文采、不講音律；針對此一時風，何良俊提出「夫既謂之辭，寧聲協而辭不工，無寧辭工而聲不協」〔註 54〕的主張，而沈璟則更進一步強調

〔註53〕見王驥德《曲律》，卷三〈論曲禁第二十三〉，收於《歷代詩史長編二輯》第四冊，臺北：鼎文書局，民國 63 年 2 月初版，頁 130。

〔註54〕何良俊《曲論》列舉《拜月亭》、《呂蒙正》、《王祥》、《殺狗》、《江流兒》、《南

「寧律協而詞不工，讀之不成句，而謳之始協，是爲曲中之巧」〔註 55〕；雖是矯枉過正，但亦可見其挽時之苦心。

沈璟一生論曲專著甚多，主要有《南九宮十三調曲譜》二十一卷、《古今詞譜》二十卷、《南詞韻選》十九卷、《論詞六則》、《正吳編》一卷、《唱曲當知》和〔二郎神〕套曲等。他的戲曲格律論，系統地呈現於〔二郎神〕套曲和《南九宮十三調曲譜》中；〔二郎神〕套曲闡述沈璟對傳奇劇作格律方面的原則、看法，《南九宮十三調曲譜》則是其具體化。《南九宮十三調曲譜》是一部崑曲格律譜，也是廣義的南曲譜，乃沈璟本前人蔣孝《九宮十三調譜》加以增訂而成，以資作爲曲家選曲定牌的原則。他以八十多部舊傳奇和當代人的作品及部份唐宋詞爲依據，廣采博收，考訂了《南九宮》六百五十二支曲的來歷，同時又在失傳或將要失傳的《十三調》五百零三支舊曲中增補了六十七支，使其復行於世。具體地說，《南九宮十三調曲譜》爲新傳奇劇作所建立的格律體系約可包括宮調曲牌、句式、聲律音韻、板眼等四個方面。

在宮調曲牌方面，沈璟重新審定了各宮調曲牌的歸屬，並參補新調，對近六十支曲牌作了更易修正，調換《九宮十三調譜》中引證不恰當的曲文近百支〔註 56〕；一個曲牌而有兩種以上句式者，沈璟以「又一調」的方式注出；未能考明本調和犯調來源的，則以存疑處理。在句式方面，沈璟在《南九宮十三調曲譜》中十分仔細地分別每支曲子的「正字」和「襯字」，指出規範的句法，並特別強調了曲律與詩詞格律的區別〔註 57〕，對於北曲混入南曲而造成句式方面的混亂，沈璟亦細細加以辨正〔註 58〕。在聲律、音韻方面，沈璟

西廂》、《翫江樓》、《子母冤家》、《詐妮子》等九種南戲，說：「此九種，即所謂戲文，金、元人之筆也，詞雖不能盡工，然皆入律，正以其聲之和也。夫既謂之辭，寧聲協而辭不工，無寧辭工而聲不協。」收於《歷代詩史長編二輯》第四冊，臺北：鼎文書局，民國 63 年 2 月初版，頁 12。

〔註 55〕語見呂天成《曲品》，卷上〈新傳奇品〉論湯、沈所錄《曲品校註》，頁 37。

〔註 56〕參見王古魯〈蔣孝舊編南九宮譜與沈璟九宮十三調曲譜〉一文，收於《金陵學報》第三卷第二期。

〔註 57〕例如《南九宮十三調曲譜》，卷四〔正宮・玉芙蓉〕沈璟批注：「第一句還該用韻」，宋詞此詞牌的第一句是不用韻的。同卷〔正宮・喜遷鶯〕沈璟批注：「與詩餘同，但少換頭。」卷一〔仙呂・桂枝香〕沈璟批語：「第五、六句用韻亦可，第九句不用韻亦可，但第三句不可用韻。」卷八〔中呂・菊花新〕沈璟批注：「第一句，第二句，與詩餘不同。」

〔註 58〕例如《南九宮十三調曲譜》，卷十四〔黃鐘・點絳唇〕沈璟批注：「此調乃南引子，不可作北調唱。北調第四句『平仄平平』，南曲第四句『仄平平仄』。

強調「平音窘處，須巧將入韻埋藏」、「詞中上聲還細講，比平聲更覺微茫。去聲正與分天壤，休混把仄聲字填腔」、「若是調飛揚，把去聲兒填它幾字相當」〔註 59〕等原則〔註 60〕；在板眼方面，沈璟《南九宮十三調曲譜》強調板眼「必錄聲校定」，以期「一人唱，萬人和，……如出一轍」〔註61〕，要求曲家在組織曲文時就考慮到演唱的實際性，力求二者協調。

從整體上看，沈璟的戲曲格律論所闡述的各部份均統一於「聲律」這個中心。《南九宮十三調曲譜》採摘新舊諸曲的原則在於「凡合於四聲、中於七始，雖俚必錄」〔註62〕；在〔二郎神〕套曲中，沈璟亦特別強調「名爲樂府，須教合律接腔」的重要性；並認爲《琵琶記》聲律上的優點就在於「用得變化，唱來和諧」〔註 63〕，從「唱來和諧」肯定其在聲律上的變化。再看沈璟

北無換頭，南有換頭；北第一、第二句用韻，南直第三句方用韻」。

〔註59〕俱見沈璟〔二郎神〕套曲，附刻於《博笑記》，卷首。

〔註60〕沈璟的聲律論中最值得注意的，是被他稱爲「詞隱先生獨秘方，與自古詞人不爽」的所謂「入聲可代平聲」的理論。王驥德論四聲時曾不滿意此點，《曲律》，卷二〈論平仄〉說：「詞隱謂『入可代平』爲獨泄造化之秘；又欲令作南曲者悉遵《中原音韻》，入聲亦止許代平，餘以上、去相間。不知南曲與北曲正自不同，北則入無正音，故派入平、上、去之三聲，且各有所屬，不得假借；南則入聲自有正音，又施於平、上、去之三聲，無所不可。大抵詞曲之有入聲，正如藥中甘草，一遇缺乏，或平、上、去三聲字面不妥，無可奈何之際，得一入聲，便可通融打渾過去。」王驥德所論不無道理，但實是沈璟的理論的繼續，由平聲擴展到上、去聲而已。沈璟精於四聲而不諳陰陽之別，可是，從南曲四聲理論的發展過程看，他是第一個提出入聲可代平聲，啓示了後來者在這個領域的研究。沈寵綏、李漁、毛先舒正是在他之後豐富和完善了南曲入聲代替其它三聲的理論的。更有意義的還在於入聲可代平聲的理論，使沈璟的四聲理論較前代有了特殊價值。周德清論作詞十法，朱權論作樂府切忌有傷音律，皆就北曲而言，並且未及四聲；徐渭講到南曲，希望以宋人詞曲爲本，沒有畫出詞與曲的界限。而沈璟所謂的四聲，不再是宋人詞曲的四聲；因爲所謂入聲代平，是根據唱曲的原理提出的。明人沈伯時《度曲須知》就這一點說得十分清楚：「入聲之所以可代平聲，是因爲讀則有入，唱即非入，如『一』字，『六』字，讀之入聲也，唱之稍長，『一』即爲『衣』，『六』即爲『羅』矣，故入聲爲仄，反可代平。」由此觀之，沈璟提出的「入聲可代平聲」的聲律理論，雖未能完全闡明南曲四聲相互間的關係，但標誌著南曲四聲的理論已跳出詩詞四聲理論的範圍，成爲與唱曲直接聯繫的聲律理論。

〔註61〕見李鴻《南詞全譜・序》。

〔註62〕同註 61。

〔註63〕語見呂天成《曲品》，卷下〈傳奇品〉「神品一《琵琶記》條」，《曲品校註》，頁 163。

《南九宮十三調曲譜》附錄〔巫山十二峰〕注有言：「『上小樓』，『上』字用在『小』字上，若唱上聲，不美聽，只得唱去聲矣。」較之前輩戲曲家，沈璟明確提出了「美聽」的藝術審美要求。綜觀之，沈璟的「合律依腔」主張，旨在把戲曲的兩次創造統一起來，使傳奇家的劇本成爲道道地地的「場上之曲」，取得「美聽」的最佳舞台效果，沈璟的著眼點在於此。

沈璟要求戲曲必須「合律依腔」是正確的。戲曲語言的舞台演出性，決定了它本身不能直接作用於人們的視覺器官，而必須通過演唱說白作用於人們的聽覺器官，因此戲曲語言的文詞對聲律有著較大的依賴性。沈璟提出戲曲語言不是「讀」的，而是「謳」的；呂天成承繼師志，於評騭劇作時強調戲曲音律的重要性，頗能切中文人因趨慕風雅、宣泄才情而創作傳奇時不諳音律、忽視演唱的弊病，有利於劇作的健康發展。

第三節　雙美說

明神宗萬曆十七年（1589），沈璟辭官返回吳江，專心研究曲學，並創作了《屬玉堂傳奇》；而湯顯祖也於萬曆二十六年（1598）棄官歸回臨川，於此年完成了《還魂記》（即《牡丹亭》）。從崑山腔的格律來看，《牡丹亭》大量存在悖律乖腔的現象；爲了「便吳歌」，沈璟遂對《牡丹亭》作了一番改訂，題名爲《同夢記》，後由呂胤昌送交給湯顯祖觀看，引起湯顯祖的強烈不滿，論爭由是而起。王驥德《曲律》卷四〈雜論第三十九下〉敘述當時的情形說：

> （吳江）曾爲臨川改易《還魂》字句之不協者，呂吏部玉繩（鬱藍生尊人）以致臨川，臨川不懌，復書吏部曰：「彼惡知曲意哉！余意所至，不妨拗折天下人嗓子。」其志趣不同如此。〔註64〕

湯顯祖〈答凌初成〉也說：

> 不佞《牡丹亭記》大受呂玉繩竄改，云便吳歌。不佞啞然笑曰：「昔有人嫌摩詰之冬景芭蕉，割蕉加梅，冬則冬矣，然非王摩詰冬景也。其中駘蕩寅夷，轉在筆墨之外耳。」

湯顯祖起初以爲是呂胤昌改刪了《牡丹亭》；後來沈璟聽聞湯顯祖譏斥的言

〔註64〕參見王驥德《曲律》，收於《歷代詩史長編二輯》第四冊，臺北：鼎文書局，民國63年2月初版，頁164。

語，作了《二郎神》套曲反脣相譏（〔二郎神〕套曲中有言：「說不得才長，越有才，越當著意斟量。」），湯、沈之間的論爭遂愈演愈烈。

「臨川尚趣」，而「吳江守法」〔註 65〕；詞隱先生「矜格律」，而清遠道人「擅才情」〔註 66〕，湯顯祖與沈璟對於戲曲藝術的觀點和傳奇創作的看法是大相逕庭的。由於各自堅持著自己的曲學主張，於是在學術爭鳴中顯得針鋒相對〔註 67〕。誠如時人所言，「臨川之于吳江，故自冰炭」〔註 68〕；「水火既分，相爭幾于怒詈。」〔註 69〕

「湯沈之爭」的一大特點是中晚明時期的戲曲作家和曲論家，幾乎都捲入了這場曲學爭鳴，例如後來被研究者歸入吳江派的呂天成、王驥德、范文若、馮夢龍、沈自晉等，以及沈德符、祁彪佳、徐復祚、凌濛初、沈寵綏、張琦、孟稱舜等，均從各個方面、各個角度繼續深入地探討。其所討論的不只是傳奇劇作的思想內容與音律、文詞等形式的關係；也涉及到對湯顯祖的劇作和沈璟《屬玉堂傳奇》的評價問題。湯、沈二人皆為著名曲家，既精通戲曲藝術的三昧，又有自己的曲學主張。湯顯祖針對沈璟嚴守音律的曲論，曾不客氣而偏頗地說：「彼烏知曲意哉？余意所至，不妨拗折天下人嗓子。」〔註 70〕沈璟則在〔二郎神〕套曲中聲稱「寧使時人不鑒賞，無使人撓喉捩嗓，說不得才長，越有才越當著意斟量」、「縱使詞出繡腸，歌稱繞樑，倘不諧音律也難褒獎」，雖未指名道姓，卻顯而易見是針對湯顯祖而發的。縱然如此，湯、沈二人並不因為論爭而否定對方的一切。沈璟以曲界極富威望的身份，仍對湯顯祖的文采風流十分推崇；他改作《牡丹亭》也只是認為它不合崑曲音律，並不非議它的內容和文詞，更沒有否定它的價值〔註 71〕。湯顯祖才名顯赫曲壇，其《牡丹亭》幾令《西廂》減價，「三夢」亦都有極大的迴響；但他也肯定「吳中曲論良是」，既沒有一筆抹煞沈璟的曲學主張，亦自知短處和病處〔註 72〕；當他聽到孫如法說：「嘗聞伯良豔稱公才，而略短于法」時，即

〔註 65〕同註 64。
〔註 66〕語見沈寵綏《絃索辨訛・序》。
〔註 67〕參見本文第三章第三節〈明初至萬曆年間戲曲理論及批評的發展內涵〉。
〔註 68〕同註 64。
〔註 69〕語見沈自有〈鞠通生小傳〉。
〔註 70〕見呂天成《曲品》「論沈、湯」條，《曲品校註》，頁 37。
〔註 71〕參見沈自晉《南詞新譜》「采新聲」條。
〔註 72〕凌濛初《譚曲雜箚》說：「（湯義仍）至於填調不諧，用韻龐雜，……則乃拘於方土，不足深論。……義仍自云：『駘蕩淫夷，轉在筆墨之外，佳處在此，

回答說：「良然。吾茲以報滿抵會城，當邀此君共削正之。」〔註 73〕由此可見，湯沈爭論激烈，但亦不失相互尊重。

隨著「湯沈之爭」的逐步深入，出現了第三種曲學主張，這就是呂天成所提倡的「守詞隱先生之矩矱，而運以清遠道人之才情」的「雙美說」〔註 74〕。呂天成服膺沈璟，是吳江曲派的重要成員；但當他認眞地研究了湯、沈二人的戲曲理論和傳奇創作之後，對這兩位戲曲大師的長處和弱點，以及反映在他們的戲曲理論和傳奇創作上的成就和局限，作出了實事求是的評論，逕而提出了沈律、湯詞合之雙美的曲學新主張。持有類似美學見解的曲論家，如王驥德、祁彪佳、孟稱舜等，都提出了熔文辭與音律爲一爐的戲曲創作主張。王驥德認爲，戲曲的神品「必法與詞兩擅其極」，戲曲語言既要「可歌」，又要「可讀」，是演唱性和文學性的統一〔註 75〕；而屬於吳江派的祁彪佳盡管標舉「論詞以律爲主」〔註 76〕，卻也強調指出：「詞律嚴整，再得詞情紆宛，則兼善矣。」〔註 77〕屬於玉茗堂派的孟稱舜則在談到自己選劇標準時，雖提出「以詞足達情者爲最，而協律者次之」，但仍明確表白：「可演之台上，亦可置之案頭觀賞者，其以此作《文選》諸書讀可矣。」〔註 78〕可以說，融和沈律、湯詞已是當時有識曲家的普遍認知。

對於沈、湯二人，曲論家們評論甚多〔註 79〕；呂天成《曲品》將二賢同

病處亦在此。』鄙未嘗不自知。」見凌濛初《譚曲雜箚》，收於《歷代詩史長編二輯》第四冊，臺北：鼎文書局，民國 63 年 2 月初版，頁 254。

〔註 73〕見王驥德《曲律》，卷四〈雜論第三十九下〉，收於《歷代詩史長編二輯》第四冊。

〔註 74〕語見呂天成《曲品》「論沈、湯」條，《曲品校註》，頁 37。

〔註 75〕參見王驥德《曲律》，卷四〈雜論第三十九下〉，收於《歷代詩史長編二輯》第四冊。

〔註 76〕參見祁彪佳《遠山堂曲品・具品》論《麬隼記》，收於《歷代詩史長編二輯》第六冊，頁 108。

〔註 77〕參見祁彪佳《遠山堂劇品・雅品》論《三義成姻》，同註 76，頁 159。

〔註 78〕參見孟稱舜《古今名劇合選・序》，收於《古今名劇合選序》，卷首。

〔註 79〕王驥德《曲律・雜論第三十九下》讚賞沈璟「力障狂瀾」、中興曲律之功，「良不可沒」。他說：「松陵詞隱沈寧庵先生，諱璟。其於曲學、法律甚精，汎瀾極博。斤斤返古，力障狂瀾，中興之功，良不可沒。……生平故有詞癖，每客至，談及聲律，輒娓娓剖析，終日不置。」論湯顯祖也指稱湯氏「置『法』字無論」：「臨川湯奉常之曲，當置『法』字無論，盡是案頭異書。所作五傳，《紫簫》、《紫釵》第脩藻豔，語多瑣屑，不成篇章；《還魂》妙處種種，奇麗動人，然無奈腐木敗草，時時纏繞筆端；至《南柯》、《邯鄲》二記，則漸削蕪纇，俛就矩度；布格既新，遣詞復俊。其掇拾本色，參錯麗語，境往神來，

列爲〈新傳奇品〉中的「上上品」；唯一的差別是——「首沈而次湯」。之所以如此排名，呂天成有其考量的憑藉。他從家世、生平、戲曲生活、人格品性等各方面來闡述沈璟，所側重在於沈璟中興曲律之功，「此道賴以中興，吾黨甘居北面」〔註80〕；而之於湯顯祖，呂天成則十分讚賞其「才」之難得〔註81〕，稱譽湯氏「情癡一種，固屬天生；才思萬端，似挾靈氣。……信非

巧湊妙合，又視元人別一谿境，技出天縱，匪由人造。使其約束和鸞，稍閑聲律，汰其賸自累語，規之全瑜，可令前無作者，後鮮來哲，二百年來，一人而已。」王驥德深切明白湯、沈二人曲學主張的差異何在，他說：「臨川之於吳江，故自冰炭。吳江守法，斤斤三尺，不欲令一字乖律，而毫鋒殊拙；臨川尚趣，直是橫行，組織之工，幾與天孫爭巧，而屈曲聱牙，多令歌者齚舌。」並引用呂天成所言「臨川近狂，而吳江近狷」爲其對二人論爭的定論。沈寵綏在《絃索辨訛・序》中分別推崇「矜格律則推詞隱，擅才情則推臨川」，但他也深知兩人亦各有局限。爲此，沈寵綏感嘆「作者固難，知音者更自不易」，而做到沈律、湯詞兼美更是難上加難。凌濛初《譚曲雜劄》也指出，湯顯祖「頗能摹仿元人，遠以俏思，盡有酷肖處，而尾聲尤佳；惜其使才自造，句腳、韻腳所限，便爾隨心胡湊，尚乖大雅。」沈璟則「審于律而短于才，亦知用故實、用套語之非宜，作當家本色語，卻又不能，直以淺言俚句，掤拽牽湊。」孟稱舜《古今名劇合選・序》褒湯貶沈的傾向非常鮮明，認爲「工於詞者，不失才人之勝，而專尚諧律者，則與伶人教師登場演唱者何異？」可是，他也公正地指出：「沈寧庵崇尚諧律，而湯義仍專尚工辭，二者俱爲偏見。」張琦《衡曲麈譚》認爲湯詞、沈律如能兼美，則「辭、調兩到，詎非盛事與？惜乎其難也！」沈永隆同樣認爲湯詞、沈律合則雙美，離則兩傷。《南詞新譜・後敘》說：「兩家意不相侔，蓋兩相勝也。豪俊之彥，高步臨川，則不敢畔松陵三尺；精研之士，刻意松陵，而必希獲臨川片語，亦見夫合則雙美，離則兩傷矣。」

〔註80〕《曲品》，卷上〈新傳奇品・上上品〉論沈璟說：「沈光祿金張世裔，王謝家風，生長三吳歌舞之鄉，沉酣勝國管絃之籍。妙解音律，兄妹每共登場；雅好詞章，僧妓時招佐酒。束髮入朝而忠鯁，壯年解組而孤高。卜業郊居，遯名詞隱。嗟曲流之汎濫，表音韻以立防；痛詞法之蓁蕪，訂全譜以闢路。紅牙館內，謄套數者百十章；屬玉堂中，演傳奇者十七種。顧盼而煙雲滿座，咳唾而珠玉在毫。運斤成風，樂府之匠石；游刃餘地，詞部之庖丁。此道賴以中興，吾黨甘居北面。」見《曲品校註》，頁30。

〔註81〕《曲品》，卷上〈新傳奇品・上上品〉論湯顯祖說：「湯奉常絕代奇才，冠世博學。周旋狂社，坎坷宦途。雷陽之謫初還，彭澤之腰乍折。情癡一種，固屬天生；才思萬端，似挾靈氣。搜奇《八索》，字抽鬼泣之文；摘豔六朝，句疊花翻之韻。紅泉秘館，春風檀板敲金；玉茗華堂，夜月湘簾飄馥。麗藻憑巧腸而濬發，幽情逐彩筆以紛飛。蘧然破噩夢於仙禪，皭然銷塵情於酒色。熟拈元劇，故琢調之妍俏賞心；妙選佳題，故賦景之新奇悅目。事刁斗，飛將軍之用兵；亂墜天花，老生公之說法。信非學力所及，自是天資不凡。」見《曲品校註》，頁34。

學力所及，自是天資不凡」。湯顯祖曲才縱橫，早爲當時曲家所肯定。王驥德稱揚他是「二百年來，一人而已」〔註82〕。以湯顯祖的「絕代奇才」，必有深刻的人生歷練，不斷地從古籍與生活經驗中學習，方能有此成就。呂天成並未忽視湯顯祖的苦心學習。他說：

> （湯顯祖）搜奇《八索》，字抽鬼泣之文；摘豔六朝，句疊花翻之韻。……熟拈元劇，故酌調之妍俏賞心；妙選佳題，故賦景之新奇悅目。（《曲品校註》，頁 34）〔註83〕

但是，呂天成在暢述沈、湯二人的差異後，同時標舉二人爲「千秋之詞匠」，曲學由此二賢而大昌：「天壤間應有此兩項人物。不有光祿，詞硎弗新；不有奉常，詞髓孰抉？」然後再進一步說明：「予之首沈而次湯者，挽時之念方殷，悅耳之教寧緩也。略具後先，初無軒輊。」（《曲品校註》，頁 37）「挽時之念方殷」爲呂天成「首沈而次湯」的主要原因，著重點在於沈璟製定曲律之功。沈璟的戲曲格律理論，是我國戲曲形式理論發展的一個重要階段；其最大貢獻在於第一次爲以崑曲爲主體的新傳奇建立了較爲完善的格律體系，順應了自魏良輔改革崑腔、蔣孝編輯南曲舊譜等建構新傳奇格律體系的時代要求，奠定了明清兩代新傳奇發展繁榮的基礎；呂天成所謂的「挽時」之意即在於此。

從明・萬曆至清・康熙年間，我國古典戲曲理論批評進入了碩果累累的大豐收時期。「湯沈之爭」這場曲學爭鳴既開闊了曲家的思路，也豐富了專著的內容。沈律、湯詞合之雙美的主張日臻完善，對於明末清初戲曲創作及戲

〔註82〕王驥德《曲律・雜論第三十九下》說：「（湯顯祖）掇拾本色，參錯麗語，境往神來，巧湊妙合，又視元人別一谿境，技出天縱，匪由人造。使其約束和鸞，稍閑聲律，汰其膦自累語，規之全瑜，可令前無作者，後鮮來哲，二百年來，一人而已。」語見王驥德《曲律・雜論第三十九下》，收於《歷代詩史長編二輯》第四冊，頁 165。

〔註83〕湯顯祖〈與陸景鄴〉說及自己的學習過程：「弱冠始讀《文選》，輒以六朝情寄聲色爲好，亦無從受其法也。規模步趨，久而思路若有通焉。」〈答張夢澤〉也說：「弟十七八歲時，喜爲韻語，已熟騷、賦、六朝之文。然亦時爲舉子業所奪，心散而不精。鄉舉後乃工韻語。」正因其熟讀六朝之文，所以湯顯祖的詩賦能夠摘豔六朝，文采斑爛。姚士粦《見只編》，卷中說：「湯海若先生妙於音律，酷嗜元人院本。自言篋中收藏，多世不常有，已至千種，有《太和正韻》所不載者。比問其各本佳處，一一能口誦之。」凌濛初《譚曲雜劄》稱湯顯祖「頗能摹倣元人，運以俏思，盡有酷肖處。」吳梅《顧曲麈談》也說：「湯海若士於胡元方言極熟，故北詞直入元人堂奧，諸家皆不能及。」

曲理論、批評的繁榮發展，極有促進作用。誠如吳梅所分析的，吳炳與孟稱舜是「以臨川之筆，協吳江之律」，呂天成、卜大荒、王驥德、范文若等是「以寧庵之律，學若士之詞」，至於馮夢龍、史槃、徐復祚等則「協律修辭，並臻美善」〔註 84〕。自此，呂天成所倡導的「守詞隱先生之矩矱，而傳以清遠道人之才情」，成爲文人傳奇創作的不二法門。明末茅瑛在《題牡丹亭記》中，從內容和形式統一的角度論述文辭與音律兼美，表達古代文藝中源遠流長的意與法辯證統一的文藝創作觀，說法極爲精到：

> 大都有音即有律；律者，法也，必合四音，中七始，而法始盡。有志則有辭；曲者，志也，必藻繪如生，顰笑悲涕，而曲始工。二者合則兼美，離則兩傷。〔註 85〕

明末、清初崛起於吳縣，以李玉爲傑出代表的曲派，其最重要的特點之一，就是在藝術上達到了「湯詞沈律」合之雙美的要求；再從清人李漁《閒情偶寄》的「詞曲部」和「演習部」，以及「南洪北孔」有關歷史劇的創作和排場敷衍等方面的論述中，都可以體察到湯詞、沈律雙美相結合的具體呈現。

〔註 84〕參見吳梅《中國戲曲概論》，卷中〈明人傳奇〉。
〔註 85〕語見茅瑛刻本《湯玉茗牡丹亭記》，卷首。

第七章　《曲品》的風教觀

綜觀明代曲家的議論，可以發現他們對戲曲風教觀的闡揚極其有心。劇作表現社會百態，與社會政治、現實生活和倫理道德密切相關，其包含了社會內容，並發揮風世功能。從「風世功能」的意義上看，曲家們要求戲曲必須涵攝政治規範、道德內容，也就是要求劇作內容必須具有思想性，其審美觀必須符合倫理道德之善的正確命題。這實際上是符合戲曲藝術所隱含的一種文學功能的基本特徵，而且也是古今中外的文學家所首肯和提倡的〔註1〕。這種淑世、風世的文人精神自古以來就已經爲聖賢所提倡。《論語》〈里仁篇〉中，孔子首標「士志於道」的精神，要求士人超越個體的利害得失，發展成對整體社會的深厚關懷；弟子曾參接著闡揚師教，提出「仁以爲己任」的抱負（見《論語・泰伯》）；孟子更進一步提出「天下有道，以道殉身；天下無道，以身殉道。」的口號，並且提出「道尊於勢」的觀念，要求士人「樂其道而忘人之勢」〔註2〕。文人以道爲己任，以天下興亡自任的使命意識，雖然在魏晉、南北朝時期稍見衰歇，但自宋・范仲淹倡導「士當

〔註1〕德國古典主義戲劇家萊辛認爲，一切文藝「都應使人變得較好些」（見《漢堡劇評》，上海譯文出版社，1981年版）；法國啓蒙主義戲劇家狄德羅激烈地宣稱戲劇對於鏟除偏見、追究罪惡、洗滌荒唐極爲有用：「假使政府在準備修改某項法律或者取締某項習俗的時候善於利用戲劇，那將是多麼有效的移風易俗的手段啊！」（見〈戲劇詩〉，收入《狄德羅美學論文選》，人民文學出版社）雨果在爲浪漫主義運動搖旗吶喊的時候，也曾簡單明瞭地強調：「劇院就是宣教台，劇院就是講壇」，「在舞台上永遠只演出富有教育和勸戒作用的東西」，「不應讓群眾得到一些沒有辛辣而深刻的道德教訓就走出戲院。」（轉引自余秋雨《戲劇理論史稿》，頁458）

〔註2〕見《孟子・盡心上》，臺北：世界書局，民國55年10月再版，頁557。

先天之憂而憂，後天下之樂而樂」的風範以後，又得以提昇，於宋、元、明、清時一直是文人的理想與豪情。從初明時期爲了鞏固統治階層的力量，或者從中、晚明時期朝政的衰頹，甚至於晚明東林黨人「國事、家事、天下事，事事關心」的情懷，及顧炎武「天下興亡，匹夫有責」的壯志，可以看出，明代曲家的戲曲風教觀既得力於傳統風範的發揚，也得力於時代精神的砥礪。

然而，使戲曲肩負起發揚道德、輔助教化的重任，並非始於明代曲家。自我國戲曲的雛型——唐五代參軍戲和歌舞戲發展開始，戲曲風教觀亦伴隨而生。崔令欽在《教坊記》中提出了戲劇伎藝「敦諭履仁，蹈義修禮」的「廉法之美」說〔註3〕；杜佑在《通典》中提出了戲劇伎藝「感人深，乃移風俗」、「將欲閉其邪，正其頹，惟樂而已矣」的「善人心」說〔註4〕；到了宋代，洪邁明確肯定「固優戲而箴諷時政」〔註5〕的積極作用；耐得翁和吳自牧稱揚雜劇「本是鑒戒，或隱爲諫諍」，「蓋亦寓褒貶於世俗之眼也」〔註6〕。元代是中國戲曲的黃金時代，也是戲曲觀念逐漸趨於成熟的時代，在程朱理學思想的影響下，戲曲用以載道、風世的觀念得到明確的提倡和空前的重視〔註7〕。如楊維楨認爲，戲曲必須表現「君臣夫婦仙釋氏之典故，以警人視聽」，使人們知曉「古今美惡成敗」以懲戒自己的言行〔註8〕；夏庭芝進而指出，元雜劇之所以遠遠高於唐之傳奇、宋之戲文、金之院本，乃是因爲它不僅止於「謔浪調笑」，而且表現了君臣、母子、夫婦、兄弟、朋友等倫理道德內容，「皆可以厚人倫，美風化」〔註9〕。而高明所標舉的「不關風化體，縱

〔註3〕語見唐・崔令欽《教坊記》，收於民國・楊家駱主編，《歷代詩史長編二輯》第一冊，臺北：鼎文書局，民國63年2月初版，頁6。

〔註4〕語見杜佑《通典》，上海商務出版社，民國24年初版，頁156。

〔註5〕《夷堅支志》乙集卷四、《四庫全書》本。

〔註6〕見耐得翁《都城紀勝・瓦舍伎藝》及吳自牧《夢梁錄》，卷二十〈百戲伎藝〉。

〔註7〕郭英德《明清文人傳奇研究》第四章〈明清文人傳奇作家的文學觀念〉說：「劇作家們的文以載道觀之所以根深蒂固，最重要的原因，是中國文人階層群體在心理素質上過份形成了對政治的依附感和認同感。這種對政治的依附感和認同感，可以溯源於先秦時代的士形成獨立階層時所秉賦的群體意識與心態特質，而唐宋以降科舉制度的穩定性對比更起了極大的強化作用。當然，中國宗法制度的傳承不衰和中華民族特重人倫關係的性格特徵，也給文以載道觀的繁殖傳播，提供了良好的氣候條件。」（北京師範大學出版社，頁150）

〔註8〕見《東維子文集》，卷十一〈沈氏今樂府・序〉。

〔註9〕見《青樓集・志》，收於《青樓集》，卷首，《歷代詩史長編二輯》第二冊。

好也徒然」〔註 10〕的戲曲審美價值觀，不僅在初明影響了《五倫全備記》和《香囊記》等劇作的創作意識，也連帶引發曲家們對《琵琶記》、《拜月亭》和《西廂記》高下之辨的論爭。

這場激烈的論爭，自明、嘉靖、隆慶年間的何良俊和王世貞始，至清代中葉時仍爭論不休；基本上它分化出兩個對立的派別：主張揚《琵琶記》而抑《拜月亭》、《西廂記》的，有王世貞、徐渭、呂天成、陳繼儒、王思任、毛聲山、劉廷機、李調元等人；主張抑《琵琶記》而揚《拜月亭》、《西廂記》的，則有何良俊、胡應麟、李贄、臧懋循、沈德符、徐復祚、凌濛初、黃圖珌、陳棟等人。而論爭所衍生出的問題之一，就是戲曲應該表現「風情」，還是宣揚「風教」。

首先王世貞批評《拜月亭》「既無風情、又無裨風教」〔註 11〕，徐渭則指斥《西廂記》「畢竟只寫得男女繾綣之私」，而「《琵琶》高人一頭處，妙在將妻戀夫、夫戀妻，都寫作子戀父母，婦戀舅姑。……此其不淫不傷，發乎情、止乎禮義者也」〔註 12〕；而呂天成在標舉《琵琶記》的風教觀時，也有意地將《琵琶記》「調之不倫、韻之太雜」〔註 13〕的缺憾輕輕帶過，轉而盛讚高明：

> 能作爲聖，莫知乃神。……意在筆先，片語宛然代舌；情同境轉，一段眞堪斷腸。化工之肖物無心，大冶之鑄金有式。關風教特其粗耳，諷友人夫豈信然？勿洽於北劇之《西廂》，且壓乎南聲之《拜月》。（《曲品校註》，頁 5）

在教育尚未普及之時，劇場可以說是另一種形式的學校。俚俗的語言本來就容易爲村夫野老所接受，配合聲腔動作，搬演悲歡離合，尤其能感人。「田畯工女，聞之而躍然喜，悚然懼」，伶人就在演戲的過程中，無意間地教忠、教

〔註 10〕見《琵琶記》第一齣副末開場〔水調歌頭〕；張鳳翼〈刪正琵琶記序〉也說：「誠感發人心之一機，而裨益風教之要物也。」收於《處實堂續集》，卷二。

〔註 11〕王世貞《曲藻》說：「《琵琶記》之下，《拜月亭》……亦佳。元朗謂勝《琵琶》，則大謬也。中間雖有一、二佳句，然無詞家大學問，一短也；既無風情，又無裨風教，二短也；歌演終場，不能使人墮淚，三短也。」收於《歷代詩史長編二輯》第四冊，頁 34。

〔註 12〕見《成裕堂繪像第七才子書》琵琶記卷之一〈前賢評語〉所引。

〔註 13〕《曲品》將《琵琶記》列爲「神品一」，其中有言：「詞隱先生常謂予曰：『東嘉妙處全在調中平、上、去聲字用得變化，唱來合協。至於調之不倫，韻之太雜，則彼已自言，不必尋數矣。』」見《曲品校註》，頁 163。

孝，肩負起傳播民族歷史文化的重任，「風教觀」因此也成了評論戲曲優劣的重點之一。所謂「不關風化體，縱好也徒然」，這種「寓教於樂」的觀點，揭示了藝術的功能價值，正是〈詩大序〉以來的「風化」之旨。

另外，呂天成又讚賞《精忠記》「詞簡淨」，且深受岳飛精神感動，慨歎忠臣壯志難申，故而直欲「作一劇，不受金牌之召，直抵黃龍府，擒兀朮，返二帝，而正秦檜法。」〔註 14〕在呂天成自身所想要達到的圓滿結局下，有意識地改造史實，並引以爲生平一大快事。同樣地，對於沈璟《十孝記》中一口氣舖演黃香、張孝、張禮、緹縈、韓伯瑜、郭臣、閔損、王祥、薛包、徐庶等十人的孝親故事〔註 15〕，呂天成也以「大快人意」表達自己的讀後感〔註 16〕；而舖演陶潛和李密故事的《節孝記》，呂天成則以「事佳」評述之〔註 17〕，用以明陶潛〈歸去辭〉和李密〈陳情表〉此等千古至文，其事甚佳，合演之，正想見作者高濂的胸次〔註 18〕。至於曲友卜大荒《冬青記》中舖演王修竹、唐玉潛、林景熙收葬南宋諸帝遺骸事〔註 19〕，其事本爲人所隱晦，以致泯泯不白；後經卜大荒作劇，方得彰顯〔註 20〕，而呂天成也引用了

〔註 14〕見《曲品校註》，頁 186。《精忠記》，《南詞敘錄・本朝》題爲《岳飛東窗事犯》，敘述岳飛故事。宋元南戲及元雜劇均有《秦太師東窗事犯》等相關劇作，《精忠記》據此改編。

〔註 15〕〈十孝〉演黃香、張孝、張禮、緹縈、韓伯瑜、郭臣、閔損、王祥、薛包、徐庶等十人的孝親故事。此劇今無傳本，僅《群音類選》，卷二十四收錄有《黃香扇枕》、《兄弟爭死》（《南詞新譜》，卷八有〈尾犯玉芙蓉〉「擁眾在林麓」）、《緹縈救父》、《伯瑜泣杖》、《郭臣埋兒》、《衣蘆御車》、《王祥臥冰》、《張式免死》、《薛包被逐》（《南詞新譜》，卷八有〈中呂駐馬泣〉「一向著迷」）、《徐庶見母》（《南詞新譜》，卷一有〈仙呂羅袍歌〉「誰許非吾龍種」）等。

〔註 16〕呂天成《曲品》評《十孝記》曰：「有關風化，每事三折，似劇體，此是先生創之。末段徐庶返漢，曹操被擒，大快人意。」見《曲品校註》，頁 204。

〔註 17〕呂天成《曲品》評《節孝記》曰：「陶潛之〈歸去〉，李密之〈陳情〉，事佳。分上下帙，別是一體。詞隱之〈奇節〉亦然。」見《曲品校註》，頁 312～313。

〔註 18〕祁彪佳《遠山堂曲品》「能品」則另針對《節孝記》的實際演出情形加以批評：「但於二公生平概矣，未現精神。且〈賦歸〉十六折，而陶凡十五出；〈陳情〉十六折，而李凡十三出；不識場上勞逸之節。」

〔註 19〕本事見陶宗儀《南村輟耕錄》，卷四〈發宋陵寢〉。

〔註 20〕卜大荒〈題義士手題冬青樹〉詩小引說：「按棘津《曲品》收《冬青記》，並載其友方諸生之言，曰：『當日瘞骸事，實我邑王監部名英孫號修竹者爲之。蓋王本國戚，又世家也，若挺身以前，慮敗泄罹禍。時唐玉潛、林景熙德暘、謝皋羽翱諸人，皆其館客。王特捐貲，募里閈少年，挾二士經紀其間。王固自諱，人即但傳唐與林也。今幸漸白於世。雜見王氏家傳暨勝國張孟兼、恐希魯（普）、趙子常〈跋謝翱《冬青樹》引〉，又李長沙《辨義錄》。近張太史

王驥德所說的「大爲義士吐氣」來表述自己的心得。〔註21〕

可以說，曲家們注重文學的思想內容和教化功能，是我國文人作家具有自覺而嚴肅的文學創作態度和文學責任感的表現，它同時也賦予文學作品一種與眾不同的高度道德風尚。明代曲家贊同劇作中應宣揚倫理道德精神者，均大力主張傳奇劇作必須滲透政治倫理，飽含道德內容，發揮教化功能。張之炯認爲，「首重風化，兼寓言詮」〔註22〕；陳瀾宣稱，「志於勸善是第一義」〔註23〕；范世彥聲明，要以《磨忠記》顯露魏忠賢的罪惡，「以題揚聖德」、「防範人心」〔註24〕；王驥德更要求作家說：

> 古人往矣，吾取古事，麗今聲，華袞其賢者，粉墨其慝者，奏之場上，令觀者藉爲勸懲興起，甚或扼腕裂眥，涕泗交下，此方爲有關世教文字。若徒取漫言，既已造化在手，而又未必其新奇可喜，亦何貴漫言爲耶？此非腐談，要是確論。故不關風化，縱好徒然，此《琵琶》持大頭腦處，《拜月》祇是宣淫，端士所不與也。〔註25〕

曲家們清楚地認識戲曲藝術具有通俗性、群眾性、直接性等特徵，因而「動人最切、較之老生擁皋比、講經義，老衲登上座。說佛法，功效百倍。」〔註26〕即使同樣是文學藝術，戲曲則比他種文學藝術多了更親近於民的風世功用。祁彪佳也說：

> 天下之可興、可觀、可群、可怨者，其孰過於曲哉！蓋詩以道性情，而能道性情者莫如曲。曲之中有言乎忠孝節義可歌可泣之事者焉，則雖稚童愚婦見之，無不擊節而慢舞；有言乎奸邪淫慝可怒可殺之事者焉，則雖稚童愚婦見之，無不恥笑而唾罵。自古感人之深而動

修《會稽新志》內載唐、林四絕，繫修竹倡之，諸人屬和者。修竹亦才士，詩極慷慨淋漓，著有《王修竹集》，林有《霽山集》，謝有《晞髮集》，其間屬和篇章，歷歷可證。不然，唐一窮學究，林一羈旅客，安所得措手於毒髡烈焰中，而保一木卒無恙耶？』今己未初夏七日，予客遊其地，往弔六陵，拜雙義祠，漫占一絕，並勘明此段公案。」見沈季友《檇李詩繫》，卷十八。

〔註21〕見《曲品校註》，頁241。

〔註22〕見《玉杵記・凡例》，《玉杵記》，卷首，明萬曆間浣月軒刊本。

〔註23〕《勸善記・跋》，鄭之珍《勸善記》，卷末，明萬曆間高石山房原刊本。

〔註24〕《磨忠記・序》，《磨忠記》，卷首。

〔註25〕見王驥德《曲律》，卷四〈雜論〉第三十九下，《歷代詩史長編二輯》第四冊，頁160。

〔註26〕劉念台《人譜類記》，卷下，引自郭英德《明清文人傳奇研究》，北京師範大學出版社，頁155。

人之切，無過於曲者也。〔註27〕

在「塡詞雖云末技，實能爲古人重開生面，闡揚忠孝節義，寓勸懲，乃爲可貴」〔註28〕的簡潔揭示中，在「傳奇之作，義取勸懲，事關風雅」、「可以代警夢之鐘，可以當消災之艾，可以作徇路之木鐸，可以等覺世之金經」〔註29〕的讚譽聲中，劇作除了自身的文化生命之外，輔助教化也成爲文人有意爲之的目的之一了。

再進一步探究《曲品》的風教觀，可以發現，呂天成並非認爲只要是講述忠孝節義的劇作就全是佳作。他批評邱濬「大老雖尊、鴻儒近腐」〔註30〕，乃是因爲邱濬以一儒生，爲倡導忠孝節義觀而作的《五倫全備記》，欲在一記之中，盡述五倫，借副末開場洋洋數百字，來宣揚自己的道德理念〔註31〕，而其本事，卻又無所依據，乃一虛構之作，故終難免於酸腐之譏。因此呂天成也評論《五倫全備記》「造揑不新，知老筆之已鈍；主張頗大，庶末俗之可

〔註27〕見祁彪佳《孟子塞五種曲・序》。

〔註28〕語見金兆燕《旗亭記・凡例》，《旗亭記》，卷首，乾隆間寫刊本。

〔註29〕語見查昌甡等《惺齋五種總跋》，《新曲六種》，卷首。

〔註30〕呂天成《曲品》評論邱濬說：「邱濬山大老雖尊，鴻儒近腐。閒情賦罷，元亮原是趣人；雙文句刪，微之且爲薄倖。乍辭幄講，亟譜家詞。造揑不新，知老筆之已鈍；主張頗大，庶末俗之可風。」(《曲品校註》，頁18)

〔註31〕邱濬想利用戲曲形式宣揚倫理道德，達到其勸化世人、維護綱常名教之目的。《五倫全備記》副末開場云：「這三綱五倫，人人皆有，家家都備。只是人在世間，被那物欲牽引，私意遮蔽了，所以爲子有不孝的，爲臣有不忠的，父母有不慈的，兄弟有不和的，夫妻有不相得的，朋友有不相信的。是以聖賢出來，做出經書，教人習讀，做出詩章，教人歌誦，無非勸化世人，使他個個都盡五倫的道理。然經書都是論說道理，不如詩歌吟詠性情，容易感動人心。曾見古時老先生，每說古人之詩如今人之歌曲……今人做的律絕選詩，說與小人婦女，也不知他說個甚的。若是今世南北歌曲，雖是街市子弟，田裏農夫，人人都曉得唱念，其在今日亦如古詩之在古時，其言語既易知，其感人尤易入。近世以來做成南北戲文，用人搬演，雖非古禮，然人人觀看，皆能通曉，尤易感動人心，使人手舞足蹈，亦不自覺。但他做的多是淫詞豔曲，專說風情閨怨，非惟不足以感化人心，倒反被他敗壞了風俗。間或有一兩件關係風化，亦只是專說一件事，其間不免駁襍不純。近日才子新編出這場戲文，叫做《五倫全備》，發乎性情，生乎義理，蓋因人所易曉者以感動之。搬演出來，使世上爲子的看了便孝，爲臣的看了便忠，爲弟的看了敬其兄，爲兄的看了友其弟，爲夫婦的看了相和順，爲朋友的看了相敬信；爲繼母的看了管前子，爲徒弟的看了必念其師，妻妾看了不相嫉妒，奴婢看了不相忌害。善者可以感發人之善心，惡者可以懲創人之逆志，勸化世人，使他『有則改之，無則加勉』……雖是一場假托之言，實萬世綱常之理。」

風」(《曲品校註》，頁 18)。無獨有偶地，對於沈齡《龍泉記》憑空結撰楊鵬、楊鳳忠孝故事〔註 32〕呂天成也認爲「語或嫌於湊插，事每近於迂拘」(《曲品校註》，頁 16)；換句話說，刻意宣揚忠孝倫理的劇作，說教成份過重，劇中人物毫無鮮活個性，因此不爲人所喜愛。所謂「存之可師、學焉則套」〔註 33〕，就是呂天成對這些刻意在創作中附著忠孝倫節觀，而又喪失劇作鮮活生命力的曲家們的忠告。

綜觀呂天成對劇作中所富含的教化意義，大約可以他對沈璟《奇節記》中所說的「正史中忠孝事，宜傳」〔註 34〕和對汪昌朝《忠孝完節》一劇所論「村夫巷婦無不豔談包龍圖，以《龍圖公案》所載忠孝事，最易動俗也」〔註 35〕爲表徵。對於歷史上的忠臣、義士孝子仁人，呂天成盛譽其志節感人，曲家宜多作劇爲之表揚，並以感化人心，而流行於民間的忠孝故事，更是勸喻村夫巷婦的好材料。相反地，只爲宣揚道德理念，刻意憑空編撰的故事，呂天成基於戲曲人物毫無生命力可言，劇作本身毫無眞實情感，故以

〔註 32〕《龍泉記》最早著錄於《南詞敘錄・本朝》。晁瑮《寶文堂書目》，卷中「樂府」著錄，題爲《文武狀元龍泉記》。《曲海總目提要》，卷十八作《全忠孝》，云：「又名《龍泉劍》……所演楊鵬、楊鳳事。憑空結撰。以楊鵬兄弟報國爲忠，兩人妻事親爲孝也。其父以龍泉寶劍與二子鵬、鳳，故名《龍泉劍》。」

〔註 33〕這句話是《曲品》對邵燦《香囊記》的評論，指邵氏步趨丘濬《五倫全備記》，採忠孝節義事寫戲，以宣揚道德觀。董康輯《曲海總目提要》，卷五說：「據此劇標目云《五倫全備香囊記》，其首簡云：『伯奇孝行，左儒死友；愛兄王覽，罵賊睢陽；孟母賢慈，共姜節義，萬古垂名。因續取五倫新傳，標記紫香囊。』蓋以九成兄弟盡孝慈母，比伯奇也；王倫令九成脫歸，捨生代友；比左儒也；九思千里尋兄，比王覽也；九成奉使不屈，比睢陽也；太夫人崔氏教誨兩子，比孟母也；貞娘抗節拒婚，比共姜也。取義於五倫全備，託名九成兄弟云爾。」

〔註 34〕《奇節》演權皋、貫直言事。祁彪佳《遠山堂明曲品》「雅品殘稿」著錄，說：「一本分作二事：權皋以計避祿山而竟得生，貫直言飲藥皋有父命而卒不死，眞可謂節之奇者矣。二事皆出正史，傳之者情與景合，無境不肖。」權、貫《新、舊唐書》分別有傳。此劇今已不見傳本，僅有《南詞新譜》，卷一保存《仙呂小蓬萊》、《良馬任從驅駕》佚曲。

〔註 35〕呂天成《曲品》評汪昌朝《忠孝完節》說：「村夫巷父無不豔談包龍圖，以《龍圖公案》所載忠孝事，最易動俗也。昌朝拾掇其關繫之大者，演爲斯記。雖未必盡核，頗足維風。」(《曲品校註》，頁 271)《龍圖公案》，卷一所載《阿彌陀佛講和》，寫秀才許獻忠和蕭淑玉相愛，後蕭淑玉被歹徒強佔，不從被殺。包公命許獻忠用正妻禮葬之，以表彰蕭淑玉貞節。後來許獻忠中試，包公又爲娶側室繼嗣，以全其孝。劇本殆演此事。

「迂腐」諷刺之。戲曲文學以「情」爲本體，此「情」又是聚積了理性內容的情感。誠如李調元《雨村曲話・序》所言：

> 夫曲之爲道也，達乎情而止乎禮義者也。凡人心之壞，必由於無情，而慘刻不衷之禍，因之而作。若夫忠臣、孝子、義夫、節婦，觸物興懷，如怨如慕，而曲生焉，出于綿渺，則入人心脾；出于激切，則發人猛省。故情長、情短，莫不於曲寓之。人而有情，則士愛其緣，女守其介，知其則而止乎禮義，而風俗淳美；人而無情，則士不愛其緣，女不守其介，不知其則而放乎禮義，而風不淳，俗不美。故夫曲者，正鼓吹之盛事也。彼瑤台、玉砌，不過雪月之套辭；芳草、輕煙，亦只郊原之泛句，豈足以語于情之正乎？

戲曲發揮了「出于綿渺，則入人心脾；出于激切，則發猛省」的審美教育功能，直接作用於人們的心靈，成爲改造社會，使之風俗淳美的精神力量。

第八章　結　論

誠如沈璟的讚譽——守相國傳家風教〔註1〕，呂天成處於濃厚的戲曲氛圍中，得以培養其良好的曲學涵養，不僅一生辛勤蒐求戲曲作品以建立曲藏，更秉持家學薰陶與師友切磋，化而為品評明代傳奇劇作的箴言。

呂天成著有《煙鬟閣傳奇》十多種、雜劇八種等，幾乎全部散佚。其早年的傳奇劇作以綺麗見長，才藻燁然；音律方面則「尚墮時趨」；後「最服膺詞隱，改轍從之」，乃於創作風格上傾向質易；尤其是音律方面，「宮調、字句、平仄，兢兢毖慎，不少假借」〔註2〕，亦得沈璟褒美為「音律精嚴，才情透爽，眞不佞所心服而不能及者」〔註3〕。呂天成平生作曲、論曲，其戲曲審美思想的形成和發展中，受到師友的指授和影響極大，形成了從崇文詞到重格律的變化軌跡，「正是經歷『文采——格律——雙美』的變化過程」〔註4〕。他服膺沈璟而又不拘於吳江之見，與王驥德的戲曲觀呈同向關係，互相引為知音。

呂天成和王驥德本是交往密切的曲友，二人文字交垂二十年，「抵掌談詞，日昃不休」〔註5〕；其各致力於曲的一面，相互鼓勵、慫恿而成《曲品》和《曲律》。《曲品》的第一次著評曾被呂天成因求好心切，視其為「意不盡、亦多未得當」，而擱置一旁。事實上，呂天成由於家學淵源，極喜藏書，早年

〔註1〕語見沈璟〈寄鬱藍生雙調詞一套〉。

〔註2〕參見王驥德《曲律》雜論〈第三十九下〉論述呂天成部分，收於《歷代詩史長編二輯》第四冊，頁172。

〔註3〕語見沈璟〈致鬱藍生書〉。

〔註4〕語見葉長海《中國戲劇學史稿》上冊，頁245。

〔註5〕同註2。

就有建立一曲藏的心願。這曲藏本欲廣博收攬各劇作，但因呂天成潛在的品評心態，而對劇作作選擇性的蒐集。《曲品・自序》說：

> 予舞象時即嗜曲，弱冠好塡詞。每入市，見新傳奇，必挾之歸，笥漸滿。初欲建一曲藏，上自先輩才人之結撰，下逮腐儒老優之攢簇，悉搜共貯，作江海大觀。既而謂多不勝收，彼攢簇者，收之汚吾篋，於是多删擲，稍稍散失矣。

在蒐集到一定數量時，呂天成了解到攢簇者大多不是精品；於是改變了他原本欲將曲藏作江海之大觀的想法，而作了一番篩選，删擲若干劇作水準較差者。雖然呂天成早已有心蒐集、整理當時傳奇劇作，然而因其應舉子業的不順利，也曾使他心生後悔。此與明代文人視科舉爲要務，以「游戲之筆」作曲的心態不無關係。後來呂天成與王驥德「劇談詞學，窮工極變」，重新挑起對戲曲的興趣；並有感於《曲律》品評作品處太少，轉而對自己未完成的作品躍躍欲試。鑒於當時傳奇作品甚多，卻苦無品評專著，呂天成爲了確實「黃鐘瓦缶，不容溷陳；《白雪》、《巴人》，奈何並進」的品評態度，遂自嘲願作「糊塗試官，冬烘頭腦」，用以「開曲場，張曲榜」，求其快意，因此根據舊稿加以更定而成《曲品》一書，成爲第一本將戲曲作家和傳奇劇作依「品」分別品評、論述的專著。晚明祁彪佳《遠山堂曲品、劇品》和清初高奕《新傳奇品》均是直接受到呂天成《曲品》的啓發而加以補充。〔註6〕

《曲品》做效鍾嶸《詩品》、庾肩吾《書品》、謝赫《畫品》的體例，對曲家和劇作各著論評，析爲上、下兩卷。它以曲家爲分品的依據，但又欲對其劇作有所評騭，故而出現了同一位劇作家的作品迭有短長，卻仍置一品的情形。這點呂天成並非未曾注意。《曲品》卷下〈傳奇品小序〉說：

> 傳奇品定，頗費籌量，逐帙置評，不無褒貶。蓋總出一人之手，時有工拙；統觀一帙之中，間有短長。故律以一法，則吐棄者；多收以歧途，則闌入者雜。其難其愼，此道亦然。（《曲品校注》，頁160）

《曲品》爲品評劇作的開創之作，不可諱言其分品等第的形式的確較爲粗疏；後來祁彪佳《遠山堂曲品、劇品》汲取了呂天成《曲品》的品評形式，將所

〔註6〕祁彪佳《遠山堂曲品・敘》說：「予素有顧娛之僻，見呂鬱藍《曲品》而會心焉。……欲贅評於其末，懼續貂也，乃更爲之，分六品；不及品者，則已雜調黜焉。」收於《歷代詩史長編二輯》第六冊，臺北：鼎文書局，頁5。（「顧娛之僻」，「娛」疑應作「誤」）

錄劇目分爲妙、逸、雅、豔、能、具等六種等次，改善《曲品》「門戶太多」的弊病〔註 7〕，並純粹針對作品藝術加以分品、評論，將同一位劇作家的不同劇作給予不同的評論等第〔註 8〕。《曲品》和《遠山堂曲品、劇品》不僅形式上略有差異，而且呂天成和祁彪佳戲曲審美觀念也有不同。呂天成講究劇作的舞臺實踐，而祁彪佳則傾心於雅逸之作，因此今人譚帆以「行家之品」褒美呂天成《曲品》，而以「文人之品」稱呼祁彪佳《遠山堂曲品、劇品》〔註 9〕。在讚譽祁氏《遠山堂曲品、劇品》品評形式「後出轉精」之際，實亦不可忽視《曲品》的開創之功。

呂天成在《曲品》卷下評騭各傳奇劇作之前，曾開宗明義地引用了外舅祖孫鑛論曲的一段話來作爲自身論曲的圭臬：

> 我舅祖孫司馬公謂予曰：「凡南戲，第一要事佳，第二要關目好，第三要搬出來好，第四要按宮調、協音律，第五要使人易曉，第六要詞采，第七要善敷衍、淡處作得濃、閑處作得熱鬧，第八要各腳色分得匀妥，第九要脱套，第十要合世情、關風化。持此十要以衡傳奇，靡不當矣。」（見《曲品》卷下〈傳奇品〉小序）

其品評劇作所呈現出的戲曲觀，本文各章已爲之闡釋；下列再從論述的各方面作一總結：

一、情節、結構論

在品評劇作的情節、結構和語言藝術時，呂天成關注於劇作是否爲「可演」、「可傳」的當行、本色之作。他處處從舞臺的實際演出性著眼、考量，俾使劇作「奏之場上，不論士人閨婦，以及村童野老，無不通曉」；並且強調在劇作「暢快人情」、「感物動人」的本質上，體現風化世教，「賞心悅目、抵掌娛耳」的功用。

傳奇劇作在發展過程中，形成了「有一定而不可移」的「傳奇格局」，各劇作情節因層層蹈襲而成惡套。呂天成著眼於「脫套」的必要，除了直指劇作「近套，可厭」的缺陷外，更積極提倡劇作的「事奇」與「事眞」。呂天成

〔註 7〕同註 2，頁 172～173。

〔註 8〕參見邱瓊慧《祁彪佳戲曲理論研究》，第三章〈遠山堂曲品、劇品的撰寫動機和品評形式〉。

〔註 9〕參見譚帆〈「行家之品」和「文人之品」——品天成、祁彪佳戲曲審美思想的比較〉，《藝術百家》，1987 年一期，頁 87～93。

認爲「奇」的美學內涵有兩方面意義：一是劇作情節布局的曲折多變，一是劇作內容的新穎獨到；二者皆欲新人耳目、發前人所未發。這個美學思想在明末乃至於清初有了進一步的闡發。李漁《閒情偶寄》說：「古人呼劇本爲傳奇者，因其事甚奇特，未經人見而傳之，是以得名，可見非奇不傳。」孔尚任也說：「傳奇者，傳其事之奇焉者也，事不奇則不傳。」而奇人、奇事、奇文必須建構在日常生活的基礎之上，方能追求藝術眞實之美。因此呂天成對於那些眞實地反映現實的作品，總是加以稱讚和肯定，並且反對劇作情節狠求奇怪。在他看來，戲曲情節要達到「奇」的審美效果，應允許劇作家大膽虛構；例如他評鹿陽外史《雙環記》說：「演木蘭從軍事，今增出婦翁及夫婿，串插可觀，此是傳奇法。」但劇作情節的串插增出必須以實御虛，以求達到「驚奇而不失逼眞」的審美效果。因此呂天成要求劇作家應「有爲而作」、「有感而作」，亦即是在劇作中傾注眞切之情。呂天成認爲顧大典《葛衣記》正是「有爲而作，感慨交情」，所以才能「令人嗚咽」。他將「事尚奇」之風導引至一健康之途，強調劇作的傳奇屬性宜附著於常事，紮根於情理，摒棄過度的荒誕怪異；同時在合乎情理的前提下，創作技巧宜緣飾渲染，講求虛實並用之趣。

呂天成評騭劇作結構時，特別強調重點突出以求主次分明；刪繁就簡以求脈絡清晰，此後爲李漁「立主腦」、「減頭緒」之說所承繼。呂天成評論各劇作結構，與他重視戲曲舞臺實踐的原則相互聯繫。他清楚地論析凡頭緒太多、舖張誇飾的情節皆不適且舞台演出；所謂「若演行，猶須一刪」（論汪廷訥《三祝記》）、「局段甚雜，濱之覺懈」（論陳與郊《鸚鵡洲》）、「賓太盛」（論盧鶴江《禁煙記》）、「客勝」（論章金庭《符節記》）等，均是著眼於劇場舞臺實踐而發。除了深諳戲曲舞臺表演的箇中道理外，也由於呂天成對當時傳奇創作傾向於案頭化的嚴重不滿，於是特別指出劇作不適於演行的疵謬。

二、文詞論

邵燦《香囊記》之後，戲曲語言染上「時文風」之弊，嚴重地影響戲曲藝術進一步發展，文人劇作多成案頭之曲，少有能普及民間者。明代曲論家乃標舉戲曲「本色」、「當行」的旗幟，卻各有不同面目。徐渭的「本色論」意謂「眞我面目」，也就是「出於己之所自得」，出乎自然，不假雕琢。何良俊《四友齋曲說》認爲「本色」並非質樸條暢、明白俚俗，而是語淡淨、意蘊藉。沈璟視「本色」爲質樸，但求之過甚，不免走上俚俗打油之途。對於長期以來曲壇上熱烈討論的「本色」問題，呂天成《曲品》也有一段自己的看法與論述；他認爲當時各家的辯論尚未能從理論上和實踐上眞正地解決「本色」的問題，甚至尙有曲家所說的「本色」與「當行」意義相近、相同，故而發出「當行之手不多遇，本色之義未講明」的喟歎。所謂「當行兼論作法，本色只指塡詞」，乃是定義性的區分。呂天成認爲「本色」專指塡寫曲詞，此中「別有機神情趣」（即劇作獨特的內在精神），爲「一毫妝點不來」；而「當行」兼論作法，涉乃戲曲的關節局段，亦是「一毫增損不得」。「當行」與「本色」二者雖不相同，但呂天成仍指出其間的內在聯繫：「果屬當行，則句調必多本色；果其本色，則境態必是當行」，二者互爲因果。他要求劇作的曲詞和賓白必須生動自然，以體現傳奇劇作的精神和風致；此實已有戲曲語言個性化的義蘊。呂天成主張戲曲本色語宜自然眞切，不假雕琢，還其本來面目；易曉易聞，近人範俗；詞采秀爽，文而不晦、俗而不俚；與其師沈璟視粗鄙俚俗的戲曲語言爲「本色」大不相同。明代以來，劇作家以文人佔大多數，曲詞經過文人的創作、提鍊和加工，較民間的自然語言典雅精緻；即使劇作未上場搬演，將其留至案頭閱讀，亦有強烈的藝術感染力。因此，呂天成的本色論，既糾正了劇作語言因藻飾過度而引起的晦澀難懂，而且防止矯枉過正，產生曲詞粗鄙俚俗的弊病，極有其見地。

三、音律論

就戲曲音律而言，呂天成評論重心在於劇作是否守韻、正調，並特別推崇其師——沈璟對於製定戲曲音律的功勞。例如評論《琵琶記》時，呂天成就引用了沈璟的言論：

> 詞隱先生常謂予曰：「東嘉妙處全在調中平、上、去聲字用得變化，唱來合協。至於調之不倫，韻之太雜，則彼已自言，不必尋數矣。」（《曲品校註》，頁 163）

無獨有偶，在評論「妙品一」《荊釵記》時，呂天成也讚嘆此劇是「詞隱先生稱其能守韻」（《曲品校註》，頁 167）的佳作；同是呂天成受業好友——卜大荒與葉憲祖，呂天成對其《冬青記》、《雙卿記》也分別譽以「音律精工、情景眞切」（《曲品校註》，頁 241）、「守韻甚嚴，當是詞隱高足」（《曲品校註》，頁 249～250）的美評。論及馮耳猶《雙雄記》時，呂天成更指稱此劇「事雖卑瑣，而能恪守詞隱先生功令，亦持教之杰也」（《曲品校註》，頁 282）；其對推崇沈璟之心，昭然若揭。沈璟強調戲曲語言不是「讀」的，而是「謳」的；呂天成承繼師志，於評騭劇作時標舉戲曲音律的重要性，頗能切中文人因趨慕風雅、宣泄才情而創作傳奇時不諳音律、忽視演唱的弊病，有利於劇作的健康發展。

四、雙美說

明・萬曆年間的「湯、沈之爭」是當時的曲壇大事。湯顯祖與沈璟各自堅持著自己的曲學主張，偏重於「辭」與「聲」的一方。呂天成雖服膺沈璟，是吳江曲派的重要成員；但當他認眞地研究了湯、沈二人的戲曲理論和傳奇創作之後，對這兩位戲曲大師的長處和弱點，以及反映在他們的戲曲理論和傳奇創作上的成就和局限，作出了實事求是的評論，調合了嚴守於音韻格律的吳江派和尚趣於詞采藻麗的臨川派，主張「守詞隱先生之矩矱，而運以清遠道人之才情」的「雙美說」。「雙美說」的論點不僅得到當時曲論家們的贊同和附和，並導引明代中晚期以後傳奇的創作方向。曲家如范文若、袁于令、吳炳，乃至於清代的洪昇、孔尚任，其劇作皆被褒譽爲音律精嚴、文詞俊美的佳作。

五、風教觀

明代戲曲以文士的創作占主導地位，予傳奇劇作灌輸了重風化、講規範，尚典雅、逞才情等文人審美趣味。在形式上，文學體製的規範化和藝術風格的典雅化，使傳奇作品從場上走向案頭；在內容上，傳奇作家發揚了古代詩歌關心現實、注重教化和抒情言志的傳統，將傳奇作品注入了時代精神、倫理觀念和文人意識的生命。戲曲本身的價值逐漸被肯定，一來是基於有識之士對文體的認知，二來則是因爲戲曲故事人人通曉，易於宣揚風教。呂天成注重戲曲的思想內容和教化功能，賦予劇作高度的道德風尚，乃文人作家所特有自覺而嚴肅的文學創作態度和責任感的表現。但是呂天成並不認爲只要是講述忠孝節義的劇作就全是佳作；刻意宣揚忠孝倫理觀的作品，其說教成分過重，劇中人物毫無鮮活個性，呂天成則以「迂腐」刺之。

綜觀呂天成《曲品》對於各劇作的評論，可知其秉持著藝術虛構的「傳奇法」、構思布局的「鍊局之法」和「琢句之方」等戲曲創作的準繩，詳爲評析；其對於戲曲舞臺的實踐，是多層面的照顧。此外，就戲曲創作與批評的發展史來觀測，針對「時文風」的弊端，呂天成提出自己的「本色」、「當行」說，仍是建構於舞臺實踐上；而鑒於湯、沈之爭的缺失，呂天成「曲白雙美」的論點，尤顯得難能可貴。《曲品》除了在劇目方面，對明代萬曆以前的劇作著錄有其貢獻，並爲後來曲家採用外〔註 10〕，由其對各劇作的評騭而反映出呂天成自身的戲曲觀，不僅可與明嘉靖、萬曆年間諸曲家的曲論相互輝映，予清代曲學大師李漁亦有開啓之功。

〔註 10〕著錄曲目的書籍，除了《曲品》、《遠山堂曲品、劇品》、《古人傳奇總目》、《傳奇品》之外，尚有清・黃文暘《曲海目》、姚燮《今樂考證》、王國維《曲錄》等。其著錄明傳奇無不直接、間接以《曲品》爲依據。可參見葉德均〈曲品考〉、邱瓊慧《祁彪佳戲曲理論研究》。

參考書目

一、專著部份

（一）戲曲專論

1. 元・周德清，《中原音韻》，收於民國・楊家駱主編，《歷代詩史長編二輯》第一冊，臺北：鼎文書局，民國 63 年 2 月初版。(《歷代詩史長編二輯》原名《中國古典戲曲論著集成》，北京：中國戲劇出版社，1982 年第四次印刷)
2. 元・夏庭芝，《青樓集》，收於《歷代詩史長編二輯》第二冊，臺北：鼎文書局，民國 63 年 2 月初版。
3. 元・鍾嗣成，《錄鬼簿》，收於《歷代詩史長編二輯》第二冊，臺北：鼎文書局，民國 63 年 2 月初版。
4. 元・鍾嗣成，《錄鬼簿》(等五種)，臺北：洪氏出版社，民國 71 年 1 月再版。
5. 明・朱權，《太和正音譜》，收於《歷代詩史長編二輯》第三冊，臺北：鼎文書局，民國 63 年 2 月初版。
6. 明・無名氏，《錄鬼簿續編》，收於《歷代詩史長編二輯》第二冊，臺北：鼎文書局，民國 63 年 2 月初版。
7. 明・賈仲明，《增補錄鬼簿》，收於《歷代詩史長編二輯》第二冊，臺北：鼎文書局，民國 63 年 2 月初版。
8. 明・王世貞，《曲藻》，收於《歷代詩史長編二輯》第四冊，臺北：鼎文書局，民國 63 年 2 月初版。
9. 明・李開先，《詞謔》，收於《歷代詩史長編二輯》第三冊，臺北：鼎文書局，民國 63 年 2 月初版。
10. 明・魏良輔，《曲律》，收於《歷代詩史長編二輯》第五冊，臺北：鼎文書局，民國 63 年 2 月初版。

11. 明・徐復祚，《曲論》，收於《歷代詩史長編二輯》第四冊，臺北：鼎文書局，民國 63 年 2 月初版。
12. 明・徐渭，《南詞敘錄》，收於《歷代詩史長編二輯》第三冊，臺北：鼎文書局，民國 63 年 2 月初版。
13. 明・何良俊，《曲論》，收於《歷代詩史長編二輯》第四冊，臺北：鼎文書局，民國 63 年 2 月初版。
14. 明・王驥德，《曲律》，收於《歷代詩史長編二輯》第四冊，臺北：鼎文書局，民國 63 年 2 月初版。
15. 明・呂天成，《曲品》，收於《歷代詩史長編二輯》第六冊，臺北：鼎文書局，民國 63 年 2 月初版。
16. 明・呂天成，民國・吳書蔭校註，《曲品校註》，北京：中華書局，1990 年 8 月第一次印刷。
17. 明・祁彪佳，《遠山堂曲品》，收於《歷代詩史長編二輯》第六冊，臺北：鼎文書局，民國 63 年 2 月初版。
18. 明・祁彪佳，《遠山堂劇品》，收於《歷代詩史長編二輯》第六冊，臺北：鼎文書局，民國 63 年 2 月初版。
19. 明・沈寵綏，《絃索辨訛》，收於《歷代詩史長編二輯》第五冊，臺北：鼎文書局，民國 63 年 2 月初版。
20. 明・沈寵綏，《度曲須知》，收於《歷代詩史長編二輯》第五冊，臺北：鼎文書局，民國 63 年 2 月初版。
21. 明・沈德符，《顧曲雜言》，收於《歷代詩史長編二輯》第四冊，臺北：鼎文書局，民國 63 年 2 月初版。
22. 明・凌濛初，《譚曲雜劄》，收於《歷代詩史長編二輯》第四冊，臺北：鼎文書局，民國 63 年 2 月初版。
23. 清・高奕，《新傳奇品》，收於《歷代詩史長編二輯》第六冊，臺北：鼎文書局，民國 63 年 2 月初版。
24. 清・李調元，《雨村曲話》，收於《歷代詩史長編二輯》第八冊，臺北：鼎文書局，民國 63 年 2 月初版。
25. 清・李漁，《閒情偶記》，臺北：淡江書局，民國 45 年 5 月初版。
26. 清・姚燮，《今樂考證》，收於《歷代詩史長編二輯》第十冊，臺北：鼎文書局，民國 63 年 2 月初版。
27. 清・梁廷枏，《藤花亭曲話》，收於《歷代詩史長編二輯》第八冊，臺北：鼎文書局，民國 63 年 2 月初版。
28. 清・王國維，《論曲五種》，臺北：藝文印書館，民國 53 年 1 月再版。

29. 清・王國維，《王國維戲曲論著——宋元戲曲考等八種》，臺北：純眞出版社，民國 71 年 9 月初版。
30. 民國・王安祈，《明代戲曲五論》，臺北：大安出版社，民國 79 年初版。
31. 民國・王安祈，《明代之劇場及其藝術》，臺北：臺灣學生書局，民國 75 年 6 月初版。
32. 民國・王永健，《中國戲劇文學的瑰寶——明清傳奇》，江蘇：江蘇教育出版社，1989 年一版。
33. 民國・朱棟霖、王文英，《戲劇美學》，江蘇文藝出版社，1991 年 8 月出版。
34. 民國・汪志勇，《明傳奇聯套研究》，國立政治大學中國文學研究所碩士論文，民國 58 年。
35. 民國・李惠綿，《王驥德曲論研究》，國立臺灣大學中國文學研究所碩士論文，民國 77 年。
36. 民國・佘蕙靜，《沈璟現存傳奇研究》，東吳大學中國文學研究所碩士論文，民國 78 年。
37. 民國・易怡玲，《徐渭之曲學及劇作研究》，國立師範大學國文研究所碩士論文，民國 79 年。
38. 民國・邱瓊慧，《祁彪佳戲曲理論研究》，國立政治大學中國文學研究所碩士論文，民國 82 年。
39. 民國・周康燮，《宋元明清劇曲研究論叢》（一～四集），香港：存萃學社編集、大東圖書公司印行，1979 年 12 月初版。
40. 民國・林鶴宜，《晚明戲曲劇種及聲腔研究》，國立臺灣大學中國文學研究所博士論文，民國 80 年。
41. 民國・夏寫時，《中國戲劇批評的產生和發展》，北京：中國戲劇出版社，1982 年一版。
42. 民國・夏寫時，《論中國戲劇批評》，濟南：齊魯書社，1988 年 10 月第一版。
43. 民國・郭英德，《明清文人傳奇研究》，臺北：文津出版社，民國 80 年 1 月初版。
44. 民國・郭英德，《明清文人傳奇研究》，北京：師範大學出版社，1992 年 5 月一版。
45. 民國・陳孝英，《喜劇美學初探》，新疆人民出版社，1989 年 6 月出版。
46. 民國・陳芳英，《明代劇學研究》，國立臺灣大學中國文學研究所博士論文，民國 72 年。
47. 民國・陳進泉，《晚明張岱陶庵夢憶戲劇資料之研究》，私立中國文化大學藝術研究所碩士論文，民國 74 年。
48. 民國・張庚，《戲曲藝術論》，臺北：丹青圖書有限公司，民國 76 年 1 月初版。
49. 民國・張庚、蓋叫天等著，《戲曲美學論文集》，臺北：丹青圖書有限公司，民國 75 年 1 月初版。
50. 民國・張敬，《明清傳奇導論》，臺北：華正書局，民國 75 年初版。
51. 民國・張眞，《張眞戲曲評論集》，北京：中國戲劇出版社，1992 年 2 月第一次印刷。
52. 民國・黃炫國，《明代嘉靖隆慶時期三大傳奇研究》，國立政治大學中國文學研究所博士論文，民國 82 年。
53. 民國・黃士吉，《元雜劇作法論》，青海人民出版社，1985 年 1 月第二次印刷。
54. 民國・葉德均，《戲曲小說叢考》，臺北：文史哲出版社，民國 78 年。
55. 民國・曾永義，《明雜劇概論》，臺北：學海出版社，民國 68 年 4 月初版。
56. 民國・曾永義，《說戲曲》，臺北：聯經出版事業公司，民國 65 年初版。
57. 民國・葉長海，《中國戲劇學史》，臺北：駱駝出版社，民國 82 年 11 月初版。
58. 民國・葉長海、陳多，《中國歷代劇論選注》，湖南文藝出版社，1987 年初版。
59. 民國・準迦、關德富，《關於幾個戲曲理論問題的論爭》，北京：文化藝術出版社，1986 年一版。
60. 民國・楊振良，《牡丹亭研究》，國立臺灣師範大學國文所博士論文，民國 77 年。
61. 民國・齊森華，《曲論探勝》，上海：華東師範大學，1985 年一版。
62. 民國・錢南揚，《戲文概論》，臺北：木鐸出版社，民國 71 年初版。
63. 民國・顏秉直，《曲話敘錄》，國立臺灣師範大學國文所博士論文，民國 64 年。
64. 民國・蘇國榮，《中國劇詩美學風格》，臺北：丹青圖書有限公司，民國 76 年初版。
65. 民國・羅麗容，《清代曲論研究》，東吳大學中國文學研究所博士論文，民國 73 年。
66. 民國・韓幼德，《戲曲表演美學探索》，臺北：丹青圖書有限公司，民國 76 年 2 月初版。
67. 日・八木澤元撰，民國・羅錦堂譯，《明代劇作家研究》，香港：中新書局，民國 66 年一版。

（二）戲曲史、音樂史

1. 清・王國維，《宋元戲曲史》，臺北：河洛出版社，民國 64 年初版。
2. 民國・朱尚文，《明代劇曲史》，臺南：高長印書局，作者發行，民國 48 年 10 月初版。
3. 民國・朱謙之，《中國音樂文學史》，北京：北京大學出版社，1989 年 3 月一版。
4. 民國・胡忌、劉致中，《崑劇發展史》，北京：中國戲劇出版社，1989 年一版。
5. 民國・莊永平，《戲曲音樂史概述》，上海：上海音樂出版社，1990 年 7 月第一次印刷。
6. 民國・陳萬鼐，《元明清劇曲史》，臺北：鼎文書局，民國 63 年 10 月初版。
7. 民國・陸萼庭，《崑劇演出史稿》，上海：上海文藝出版社，1980 年。
8. 民國・張庚、郭漢城，《中國戲曲通史》，臺北：丹青圖書有限公司，民國 74 年 5 月臺一版。
9. 民國・楊蔭瀏，《中國古代音樂史稿》，臺北：丹青圖書有限公司，民國 74 年 5 月臺一版。
10. 民國・廖奔，《中國戲曲聲腔源流史》，臺北：貫雅文化事業股份有限公司，民國 81 年 7 月初版。
11. 民國・盧前，《明清戲曲史》，臺北：臺灣商務印書館，民國 77 年三版。
12. 民國・顧篤璜，《崑劇史補論》，江蘇：江蘇古籍出版社，1987 年一版。
13. 日・青木正兒著，民國・王吉盧譯，《中國近世戲曲史》，臺北：臺灣商務印書館，民國 71 年四版。

（三）音韻、韻書、曲譜、曲目

1. 明・沈璟，《增訂南九宮曲譜》，收於民國・王秋桂主編，《善本戲曲叢刊第三輯》，臺北：臺灣學生書局，民國 73 年 8 月景印初版。
2. 明・沈自晉，《南詞新譜》，收於王秋桂主編，《善本戲曲叢刊第三輯》二十九至三十冊，臺北：臺灣學生書局，民國 73 年 8 月景印初版。
3. 明・顧曲散人輯，《太霞新奏》，收於王秋桂主編，《善本戲曲叢刊第五輯》，臺北：臺灣學生書局，民國 73 年 8 月景印初版。
4. 清・周祥鈺、鄒金生編，《九宮大成南北詞宮調》，收於王秋桂主編，《善本戲曲叢刊第六輯》，臺北：臺灣學生書局，民國 76 年，據清乾隆內府本影印。
5. 清・無名氏，《古人傳奇總目》，收於《歷代詩史長編二輯》第六冊，臺北：鼎文書局，民國 63 年 2 月初版。

6. 清・黃丕烈，《也是園藏書古今雜劇目錄》，收於《歷代詩史長編二輯》第七冊，臺北：鼎文書局，民國 63 年 2 月初版。
7. 清・黃文暘，《重訂曲海總目》，收於《歷代詩史長編二輯》第七冊，臺北：鼎文書局，民國 63 年 2 月初版。
8. 清・黃文暘著，《曲海總目提要》，臺北：新興書局，民國 56 年初版。
9. 清・無名氏，《傳奇彙考標目》，收於《歷代詩史長編二輯》第七冊，臺北：鼎文書局，民國 63 年 2 月初版。
10. 民國・莊一拂，《古典戲曲存目彙考》，臺北：木鐸出版社，民國 75 年 9 月初版。
11. 民國・張棣華，《善本戲曲經眼錄》，臺北：文史哲出版社，民國 65 年 6 月初版。
12. 民國・傅惜華，《明代傳奇全目》，人民文學出版社，1959 年初版。

（四）曲　選

1. 明・臧懋循輯，《元曲選》，臺北：啓明書局，民國 50 年初版。
2. 明・沈泰輯，《盛明雜劇》，臺北：文光出版社，民國 52 年出版，據近人武進董氏誦芬室刻本影印。
3. 民國・林侑蒔編，《全明傳奇》，臺北：天一出版社，民國 71 年 12 月初版。
4. 民國・陳萬鼐輯，《全明雜劇》，臺北：鼎文書局，民國 68 年初版。

（五）詩文集

1. 元・陶宗儀，《南村輟耕錄》，臺北：木鐸出版社，民國 71 年 5 月初版。
2. 明・湯顯祖，《湯顯祖全集》，臺北：洪氏出版社，民國 64 年初版。
3. 明・張岱，《陶庵夢憶》，收於《叢書集成新編》冊八十九，臺北：新文豐出版公司，民國 74 年初版，頁 1～20。
4. 明・歸有光，《歸震川集》，臺北：世界書局，民國 52 年 4 月二版。

（六）文藝理論

1. 南朝齊・謝赫，《古畫品錄》，收於《叢書集成新編》冊五十三，臺北：新文豐出版公司，民國 74 年初版，頁 96～97。
2. 南朝梁・庾肩吾，《書品》，收於《叢書集成新編》冊五十二，臺北：新文豐出版公司，民國 74 年初版，頁 315～317。
3. 南朝梁・劉勰著，范文瀾注，《文心雕龍》，臺北：開明書局，民國 56 年五版。
4. 南朝梁・鍾嶸，《詩品》，臺北：正中書局，民國 59 年初版。

5. 南朝陳・姚最，《續畫品》，收於《叢書集成新編》冊五十三，臺北：新文豐出版公司，民國 74 年初版，頁 98～99。
6. 唐・李嗣眞，《續畫品錄》，收於《叢書集成新編》冊五十三，臺北：新文豐出版公司，民國 74 年初版，頁 102～103。
7. 唐・張彥遠，《歷代名畫記》，收於《叢書集成新編》冊五十三，臺北：新文豐出版公司，民國 74 年初版，頁 104～142。
8. 元・夏文彥，《圖繪寶鑑》，收於中國書畫研究資料社編，《畫史叢書》冊二，臺北：文史哲出版社，民國 63 年初版。
9. 明・李贄，《焚書》，臺北：河洛出版社，民國 63 年初版。
10. 清・劉熙載，《藝概》，收於《歷代詩史長編二輯》第九冊，臺北：鼎文書局，民國 63 年 2 月初版。
11. 民國・王頌梅，《李卓吾文學理論及其實踐》，東吳中國文學研究所碩士論文，民國 72 年。
12. 民國・皮朝綱，《中國古代文藝美學概要》，成都：四川社會科學會出版社，1986 年 12 月一版。
13. 民國・呂迺基，《何良俊四友齋叢説研究》，國立政治大學中國文學研究所碩士論文，民國 76 年 6 月。
14. 民國・祁志祥，《中國古代文學原理》，上海：學林出版社，1992 年 7 月初版。
15. 民國・袁震宇、劉明今，《明代文學批評史》，上海：上海古籍出版社，1991 年 9 月第一版，第一刷。
16. 民國・曹淑娟，《晚明性靈小品研究》，臺北：文津出版社，民國 77 年初版。
17. 民國・敏澤，《中國文學理論批評史（上、下）》，吉林教育出版社，1993 年 3 月第一次印刷。
18. 民國・敏澤，《中國美學思想史》，濟南：齊魯書社，1989 年 8 月第一次印刷。
19. 民國・陳德溥，《審美心理與編劇技巧》，北京：中國戲劇出版社，1988 年一版。
20. 民國・陳建華，《中國江浙地區十四至十七世紀社會意識與文學》，上海：學林出版社，1992 年 6 月第一版。
21. 民國・郭紹虞，《中國文學批評史》，臺北：文史哲出版社，民國 77 年二版。
22. 民國・葉慶炳、邵紅，《明代文學批評資料彙編》，臺北：成文出版社，民國 68 年初版。
23. 民國・葉純之、蔣一民，《音樂美學導論》，北京大學，1988 年 2 月出版。

24. 民國・楊蔭瀏等著，《語言與音樂》，臺北：丹青圖書有限公司，民國 74 年 5 月臺一版。
25. 民國・蔡芳定，《中國文學批評史上之美學批評法》，國立師範大學國文研究所碩士論文，民國 74 年 3 月。

（七）方　志

1. 清・邵友濂修、孫德祖等纂，《餘姚縣志》，光緒二十五年刊本，收於《中國方志叢書》，臺北：成文出版社，民國 73 年 3 月臺一版。

（八）傳記、史料、百科全書

1. 明・王世貞，《太傅呂文安公傳》，收於《弇州續稿》卷七十一，見《文淵閣四庫全書・集部二二二》（總一二八三冊），臺北：臺灣商務印書館，民國 75 年 3 月出版，頁 49～55。
2. 明・張岱纂，《明越人三不朽圖贊》，收於民國・周駿富輯，《明代傳記叢刊・綜錄類五十一》，臺北：明文書局印行，民國 80 年元月初版。
3. 明・過庭訓纂集，《明分省人物考》，收於民國・周駿富輯，《明代傳記叢刊・綜錄類三十六》，臺北：明文書局印行，民國 80 年元月初版（據明天啓二年刊本影印）。
4. 清・張廷玉等奉敕纂，《明史》，臺北：鼎文書局，民國 64 年初版。
5. 清・永瑢等撰，《四庫全書總目提要》，臺北：臺灣商務出版社，民國 54 年。
6. 民國・中國大百科全書總編輯委員會編，《中國大百科全書・戲曲曲藝》，北京：中華大百科全書出版部，1983 年初版。
7. 民國・中國大百科全書總編輯委員會編，《中國大百科全書・戲劇》，北京：中華大百科全書出版部，1990 年初版。
8. 民國・李裕民編，《明史人名索引》，北京：中華書局，1985 年初版。
9. 民國・河洛圖書出版社編，《元明清三代禁毀小説戲曲史料》，臺北：河洛圖書出版社，民國 69 年 1 月初版。
10. 民國・國立中央圖書館編，《明人傳記資料索引》，臺北：文史哲出版社，民國 67 年再版。
11. 民國・羅錦堂，《明代劇作家考略》，香港：龍門書店，1966 年 9 月初版。

二、單篇論著部份

1. 元・楊維禎，〈沈氏今樂府序〉，見曾永義編，《元代文學批評資料彙編》（國立編譯館主編，中國文學批評資料彙編），臺北：成文出版社，民國 67 年，頁 62～63。

2. 明・呂天成，〈紅青絕句題詞〉，見陳多、葉長海注，《曲律注釋》，湖南：人民出版社，1983 年，頁 359。
3. 明・松蔓道人，〈曲品跋〉，見陳多、葉長海注，《曲律注釋》，湖南：人民出版社，1983 年，頁 359。
4. 明・臧懋循，〈元曲選序〉，見隋樹森編，《元曲選》，臺北：宏業書局，民國 71 年，上冊，頁 3～4。
5. 德・布雷希特著，易鵬、陳玉英譯，〈論中國戲劇演出的疏離效果〉，《中外文學》十卷九期，民國 71 年 2 月，頁 12～19。
6. 民國・呂凱，〈明代傳奇尚律崇辭二派比較研究〉（上、下），《中華學苑》第十三期，頁 83～110；第十四期，頁 151～195。
7. 民國・李眞瑜，〈關於沈璟戲曲理論若干問題的斷想〉，《中華戲曲》，1987 年第二輯，頁 152～169。
8. 民國・岑溢成，〈從虛實論看中國古代文藝理論的性格〉，《當代》第四十六期，民國 79 年 2 月，頁 68～75。
9. 民國・吳書蔭，〈呂天成和他的作品考〉，收於《曲品校註》，北京：中華書局，1990 年 8 月第一次印刷，頁 422～439。
10. 民國・吳書蔭，〈從《曲品》看呂天成的戲曲理論〉，收於《曲品校註》，北京：中華書局，1990 年 8 月第一次印刷，頁 439～463。
11. 民國・吳曉鈴、胡念貽、曹道衡、鄧紹基等，〈十年來的古典文學研究與整理工作〉，《文學評論》，1959 年第一期，頁 1～40。
12. 民國・林清奇，〈中國戲曲與中國美學〉，《中華戲曲》，1988 年夏季號（總六輯），頁 208～222。
13. 民國・范鈞宏，〈文學性、音樂性、舞台性——戲曲語言特點淺析〉（上），《戲曲藝術》，1982 年第一期，頁 40～50。
14. 民國・范鈞宏，〈文學性、音樂性、舞台性——戲曲語言特點淺析〉（下），《戲曲藝術》，1982 年第二期，頁 66～74。
15. 民國・胡忌，〈傳統崑劇的「神品」和觀眾的層次——爲「曲高和寡」進一解〉，《藝術百家》，1987 年第三期，頁 21～26。
16. 民國・俞爲民，〈明代曲論中的本色論〉，《中華戲曲》，1987 年第一期，頁 128～147。
17. 民國・俞爲民，〈重評湯沈之爭〉，《學術月刊》第一七五期，1983 年，頁 48～53。
18. 民國・孫小英，〈沈璟與湯顯祖曲論之比較〉，《中華文化復興月刊》十卷一期，頁 46～47。
19. 民國・陳芳英，〈市井文話與抒情傳統的新結合——古典戲劇〉，《中華文化新論・文學篇二——意象的流變》，臺北：聯經出版事業公司，民國

78年第六次印行，頁529～586。

20. 民國・陳先祥，〈戲曲的內涵和結構〉，《中華戲曲》，1988年秋季號（總七輯），頁41～63。
21. 民國・曾永義，〈中國古典戲劇的形成〉，見《詩歌與戲曲》，臺北：聯經出版社，民國77年，頁79～112。
22. 民國・曾永義，〈中國古典戲劇的象徵藝術〉，見《中國古典戲劇論集》，臺北：聯經出版社，民國66年再版，頁15～29。
23. 民國・曾永義，〈評騭中國古典戲劇的態度和方法〉，見《說戲曲》，臺北：聯經出版社，民國65年，頁1～22。
24. 民國・曾永義，〈戲劇的虛與實〉，見《說戲曲》，臺北：聯經出版社，民國65年，頁23～30。
25. 民國・董健等人，〈論中國戲劇理論的基本建設〉，《戲劇藝術》，1991年第三期，頁4～11。
26. 民國・葉濤，〈表演藝術「九美」說新解〉，《戲劇藝術》，1987年第三期，頁75～84。
27. 民國・葉德均，〈曲品考〉，收於《戲曲小說叢考》，臺北：文史哲出版社，民國78年初版，頁149～186。
28. 民國・黃仕忠，〈明代戲曲的發展與湯沈之爭〉，《文學遺產》1989年第六期，頁26～33。
29. 民國・趙山林，〈晚明文人戲曲生活的紀錄——讀《快雪堂日記》〉，《戲劇藝術》，1987年第三期，頁26～31。
30. 民國・趙景深，〈增補本《曲品》的發展〉，《復旦大學學報》1964年第一期，頁93～99。
31. 民國・謝柏梁，〈近年來四部古代曲論專著略評〉，《中國古代文學理論叢刊》第十四輯，頁290～303。
32. 民國・謝柏良，〈元明演劇理論的歷史演進〉，《劇論》第一輯，廣東：中山大學中文系古代戲曲研究室編，1990年3月第一版，頁115～132。
33. 民國・譚帆，〈「行家之品」和「文人之品」——呂天成、祁彪佳戲曲審美思想的比較〉，《藝術百家》，1987年第一期，頁87～93。
34. 民國・羅錦堂，〈從宋元南戲說到明代的傳奇〉，見《錦堂論曲》，臺北：聯經出版社，民國66年，頁164～201。
35. 民國・龔鵬程，〈論本色〉，見《古典文學研究會主編古典文學》第八集，臺北：學生書局，民國75年，頁357～399。

附錄：《曲品》品評劇作家、劇作之綜合分類表格

品第	作者	才情	情節・結構	文詞	音律	家世背景 戲曲生活	評論	劇作	情節・結構	文詞	音律	地位・流派
神品	高明	能作爲聖，莫知乃神。	關風教特其粗耳，諷友人夫豈信然？	意在筆先，片語宛然代舌；情同境轉，一段眞堪斷腸。	特創調名，功同倉頡之造字；細編曲拍，技如后夔之典音。		勿倫於北劇之《西廂》，且壓乎南聲之《拜月》。	琵琶	串插甚合局段，苦樂相錯，具見體裁。	其訓之高絕處，在布景寫情色色逼眞，有運斤成風之妙。	調中平、上、去聲字，用得變化，唱來和諧。	萬物共褒，允宜首列。
								拜月		元人詞手，製爲南詞，天然本色之句，往往見寶。		何元朗極賞之，以爲愈於《琵琶》而《談詞定論》則謂次之而已。
妙品								荊釵		情文相生。	以眞切之調，寫眞切之情；詞隱先生稱其能守韻。	直當仰佩《琵琶》而鼎峙《拜月》者乎！
								牧羊		古質亦喜，令人想見子卿之節。		
	邵燦		局忌入酸。	詞防近俚。	還聲儘工，宜騷人之傾耳。	既屬青瑣名臣，乃襲紅牙曲學。	採事尤正，亦佳客所賞心。存之可師，學焉則套。	香囊		詞白工整，儘塡學問。		此派從《琵琶》來，是前輩中最佳傳奇也。
								孤兒	事佳，以趙武爲岸賈子。韓厥自刎，正是戲局。	存其古色。		
								金印	事佳。	近俚處俱見古態。		

妙品	王　濟	人以曲稱，曲緣事重。	頗知煉局之法，半寂半喧。	更通琢句之方，或莊或逸。			我欽高手，世想令名。	連環	事亦可喜。	詞多佳句。		
								玉環	此隳括元《兩世姻緣》劇，而於事多誤。			
能品								白兔		詞極古質，味亦恬然，古色可挹。		
								殺狗	事俚(古本)。此等直寫，事透徹，正不落惡腐境（今本)。	詞質(古本)。詞多可味（今本)。		詞質(古本)。
								教子	眞情苦境，亦儘可觀。			
								綵樓	作手平平，稍入酸境，且事全不核實。	古質可取。		
	沈　采	名重五陵，才傾萬斛。	紀游適則逸趣寄於山水，表勳猷則雄心暢於干戈。				元老解頤而進卮，詞豪攤指而擱筆。	四節	傳景多屬牽強，置晉於唐後，亦嫌顛倒；作得不濃，只略點大概耳，故久之覺意味不長。	清倩之筆。		一記分四載，是此始。
								千金	事佳；事業有餘，閨間處太寥落；且是增出。			
								還帶	事佳，鋪敘詳備。			

能品								金丸		內有佳處可觀。		
								精忠		詞簡淨。		
	姚茂良			筆能寫義烈之肺腸，詞亦達事情之悲憤。			求人於古，足重於今。	雙忠	境慘情悲。	詞亦充暢。	其調有採入譜者。	
								斷髮	事重節烈。	詞佳。	多能守韻。	
具品	李開先	才原敏贍，寫冤憤而如生；志亦飛揚，賦逋囚而自暢。			熟謄北曲，悲傳塞下之吹；間著南詞，生扭吳中之拍。	銓部貴人，葵邱隱吏。	此詞壇之雄將，曲部之異才。	寶劍	事佳。		李公作此記，謂弇州曰:「何似《琵琶》？」弇州答曰:「但當令吳下老曲師謳之乃可。」	
								銀瓶	事亦俚瑣。		內〔二犯江兒水〕作南調最是，可以正今曲之誤。	
	沈齡	蔚矣名流，確乎老學。	語或嫌於湊插，事每近於迂拘。				然吳優多肯演，吾輩亦不厭棄。	嬌紅	種種情態，未經描寫，殊未快意。	詞意可觀。		
								三元	事有致。			
								龍泉	情節正大；局不緊。	道學先生口氣。		
								授筆	事佳，且增出。			
								舉鼎	事眞。			
								羅囊	事可觀。			
	邱濬					乍辭幄講，亟譜家詞。	造捏不新，知老筆之已鈍；主張頗大，庶末俗之可風。	五倫		大老鉅筆，稍近腐。		

品第	作者	才　情	情節・結構	文　詞	音　律	家世背景 戲曲生活	綜　論	數量	劇作	情節・結構	文　詞	音　律	流派・承襲
上上品	沈璟	運斤成風，樂府之匠石；游刃餘地，詞冠之庖丁。		顧盼而煙雲滿座，咳唾而珠玉在毫。	嗟曲流之汎濫，表音韻以立防；痛詞法之蓁蕪，訂全譜以闢路。	金張世裔，王謝家風，生長三吳歌舞之鄉，沉酣勝國管絃之籍。妙解音律，兄妹每共登場；雅好詞章，僧妓時招佐酒。紅牙館內，謄套數者百十章；屬玉堂中，演傳奇者十七種。	此二公者，懶作一代之詩豪，竟成千秋之詞匠，蓋震澤所涵秀而彭蠡所毓精者也。吾友方諸生曰：「松陵具詞法而讓詞致，臨川妙詞情而越詞檢。」善夫，可爲定品矣！乃光祿嘗曰：「寧律協而詞不工，讀之不成句，而謳之始協，是爲曲中之巧。」奉常聞而非之，曰：「彼烏知曲意哉！予意所至，不妨拗折天下人嗓子。」此可以覘兩賢之志趣矣。予謂二公譬如狂狷，天壤間應有此兩項人物。不有光祿，詞硎弗新；不有奉常，詞髓孰抉？儻能守詞隱先生之矩矱，而運以清遠道人之才情，豈非合之雙美者乎？而吾猶未見其人，東南風雅蔚然，予且旦暮遇之矣。予之首沈而次湯者，挽時之念方殷，悅耳之教寧緩也。略具後先，初無軒輊。允爲上之上。	一	紅蕖	事奇，無端巧合，結撰更異。	著意鑄裁，曲白工美，先生自謂：「字雕句鏤，止供案頭耳。」	著意鑄裁，曲白工美。	
								二	埋劍	事奇，描寫交情，悲歌慷慨。			
								三	十孝	有關風化，每事三折，似劇體，此是先生創之。末段徐庶返漢，曹操被擒，大快人意。			
								四	分錢	全效《琵琶》，神色逼似；苦境可玩；事情近酸。			
								五	雙魚			《薦福碑》劇中北調尤佳。	
								六	合衫	不新人耳目。		曲極簡質，先生最得意作也。	大約雜摹古傳奇，此乃元人《公孫合衫》事。
								七	義俠	激烈悲壯，具英雄氣色；武松有妻，似贅；葉子盈添出，無緊要；西門慶亦欠鬥殺。			
								八	鴛衾	局境頗新。			
								九	桃符	宛有情致，時所盛傳。			即《後庭花》劇而敷衍之者，聞舊有南戲，今不存。
								十	分柑	諧態疊出，可喜；情境猶未徹鬯。			

上上品	沈璟							十一	四異		淨、丑用蘇人鄉語，亦足笑也。		
								十二	鑿井	事奇，湊泊更好。		通本曲腔名，俱用古戲名串合者，此先生逞技處也。	
								十三	珠串	寫出有境；其妻磨折處，不脫套。			
								十四	奇節	正史中忠孝事，宜傳。			
								十五	結髮	情景曲折，便覺一新。			
								十六	墜釵	事奇。	先生自遜，謂「不能作情語」，乃此情語何婉切也。		
								十七	博笑	體與《十孝》類，雜取《耳談》中事譜之，多令人絕倒。先生游戲，至此神化極矣。			
	湯顯祖	絕代奇才，冠世博學；情癡一種，固屬天生；才思萬端，似挾靈氣。不事刁斗，飛將軍之用兵；亂墜天花，老生公之說法。信非學力所及，自是天資不凡。	妙選佳題，故賦景之新奇悅目。	搜奇《八索》，字抽鬼泣之文；摘豔六朝，句疊花翻之韻。麗藻憑巧腸而濬發，幽情逐彩筆以紛飛。	摘豔六朝，句疊花翻之韻。熟拈元劇，故琢調之妍俏賞心。	周旋狂社，坎坷宦途。雷陽之謫初還，彭澤之腰乍折。紅泉秘館，春風檀板敲金；玉茗華堂，夜月湘簾飄馥。		一	紫簫	覺太曼衍，留此供清唱可耳。	琢調鮮華，鍊白駢麗。		
								二	紫釵	描寫閨婦怨夫之情，備極嬌苦，直堪下淚，眞絕技也。	猶帶靡縟。		
								三	還魂	事奇；巧妙疊出，無境不新。			
								四	南柯夢		字句超秀，方諸生極賞其登城北詞，不減王鄭。		
								五	邯鄲夢	即夢中苦樂之致，猶令觀者神搖，莫能自主。			

品第	作者	才　情	情節．結構	文 詞	音 律	家世背景 戲曲生活	流派．承襲	綜　論	數量	劇作	情節．結構	文　詞	音　律	流派．承襲
上中品	陸采	湖海才豪，煙霞仙品。				壯托元龍之傲，老同正平之狂。著書而問字旗亭，度曲而振聲林木。		此九君者，或爲山人先達，或爲先輩諸生。綺思靈心，各擅風流之致；寄悰賦感，共標游戲之奇。如張，如鄭，尤所服膺；如卜，如葉，素相友善。允爲上之中。	一	明珠	事奇；布局運思，是詞壇一大將也。	抒寫處有境有情。	音律多不協。	
									二	西廂		俊語不乏。		
	張鳳翼					烈腸慕俠，雅志采眞。汪洋挹叔度之波，軒爽經孟公之座；稽古搜奇於洞壑，養親絕意於公車。			一	紅拂	不粘滯；私奔處未見激昂；樂昌一段，尙覺牽合。			
									二	祝髮	伯起以之壽母，境趣悽楚逼眞，布置安插，段段恰好，柳城稱七傳之最。			
									三	竊符	事佳；通本吃緊處，覺草草。			
									四	虎符	前半眞，後半假，不得不爾。			
									五	灌園	有風致而不蔓，節俠具在。			彼上虞趙生作《溉園》，遠不逮矣。
									六	扊扅	百里奚之母，蛇足耳。			張太和亦有記，別一體裁，而多剿襲。
									七	平播	粗具事情，太覺單薄。			
	顧大典	俊度獨超，逸才早貴。菁華挽元、白之豔，瀟灑挾蘇、黃之風。				曲房姬侍如雲，清閭宮商和雪。			一	青衫	元、白好題目；點綴大概亦了了。			彷彿《四節記》。

上中品	顧大典							二	葛衣	有爲而作，感慨交情，令人嗚咽；婦人落奄似落套。		
								三	義乳	事眞，故奇。			李善事出《後漢書》。
								四	風教編	取其範世；趣味不長。			一記分四段，做《四節》體。
	梁辰魚				負薪吳市，儲史仇池。相如之病茂陵，王粲之客荊楚。麗調喧傳於白苧，新歌紛詠於青樓。			一	浣紗	羅織富麗，局面甚大；恨不能謹嚴；事跡多，必當一刪，中有可議處。			
	鄭若庸				落拓襟期，飄飖蹤跡。侯生爲上座之客，郗郎乃入幕之賓。買賦可索千金，換酒須酣一石。			一	玉玦		曲雅工麗，可詠可歌。	每折一調，每調一韻，尤爲先獲我心。	開後人駢綺之派。
								二	大節		工雅不減《玉玦》。		
	梅鼎祚				名家雋冑，樂苑鴻裁。貢京同賈誼之入秦，作客似陸機之遊洛。著迷不遣鬼妓，交游幾遍公卿。			一	玉合	許俊還玉，誠節俠丈夫事，不可不傳。	詞調組詩而成，從《玉玦》派來，大有色澤。	恨不守音韻。	詞調組詩而成，從《玉玦》派來，大有色澤。
	卜世臣	博雅名儒，端醇古士。張衡之精巧絕世，荀爽之俊美無雙。眈奇蘊爲國珍，按律蔚稱詞匠。						一	冬青	情景眞切；悲憤激烈，誰誚腐儒酸也？		音律精工。	
								二	乞麾		吾友方諸生曰:「其詞駢藻鍊琢，摹方應圓。」	吾友方諸生曰:「……終卷無上去疊聲，直是竿頭撒手，苦心哉！」	

上中品	葉憲祖	南宮妙選，東海英流。曼倩倜儻而陸沉，季子揣摩而脫穎。				掀髯共推咳唾，折齒不廢嘯歌。			一	玉麟	三蘇事。	詞致秀爽。		舊有《麟鳳記》，極俚，美度初爲刪訂，遂盡易其舊。
									二	雙卿	本傳雖俗而事奇。		守韻甚嚴，當是詞隱高足。	
									三	鸞鎞	甚有致，曲中頗具激奮；插合魚玄機事，亦具風情之一斑。			
									四	四艷	極情場之致。		詞調俊逸，姿態橫生。	
									五	金鎖	向悽楚中寫出，便足斷腸。			元有《竇娥冤》雜劇，境最苦。
									補遺	雙修	爲善女人加一鉗錘。			坊間俗本，有《劉香女修行寶卷》，道婆輩每宣誦之。
	單本					慧點陳言，巧抒新識。淳于飲一石而後醉，靖郭聞三言而見奇。詠諧可以佐歡，警敏尤能排難。			一	蕉帕	情節局段能於舊處翻新，板處作活，眞擅巧思而新人耳目者。			

品第	作者	才　情	情節・結構	文　詞	音　律	家世背景 戲曲生活	流派・承襲	綜　論	數量	劇作	情節・結構	文　詞	音　律	流派・承襲
上下品	屠隆	逸才慢世，藻句驚時。				太白以狂去官，子瞻以才蜚譽。偃恣於樂姬之隊，驕酣於仙佛之宗。		此數君者，藝苑之名公，詞場之俊士，即此小技，足徵大才。	一	曇花	說世情極醒，但律以傳奇局則漫衍乏節奏。	華美通暢。		
									二	彩毫		詞采秀爽。		
									三	修文		詞固足採。		
	汪廷訥					家世仁賢，才華宏麗。陶朱散金而甘遯，向平游嶽而懷仙。松蘿之坐隱名高，槐棘之宦遊趣遠。			一	長生	繁縟處似《曇花》，予擬一刪，未敢捉筆。			
									二	投桃	甚有情趣。	佳句可諷。	精守韻律。	
									三	種玉	略異幽情，兼揚將相之業。	出以葩藻。		勝《摘星》多矣。
									四	三祝	摭事甚侈；若演行亦須一刪。	詞儘富足。		
									五	獅吼	末段悔悟，可以風笄幃中矣。			
									六	二閣	惟詠梅雪，更覺條暢。			
									七	威鳳	鬩牆之變。			
									八	彩舟	曲寫有趣。			與《香毬》稍相類。
									九	義烈	此以張儉爲生，備寫陳、竇之厄。			
									十	飛魚	事奇。			
									十一	忠孝完節	未必盡核，頗足維風。			

上下品	汪廷訥								十二	重訂天書	孫、龐事，原有雜劇，今演之始鬯。			孫、龐事，原有雜劇。
									十三	高士	此記必有托，插入海闍黎一事亦新。		音律大有可商處。	
									十四	同昇	昌朝自寫其林居之樂耳。			
	龍膺			新裁繡口錦心。	雅韻炊金饌玉。	副佛根無染，仙骨不羈。文淵著績於烽煙，長源陶情於籤軸。			一	藍橋		詞白極琢麗。		
	鄭之文	月露才華，風流性格。似具一片烈腸，雅負千秋俠骨。				少陵蜚英於粉署，摩詰標趣於京曹。			一	白練裙	風流調笑，眞戲筆也，不必以傳奇體繩之。			
									二	旗亭	事佳。		曲多豪爽。	
									三	芍藥		詞多俊語。		
	陳所聞	文藻菁葱，詞源霱沸。				桃葉渡頭之漁父，孫楚樓上之酒人。卜居寄跡於鳳凰，玩世聯交於蘿月。			一	金門大隱	布局摛詞盡脫俗套。	布局摛詞盡脫俗套。		
									二	相仙	神童代不乏人，而樹相業、登仙籙者少，鄴侯兼之。			
									三	金刀	具見英雄之慨。			
									四	詩扇	事奇，出人意想之外。			
	佘翹								一	賜環	此記描寫權佞奸態，醜態畢盡，不減《鳴鳳》、《鸞筆》二記。		此猶似未習音律時。	

上下品	佘翹								二	量江	事奇。		全守音律，詞調俱工。	
	馮耳猶								一	雙雄	事卑瑣。		恪守詞隱功令。	
	爽鳩文孫								一	題塔	梁灝事曲寫晚成志節，亦足載少年豪舉之氣。			
									二	霄光	事佳，不尙主則反入腐境。			
	陽初子								一	紅梨花		詞亦秀美。		元人有《三錯認》劇，此稍衍之。
	無名氏									繡襦	情節亦新。	詞多可觀。		元有《花酒曲江池》；雖不逮《玉玦》，然亦非庸品。嘗聞：《玉玦》出而曲中無宿客，及此記出而客復來。

品第	作者	才情	情節·結構	文詞	音律	家世背景 戲曲生活	流派·承襲	綜論	數量	劇作	情節·結構	文詞	音律	流派·承襲
中上品	戴子魯				則綽有雅致，宮韻獨諳。			俱非凡俗。允爲中之上。	一	青蓮	紀太白事，簡淨而當不入妻子，甚脫灑。		音律工密。	此爲擅場、派從《玉玦》來。
									二	鞦韆	事鄙俚。		以秀調發之，迥然絕塵。	
	車任遠	則蔚有才情，結撰亦富。							一	四夢	《高唐夢》亦具小境；《邯鄲》、《南柯》二夢多工語，《蕉鹿夢》甚有奇幻意。			自湯海若二記出，而覺此寥寥。
									二	彈鋏		情詞俱佳，方諸生以其少天趣短之。		謝天瑞有《狐裘記》，以孟嘗君爲生，然甚猥瑣，不及此。
	顧希雍					蓋文士而抱坎稟之悲，書生而具英雄之概者。			一	五鼎	主父偃思仇分明，寫出最肖，且不與生對，甚新；第《五鼎》欠發揮，徒寄之一言。			
	顧仲雍								一	椒觴	事眞。	固是甚有學問者。		
	祝長生								一	紅葉	韓夫人事，千古奇之，此記狀之得情。		能守韻，可謂空谷足音。	玉陽生有《題紅記》，遠勝之。
	文九玄			文不知其行藏，亦是流麗之才，工美之筆。					一	天函	事甚奇，模甚眞。	曲白雙美。	曲白雙美。	摘自《坐隱先生紀年傳》。
	濮草堂	叟編掇甚巧，吟詠頗饒，放于葛天、無懷，解乎《南華》、《道德》。							一	錦箋	鍊局遣詞，機鋒甚迅，巧警會心。	鍊局遣詞，機鋒甚迅，巧警會心。		
	蘇漢英	逸才，僅窺斑豹。							一	夢境	比《長生》簡淨。	筆亦俏。		頗得清遠、豹先之致。
	無名氏									鳴鳳	事甚悉。		詞調儘𢥞達可詠，稍嫌繁。	
										百順	事可觀。	詞亦充贍。		

品第	作者	才情	情節・結構	文詞	音律	家世背景 戲曲生活	流派・承襲	綜論	數量	劇作	情節・結構	文詞	音律	流派・承襲
中中品	沈鯨		長於鍊境。					觀其詞學，俱錚錚矣。允爲中之中。	一	雙珠	事眞，第後半回生及子得第，補出耳。情節極苦，串合最巧。			
									二	分鞋	寫之慁甚。			程君事，載《輟耕錄》。
									三	鮫綃	情景亦苦切；亦新。			
									四	青瑣	甚婉曲有境。			古有《懷香記》不存。
	黃伯羽		妙於選題。						一	蛟虎	甚奇，可以範俗。	詞亦近人。		
	陸弼	詩酒之豪。							一	存孤	甚奇。	詞亦雅，且有風致，但稍淺略，未做得暢耳。		
	謝讜					高曠之吏。			一	四喜	二宋事佳。	詞亦工美。		上虞有曲派，此公最高。
	秦鳴靈					以狀元而樂歸隱。			一	清風亭	事必有據。			俗有《申湘藏珠記》亦如此，而調不稱。
	謝廷諒					以郎署而賦薄游。			一	紈扇	局段未見謹嚴。	才人筆，自綺麗。		
	陳與郊					富而好文。			一	鸚鵡洲	第局段甚雜，演之覺懈。	詞多綺麗，是才人語，非詞人手。		
									二	櫻桃夢	亦奇快。	詞藻工麗，可追《合盒》。		

中中品	陳汝元	才而嗜古。							一	金蓮	摭三蘇事，得其概。末添鮑不平，正是戲法耳。	詞白俱駢美。		
									二	紫環	事亦佳，然尚未脫套。	觀其賓白工整，非草率者。		
	張太和	才華頗敏。							一	紅拂	境界描寫甚透，但未盡脫俗耳。			湯海若極賞其《梁州序》中句，記序云：「《紅拂》已經三演：在近齋外翰者，鄙俚而不典；在冷然居士者，短簡而不舒，今屏山不襲二家之格，能兼雜劇之長。」
	許潮		組織盡工。						一	泰和	每齣一事，似劇體。按歲月，選佳事，裁製新異。		詞調充雅。	
	錢亶之					博雅宿儒。			一	忠節			每以古人姓名協韻，不一而足，亦是別法。	此小說中《懷春雅集》也，風情而近古板者。
	章大綸					倜儻名士。			一	符節	使事亦佳。描寫田、竇炎涼事，曲折畢盡，的是名筆。但稍覺客勝耳。			

中中品	陸士璘								補遺	齊鳴	此劇頗能摹寫。			
	王　淶								補遺	合襟	事足供揮灑。			
	泰華山人								補遺	合劍	有境、多奇，才情豐溢，演之必壯觀。			
	無名氏									合鏡	事亦暢。但云作越公女，反覺不情。			
										四豪		尚欠工美。		如《四節》例。
										霞箋	是傳奇體，搬出甚激切。	詞覺草草。		
										赤松	事絕佳，寫來有景。但不宜鈔《千金記》中《夜宴》曲，且此何必夜宴也？如許事而遣不繫，亦得簡法。	儻更以詞藻潤之，足壓《千金》矣。		
										五福	揚厲甚盛。			還妾事，已見鄭虛舟《大節記》中。

品第	作者	才情	情節·結構	文詞	音律	家世背景戲曲生活	流派·承襲	綜論	數量	劇作	情節·結構	文詞	音律	流派·承襲
中下品	高濂	才譽騰於仕籍。						其餘諸賢，不悉其人，但觀詞采，懸想才情，亦皆有學有識，可詠可歌。允爲中之下。	一	玉簪	第以女眞觀而扮尼講佛，紕謬甚矣。	詞多清俊。		
									二	節孝	事佳。分上下帙，別是一體。			詞隱之《奇節》亦然。
	朱瀨濱								一	鸞筆	語多鑿鑿，可稱實錄。			
	程文修								一	望雲	事俱核。	詞亦斐然。		
									二	玉香	人多攢簇得法，情境亦了了，故是佳手。			此據《天緣奇遇傳》而譜之者。
	全無垢								一	呼盧	其蹤跡果奇。			
	吳世美					逸藻出於世家。			一	驚鴻	事佳，但以楊國忠相而後進太眞，於事覺顚倒耳。	詞亦秀麗。		
	陳濟之								一	題橋	事佳，此記最眞實。文君有姊，似蛇足。			吾友葉美度有《琴心雅調》八齣，佳甚。
	楊柔騰								一	綠綺	投菴則套矣。	詞有佳處。		
	張午山								一	雙烈	事甚英爽生色。但前段梁國之母作梗，近套，亦無味，必當刪去。			

中下品	庚生子								一	歌風		項王自刎時數語，尤堪其節。		
	盧鶴江								一	禁煙	此記摹寫俱備，但摭晉重耳事甚詳，嫌賓太盛耳。末用八仙，則可笑也。			
	兩宜居士								一	錕鋙	發揮明盡，觀者洞然。			古尙有《斬袪》一記，未見。
	煙霞子								補遺	灌城	寫情事頗詳核。			彼《龍劍記》，則以魏確庵爲生，可參觀。
	馬湘蘭								補遺	三生	各以義節自守。			
	無名氏									雙紅	事佳。	詞多剿襲。		
										離魂	事佳。	詞未善。		
										犀合	事亦新。	詞亦平雅。		
										五福	境界平常。			

品第	作者	才情	情節·結構	文詞	音律	家世背景戲曲生活	流派·承襲	綜論	數量	劇作	情節·結構	文詞	音律	流派·承襲
下上品	湯家霖							餘人亦自斐然，各帙有足取者。允爲下之上。	一	玉魚	著意鋪敘，甚長。但前半摹仿《琵琶》，近套，可厭；後半皆實錄也。刪去父母爲快。			
	秋閣居士								一	奪解	傳會爲李林甫婿，不妙。其中幽情，何必捏出？惟酒樓聞伶人歌詩事，插入甚好。	大都採《嬌紅傳》中語，亦不妙。詞采可觀。		境界略似《明珠》。
	王錂					校曲功多，久沉酣於音藏。			一	春蕪	串插有景況，然何必禪寺也？			
	王恒								一	合壁	欠脫套。	詞亦佳。		
	端鏊								一	屐屧	敘事頗達，第嫌其用禪寺爲套耳。			此記在伯起前。
	鹿陽外史								一	雙環	今增出婦翁及夫婿，串插可觀。此是傳奇法。	詞亦佳。		
	朱鼎					談詞侶盛，方鼓吹於騷譚。			一	玉鏡臺	事未暢，粗具體裁。			元有此劇，何不仍之？
	吳鵬								一	金魚				自《玉合》出，而諸本無色，然亦可行。
	吳大震					文士之豪，寄牢騷於客舫。			一	練囊	事未脫套，入紅線事，似突然。	詞亦有可觀處。		

下上品	吳大震								二	龍劍	爲魏公洗垢，故宜收。			
	張從德								一	純孝		詞頗眞切。		
	王玉峰								一	焚香	王魁負桂英，做來甚悲楚。			別有《三生記》，《茶船記》，則載雙卿事，詞不及此。
	楊夷白								一	龍膏				往予譜爲《金合記》。
									二	錦帶		詞亦具有情致。		
	黃惟楫					尚書之裔，推爽俊於侯家。			一	龍綃	事佳。	詞采亦可觀。		舊有《傳書記》。近有姑蘇周侍御亦撰此記，詞多近俚，不逮矣。
									補遺	□□				尚有《四賞記》未見。
	狄玄集								補遺	四賢	內配晨賢，可以風世。			
									補遺	虢亭	關雲長一生事，寫之轟烈，第後段即接以玉泉顯聖，奈年代遼越何？			
	天南逸史								補遺	玉佩	情景粗具。			
	紀紅川								補遺	分釵	情趣亦減。			稍似《金釧記》。

品第	作者	才情	情節·結構	文詞	音律	家世背景戲曲生活	流派·承襲	綜論	數量	劇作	情節·結構	文詞	音律	流派·承襲
下中品	心一子							各有片長，共宜拔錄。允爲下之中。	一	遇仙	事奇。	詞亦不俗。		
	顧懷琳								一	佩印	插入霍山，時代亦舛謬。	俚。		
	涵陽子								一	杖策	嚴陵、梅福插入亦好。此以鄧爲梅婿，不知嚴爲梅婿也。	詞亦未工。		
	泰華山人								一	合劍	甚詳悉，俱可觀。	詞尚未稱。		
	月榭主人								一	釵釧	事非假託者。	詞簡而朗。		
	陸江樓								一	玉釵		詞不過常人手筆。		
	朱期					世家之子，終困志於卑官。			一	玉丸	詞調情節，亦平暢。			
	李玉田								一	玉鐲			北人能南詞，亦空谷之音也。	
	楊文炯					宦族清流，猶釣奇於髦士。			一	玉杵	選事頗佳。	詞多剿襲。		
	張瀨濱								一	分釵			內有曲數套可謳。	

下中品	趙於禮					以宿儒而游翰墨。			一	溉園	意致可取。	庸筆。		
									二	畫鶯	發之未透快。			
	鄒逢時					以野客而習聲歌。			一	覓蓮	詳備。	詞采未鮮。		
	無名氏									黑鯉		詞亦平通。		
										綈袍	事佳，搬出宛肖。元有拷須賈劇，何不插入？			
										鐶環	藺相如使秦事，甚壯；與廉頗交，更有味。但云爲平原婿，可笑。	作者筆不超脫。		
										金臺	事佳，局頗俗。			
										笠篌		詞亦駢美，時有襲句。		

品第	作者	才情	情節·結構	文詞	音律	家世背景戲曲生活	流派·承襲	綜論	數量	劇作	情節·結構	文詞	音律	流派·承襲
下下品	汪宗姬					爲新安素封之胤，游太學而結契公卿。		其餘諸子，俱所未知。吾聞瓦缶之音，難與黃鐘比韻；林石之卉，詎堪金谷爭奇？然細響適聽，野葩悅目。徵歌按拍，覺雞肋之難捐；藏垢納汙，豈潤毛之不薦！	一	丹管		不文而近俚。		
	沈祚								一	指腹	事佳。	詞白尚近俗。		近又有《灑雪記》，乃孫清源作。
	馮之可								一	護龍		詞乃庸淺。		
	謝天瑞								一	狐裘	敘得圕，但不能脫套。			
									二	靖虜	事佳。	詞多俗。		
	黃廷俸								一	白璧	事佳。		調平平。	
	胡文煥								一	奇貨	事佳。	恨不得名筆一描寫之。		
									二	犀珮	此採士人妻題金山寺詩，及山東俠士攜南宮歸二事合成者。			
									三	三晉	事佳。	恨不得名筆。		
	邱瑞梧								一	合徵		詞不足採。內《遊月宮》一折，全鈔《彩毫記》，可笑。		

下下品	龍渠翁								一	藍田	事甚奇。		調甚庸淺。	
	朱從龍								一	牡丹		詞白膚陋，止宜俗眼。		
	金懷玉					稽山學究之翁，棄青衿而陶情詩酒。			一	香毬	事亦有趣。	詞則不足道也。		
									二	寶釵	事甚奇。			
									三	蜓雲		詞不佳，然其紀狄公妙事殆盡，搬出甚好。		
									四	完福	俗境，王生事不核。			
									五	妙相	全然造出。			
									六	摘星	事佳，而才不逮。			今以爲《種玉》所掩。
									七	繡被	失其實，不足觀也。			
									八	八更	紀匡衡事，而絕不相蒙。			
									九	桃花	所造失眞，境態不妙。